献给为拯救国难献出青春的鲜为人知的抗日女杰

传记文丛

海上昙花

郑苹如传

杨世运 著

百花洲文艺出版社
BAIHUAZHOU LITERATURE AND ART PRESS

图书在版编目（CIP）数据

海上昙花：郑苹如传 / 杨世运著. —— 南昌：百花洲文艺出版社, 2019.2
（传百·传记文丛）
ISBN 978-7-5500-3125-8

Ⅰ.①海… Ⅱ.①杨… Ⅲ.①报告文学—中国—当代 Ⅳ.①I25

中国版本图书馆CIP数据核字（2018）第273773号

海上昙花：郑苹如传

杨世运　著

出 版 人	姚雪雪
责任编辑	赵　霞　凌　云
书籍设计	绛　紫
制　　作	何　丹
出版发行	百花洲文艺出版社
社　　址	南昌市红谷滩新区世贸路898号博能中心20楼
邮　　编	330038
经　　销	全国新华书店
印　　刷	江西千叶彩印有限公司
开　　本	850mm×1168mm 1/16　印张 16.25
版　　次	2019年2月第1版第1次印刷
字　　数	240千字
书　　号	ISBN 978-7-5500-3125-8
定　　价	36.00元

赣版权登字 05-2018-510

邮购联系 0791-86895108
网　址 http://www.bhzwy.com
图书若有印装错误，影响阅读，可向承印厂联系调换。

传记文丛

丛书编委会

主　编：斯　日
副主编：胡仰曦
编　委：崔金丽　郭　卉

既是历史又是诗

—— "传百·传记文丛"总序

斯　日

"传记是历史还是文学",当我敲下这几个字的时候,正是冬日暖阳铺天盖地地洒过来的时候。阳光照在落地窗玻璃上折回并散开,瞬间变为成千上万条的光束,在欢快地跳动着,熠熠生辉。每天的太阳都是新的,我却在面对它说着一个如此陈旧的话题,顿感有些愧对太阳的温暖和欢快,不过我又想到果戈理1842年在寒风刺骨的俄国冬天说的"可如今是这么个规矩……所以,没有办法",也顿感经典作品的魅力,穿越时间和空间的重重阻隔,你需要的时候恰巧出现。

传记文学是写人的艺术,将人的生平事迹以文学艺术的手法呈现,是传记的核心所在。理想人生是人生最佳状态,传记文学作为一种记录人生的文体,其最佳状态应是理想传记,那些经过时间的陶冶而流传下来的经典作品里不乏理想的传记,如普鲁塔克的《希腊罗马名人传》、司马迁的《史记》、卢梭的《忏悔录》、罗曼·罗兰的《名人传》,等等,今天依然是我们爱不释手的经典著作。

这些经典传记之所以流传百年经久不衰,成为理想传记,它们有一个共同的特点:将历史性和文学性完美结合在一起,既真实而完整地叙述了传主的生平事迹,又生动而深刻地塑造了传主的精神个性,对传主的命运、行为和性格做出了合理而准确的解释。真实性与文学性,这就涉及到了本文开头所说的陈旧话题——关于传记的文类属性。

　　关于传记的文类属性，学界的观点从未达成一致，真实性使传记隶属于历史，虚构性使传记隶属于文学。历史学家托马斯·卡莱尔说："历史是无数传记的结晶。"思想家拉尔夫·爱默生说："确切地说，没有历史，只有传记。"诗人叶芝说："一切知识皆传记。"在中国，《史记》的问世开启了传记与文学的携手共进。胡适为中国现代传记的发展做出了不可磨灭的贡献，他不仅自己撰写传记，还动员他人写传记，他更是精彩总结了传记文学的价值："给史家做材料，给文学开生路。"胡适这句话，既肯定了传记的真实性，也强调了传记的虚构性，为传记文学正了名。今天学界一致认可传记是跨学科的文类，胡适的贡献是首屈一指的。

　　《传记文学》杂志创刊于1984年，时任文化部副部长林默涵为《传记文学》撰写了题为《关于传记文学》的"创刊词"，并发表在1984年3月5日《人民日报》上。他在文中说："'传记文学'顾名思义，应该既是传记，又是文学。作为传记，它应该完全忠于历史，不容许虚构，更不能随意编造。……作为文学，它不仅要有一定的文采，更重要的是抓住所写人物的特征，生动地刻画出人物的性格和形象，而不是枯燥无味地记流水账。这就是把历史和艺术相结合，……也就是鲁迅对《史记》的评语：'史家之绝唱，无韵之《离骚》。'——既是历史又是诗。这当然是不容易的，但应该努力这样做。"如今，《传记文学》走过34年的积累与发展，确立了良好的思想文化品位，在国内外人物思想类读物中占有独特的地位，正是因为一直秉持以文学的笔触真实呈现历史的办刊方向，做到所刊发的文章"既是历史又是诗"。

　　2018年1月11日，是北京入冬以来最寒冷的一天，中国艺术研究院传记文学杂志社与百花洲文艺出版社达成战略合作意向，商定全方面合作方案，百花洲文艺出版社将依托传记文学杂志社优秀选题，推出名人传记、人物述评等方面图书，同时利用各自的平台资源，加大推广力度，实现双方优势互补。这套"传百·传记文丛"即是战略合作的第一个项目，陆续推出《传记文学》杂志策划的理想传记图书。

"传百·传记文丛"，其含义如其字面意义，也超越了其字面意义。"传"是多音字，一个读chuán，另一个读zhuàn。《现代汉语词典》对chuán的解释为："传授，传播，传导……"此时，"传百"的含义为：打造优秀的传记图书，并使之在更广泛的范围内流传下去。《现代汉语词典》对zhuàn的解释为："解释经文的著作；叙述历史故事的作品；传记，记录某人生平事迹的文字……"此时，"传百"的含义为：推出数以百计的传记作品。此外，"传百"含有另一层意义："传"代表传记文学杂志社，"百"代表百花洲文艺出版社，表达一种理想，即强强联合，打造传记文学流传百年的经典著作。

卡尔维诺在《美国讲稿》中强调文学作品开头的意义，他说："开始同样也是进入一个崭新的世界的门槛，进入词语世界的门槛。……对于文学作品来说，开篇是一个不同寻常的地方。"传记写作也同样强调如何成功地走进传主波澜壮阔的一生，理想的开头即代表着接近了理想的传记作品。作为一套立志于不断推出理想传记的丛书，"传百·传记文丛"刚刚出生，它的"传记"刚刚开始书写，希望"传百·传记文丛"，正如其名，一直流传开去，不止百部。

是为序。

2018年12月11日

目录 _{Contents}

引　子

1945年仲秋时节。重庆市西郊，歌乐山下，白公馆。

这是一幢中西合璧建筑风格的别墅，掩映在重重绿荫之中，因为它原来的主人是一位名叫"白驹"的军阀，故而得名"白公馆"，如今早已是国民党政府关押重要政治犯的看守所。只是中间曾有不长的时间移作他用，那是去年，"中美特种技术合作所"迎来了一百多位美国军官，蒋介石指示军统局局长戴笠，务必细心周到地安排好盟军贵宾的生活。戴笠不敢怠慢，便将戒备森严的白公馆进行一番装修，改看守所为友军招待所，供美军代表团中的校级军官居住。一年时间过去了，招待所完成了使命，旧业重操，又变成了一座秘密的监狱。

偌大一座白公馆，这段日子里只软禁了六个人，他们是：周佛海、杨淑慧、杨惺华、罗君强、马骥良、丁默邨。

周佛海可称得上是中国历史上的一个典型的奸雄人物。他曾加入共产党，并且是中共一大代表，会议期间他曾与毛泽东同住一室，慷慨激昂地大谈共产主义理想。但是，此后不久他就投奔了国民党，官居中央执行委员、中央宣传部代部长等要职。抗战爆发后，他组织"低调俱乐部"，散布"抗日必败"的悲观论调。正是他，率先向日本人献媚表示愿当汉奸。又是他，只因感叹自己地位低下不配当"汉奸王"，不得不勾结汪精卫的老婆陈璧君做内应，要尽手段拉汪精卫下水，终于让犹抱琵琶半遮面的汪精卫公开投敌。在汪伪政权里，周佛海权倾朝野，曾任行政院长并兼任过财政部长、警政部长、上海市市长等职。

　　另外的五个在押犯，杨淑慧是周佛海的老婆。杨惺华是周的妻弟，曾任伪中央信托公司总经理。罗君强是周佛海的心腹，曾任汪伪政权司法行政部长、税警总团团长等职。马骥良是伪中央储备银行总务主任。至于丁默邨，则更是周佛海手下的一员大将，他不仅是周的乡党，又是他的铁杆幕僚，周兼任"特工委员会"主任时，丁默邨是该委员会副主任，并兼任"特工总部"主任，实际掌握着特工大权。

　　周佛海认贼作父，但他生性狡诈，懂得怎样为自己留后路。因此，在不影响日本主子对他的信任和不伤害自己根本利益的前提下，他也暗中与重庆国民政府联络，替重庆做一点事情。例如，汪伪特工总部原副主任（后任伪江苏省主席）李士群，就是周佛海配合重庆军统人员设计，借日本人之手给杀掉的。其实这是周佛海假军统之力除掉了一个官场上的对手，真可谓一箭双雕。他自恃对重庆有功，当日本宣布无条件投降时，便立即向蒋介石表达"愿效犬马之劳"的"忠心"。蒋介石也借势借力，任命周佛海为国民党军事委员会"上海行动总队"总队长，委托他负责"维护上海及宁沪杭沿线的治安，保证国民政府军队的全面接收"。周佛海拼命表现，纠集伪军武装，甚至借用日军兵力，大肆"清剿"共产党，抵制新四军接收上海。他满以为这下子为蒋委员长立了大功，不仅可以将功折罪，并且应该封官赐爵了。没想到蒋介石让他的美梦成了画饼，突然派人将他和他的一伙亲信押来重庆囚禁。

　　周佛海惶惶不可终日，一见到军统局前来"看望"他的官员便乘机搭话，拐弯抹角地探问自己的前途。这一日，囚室里走进一位重要官员：军统局总务处处长沈醉少将。机不可失，周佛海缠住沈醉，东拉西扯说个没完，最后把话题扯到丁默邨身上。正巧此时肺病复发的丁默邨又在隔壁牢房里一声声咳嗽，周佛海便借题发挥，想从军统对丁默邨的态度中推测自己的命运。他说道："沈将军，丁默邨的身体状况堪忧，也许该送医院了吧？蒋委员长委任我为上海行动总队队长的同时，丁默邨也被任命为浙江军事委员。其实，在此之前，他也曾暗中为你们出过力呀！我有些想不明白，对他这个人，你们为何也不肯放过，早在六年前就曾派人暗杀他，并且派进'76号'卧底的特工竟然是一位年轻漂亮的女子。这么出色的女特工，你们是怎样训练出来的？"

周佛海的一番话，把沈醉问得一头雾水。六年前刺杀丁默邨？他从未听说过此事，更不知道军统曾向丁默邨的"特工总部"派过卧底女特工。

"这位女特工叫什么名字？"沈醉问道。

周佛海回答："她姓'郑'，名叫'郑苹如'。"

"郑苹如？"

"沈将军，您听我说，这位郑苹如，她堪称巾帼英雄，并且不是一般的女中豪杰，她的壮举，不仅中国人赞扬她，就连有良知的日本人也为她掬泪。"

"为什么？"

"因为她血管里流淌着两国亲人的鲜血。她父亲是中国人，在国民政府的法院任职。她母亲是日本人，是东京一户高级知识分子家庭的才女。"

"她父母叫什么名字？"

"这个，我记不清了。"

"她现在在哪里？"

"唉！"周佛海假惺惺地一声长叹，"可惜了，因为刺杀行动没成功，她暴露了身份，日本人和汪精卫坚决命令要杀掉她。特别是日本人，非逼着对她格杀勿论。我曾想保她一命，但终是无能为力。可惜她太年轻了，牺牲时才二十一岁。”

“你可知道，郑苹如的联络人是谁？”沈醉又问。

巧舌如簧的周佛海这时却突然变得口拙了。郑苹如的单线联络兼直接指挥人是哪个，他当初并不知晓，但是后来他不仅见到了这个人，并且将此人“培养”成了一个为他所用的马仔，因为这个人也像周佛海一样善变，是个典型的“变色龙”。郑苹如被捕后不久，此变色龙便投在日本人脚下，成为丁默邨鞍前马后的帮凶。如今这个人又变脸了，一摇身竟成为“抗日有功之臣”，当上了中统局驻上海的“接收”大员。此“大员”念念不忘他在当汉奸时周佛海、丁默邨对他的栽培，因此“挺身而出”，舞文弄墨向中统局写证明，证明周佛海、丁默邨“身在曹营心在汉”，“掩护过我们的同志”。由于周佛海和这个人有特殊的利害关系，所以他不愿向沈醉道出此人的姓名，以免节外生枝。但他又不可对沈醉的问话避而不答，于是闪烁其词地说道：“行动负责人，不是军统就是中统，但具体是谁人，不清楚。”

“难道你们没做过调查，没任何线索？”

“线索倒是有一条。有两个人曾企图劫狱救出郑苹如，但没成功。其中一人后来被我们抓住了，他坦承他是重庆的特工，但是究竟是属中统还是军统，领导人联络人是谁，他都守口如瓶。不过，据我们掌握的情报，这个人和共产党有着特殊的关系，他劫狱救郑苹如，另一个和他一起行动的人，就是个共党分子。这个共党分子也姓‘郑’，也只有二十岁出头，名叫‘郑铁山’。”

“现在先不说这个共党郑铁山，我只想知道，我们的劫狱的特工，叫什么名字？”

“让我想想……噢，想起来了，他化名‘周鹤鸣’，真实姓名我们一直没审出来。"

"周鹤鸣，他现在在何处？"

"死了，被日本人下令枪毙了。死时也很年轻，二十四五岁。"

"也牺牲了？"沈醉的心情十分沉重，离开白公馆立即赶往军统局人事处，要求查一查郑苹如和周鹤鸣的档案资料。档案员认真查阅，翻遍了花名册，也没发现"郑苹如"和"周鹤鸣"。难道他俩全都属于中统局的人员？沈醉转身赶往中统局，请求帮忙查阅。结果也令他大失所望，中统人员的名册中同样没有郑苹如和周鹤鸣。

沈醉特意去见戴笠局长，向他汇报此事。戴笠指示军统人事机关仔细查找郑苹如和周鹤鸣的档案资料。不料此命令落在了一个宵人手里，此人正是周佛海刻意要向沈醉隐瞒的变节者，而现在这个人的伪装尚未剥去，还正春风得意担任国民政府的要职，是刚组建的中统局"驻沪专员办事处"的负责人。他向中统局总部汇报说：郑苹如和周鹤鸣都确有其人，未列入名单事出有因。郑苹如并未履行过任何加入组织的手续，甚至连外围组织都未登记参加，她只是中统局的一名"运用人员"。至于周鹤鸣，他到上海后一直使用的是假名字。"周鹤鸣"是假名字之一，他还用过"查森""詹林"等化名，甚至用过一个英文名字。他的真名是什么，只有他的单线联系人知晓。但是不幸这位联系人已被日本宪兵队杀害了，线索就此断了，因此周鹤鸣的真名无法考证。另外，这个周鹤鸣，他还犯有严重错误，那就是他不听从他直接领导人的多次警告，和一名共党分子走得太近，所以中统的功劳簿上未记上他的名字也不足为奇。

沈醉对中统局驻沪专员办事处负责人的这一番回答十分不满，他说，抗战期间国共两党合作抗日，周鹤鸣和共产党员接近有什么大错？就为这而抹杀他的功绩，岂非太荒唐？沈醉对郑苹如、周鹤鸣这两位无名烈士念念难忘，直到数十年后，还在他的回忆录《人鬼之间》（中国文史出版社2005年1月版）一书中写道："我很生气，我说为了我们的工作，人都死了，连一个名字都没保存，太不应该了！"

有情的是，黄浦江水，它不歇不息地日夜奔流，掀起层层浪花，犹如揭开一页页史书，把不该忘却的郑苹如烈士和她的亲如同胞兄弟姐妹的周鹤鸣、郑铁山等抗日英雄儿女们的故事，含泪讲述给后来的人们听……

第一章　兄弟，战友，兄妹

1

郑铁山做梦也没想到，他会在上海与周鹤鸣久别重逢。

同样，周鹤鸣见到郑铁山时，也是又惊又喜，怀疑自己是在做梦。

没料到的是，表兄弟二人从此竟然将并肩战斗，而彼此却分属于曾经水火不容的两个政党，郑铁山是共产党党员，周鹤鸣是国民党党员。

生逢乱世，多少事情的发生出人意料啊！周鹤鸣更没想到的是，他的亲密战友郑海澄的妹妹郑苹如，这位在他心目中还未长大的天真无邪的姑娘，本当在大学校园里安心读书，可是现在却不得不离开校园，冒着生命危险，成为了一名抗日隐秘战线的女战士。周鹤鸣和郑苹如的单线联系人是同一个人。郑苹如并不知情，而周鹤鸣虽然心里明白，却绝不向郑苹如说明，也不敢透露自己的真实身份。他特意到郑家拜访伯父伯母，说自己已决定出国留学，郑苹如丝毫未怀疑，信以为真。

就在几天前，1939年农历五月端阳节这天，周鹤鸣带着表弟郑铁山一同到位于法租界的重庆南路万宜坊的郑府拜访，就为了通报自己"出国"的信息。

这一天恰是郑苹如二十周岁的生日。听到门铃声，郑苹如的母亲郑华君打开房门，没想到是周鹤鸣来访。老人家的目光里既有惊喜，又有疑问。

周鹤鸣说："伯母，我退伍了。"

"为什么呀？"郑华君望着周鹤鸣的一身西装。

　　周鹤鸣回答："自从我从陆军部队选调到空军部队学飞行后，一切都很顺利，可以说进步很快。我得衷心感谢海澄，他虽然很年轻，和我同龄，但他已是经验丰富的老飞行员了，我是他的学生，而他却总是对我说，我俩的关系不是师生，是兄弟，亲兄弟。"

　　"海澄几乎每次给家里来信都提到你，说他在许多方面都应该把你当榜样。他特别夸你，说你是一名优秀军人！"

　　"唉，可惜再不能穿军装了……"

　　"因为什么呀？"

　　"天有不测风雨，没想到，我在跳台上训练跳伞时，摔伤了右腿，不得不退伍。离开部队时，海澄兄为我送行，千言万语不知从何说起……"

　　"鹤鸣，你也别太难过了。中国不是有句古话吗，是金子放在哪儿都会发光。"

　　"谢谢伯母的安慰。"

　　"你现在有什么打算，准备在上海租界找一份工作吗？"

　　"日本兵已占领了上海，租界现在形同一座孤岛，求职太难了。我已决定到美国去求学，后天乘船。正巧是从上海出发，特来向郑伯父郑伯母辞别。离开部队时海澄兄特意交代过我，让我经过上海时一定要代表他回家看看父母。海澄还说今天是苹如妹妹的生日，他早就备好了一份生日礼物，让我交给妹妹。"

　　生日礼物是一条绿松石项链。

　　周鹤鸣向郑伯母和郑苹如介绍了陪他同来的郑铁山。他说："铁山和我的老家都在四川省永川县，铁山是我的表弟，他来上海已有两年辰光了，对上海熟悉。所以我特别拜托铁山弟，请他今后代我常来看望你们。"

郑伯母哪会知道，周鹤鸣到郑家拜访，是经过了一次次恳求，才得到上司批准的，这机会真是来之不易。但是上司有言在先，只此一次，下不为例，今后若没有极其特殊的原因，周鹤鸣是再也不允许在郑家露面的。

周鹤鸣与郑伯母的对话，内容有假有真。假的部分当然是脱下军装决定出国留学，真的部分则是郑海澄对他的重托。海澄知道鹤鸣此来上海将担负重要的特别任务，他嘱咐鹤鸣要处处注意安全，同时也拜托鹤鸣，一定要利用他在上海租界的有利条件，暗中多关心保护海澄的父母及兄妹们。其实，不用海澄交代，鹤鸣也会这样去做的。可是，遗憾的却是，他不能常到郑家看望，甚至要对伯父伯母谎称自己远走高飞人不在上海。所以他自然而然就想到请表弟郑铁山相助，让铁山常来郑家看望，及时告知郑家的情况。表兄弟二人，一个在明处，一个在暗处，携手为保郑家的安全尽绵薄之力。

周鹤鸣觉得，帮助自己关照郑伯父郑伯母一家的有力伙伴，再没有比表弟郑铁山更合适的人选了！别看铁山很年轻，只比郑苹如年长一岁，可他却是经历过许多磨难的中共地下党的老党员了。他智勇双全，胆大心细，做情报工作，实在是一个难得的人才。可惜，这样的人才，怎么不在国民党的中统情报系统工作！

铁山还有一个有利条件，恰巧也姓郑，说不定和郑伯父家八百年前是一家人呢！

周鹤鸣到郑家拜访时，郑苹如的父亲郑钺不在家，在法院上班。他回家后听夫人和女儿苹如讲起周鹤鸣来访的情况，叹息一声："现在时局这么乱，出去读读书也好啊。"话虽这么说，心里却已明白了八九分。周鹤鸣与儿子海澄情同手足，他俩所在的飞行团，曾在笕桥机场训练多日（笕桥机场位于浙江杭州市东北郊，原为清朝军队的马队和炮兵营的校场，

1931年由国民政府将此地改建为军用飞机场），笕桥离上海不远，海澄曾两次在假日里带鹤鸣一起回沪探亲。郑钺十分欣赏鹤鸣这位优秀青年，在心里将他当自家的儿子看待。现在鹤鸣为什么突然脱下军装？若说他摔伤了腿不适合再飞行，郑钺相信。但是若说因此连军人都不能当了，这不可能。况且鹤鸣在陆军时就已被培养成了神枪手，当下国家正需这样的抗日英才，怎会容许他退伍，他本人又怎甘心离开抗战岗位？不过，既然鹤鸣不便明说，那我老郑也就只能心照不宣，并且应叮嘱华君和苹如，鹤鸣的事，切莫多打听。

2

二十一岁的中共地下党员郑铁山，派到上海来做情报工作，已有三年多时光了。

从去年春天开始，郑铁山接受了一项极其特别的任务，以一名"茶壶"（烧开水提茶壶的杂工）的身份，成功地进入了一处环境十分肮脏的地方——会乐里。现在，未料到周鹤鸣也要步郑铁山的后尘，以另外一种身份走进会乐里。

为什么国共两党的情报机关，不约而同，先后把目光盯向同一个地方呢？

说奇怪其实一点儿也不奇怪，答案是，因为在会乐里这个特殊的地方，有一个特殊的人物大有情报利用价值，她的名字叫"鲁婉英"。

共产党与国民党虽然目标一致，但是任务和方法却不尽相同，对鲁婉英的态度也不一样。虽然鲁婉英的身份和背景都特殊，但共产党情报站负责人仍视她为普通群众，要争取她为抗日出一份力。国民党中统局上海情报站负责人则认为鲁婉英是个下九流人物，情报工作需利用她，这是别无选择的无奈之举。

来会乐里之前，郑铁山的公开身份是"蜀乡公所"的茶役。

蜀乡公所内的空气是干净的，在这里郑铁山可以自由呼吸。而会乐里的空气是污秽的，在这里，郑铁山需处处谨慎小心。

蜀乡公所位于上海南市区天主堂大街的一条弄堂。破破烂烂的弄堂，却有一个好听的名字：花园坊。这里与黄浦江近在咫尺，附近的货运码头有好几处，距离最近的是董家渡码头和永盛码头。

蜀乡公所经营的日常生意是客栈，共有几十张床位。来这里住宿的大都是贫穷的走长水的外乡客，其中绝大多数是四川船工。

除日常生意之外，蜀乡公所还经办一桩积德行善之事：运送客死他乡的四川人的遗体回老家。四川人恋故土，流落在外的人死后渴望回家乡入土为安。为此，蜀乡公所就备有棺材库房，常有棺材抬进抬出。

有人就把蜀乡公所称为"棺材库"，这名称晦气，一般的客人都不来此处住栈。四川船工不在乎这些，看中它的价格便宜，床铺干净，服务也周到。

日本人占领南市后，很快便得知蜀乡公所"棺材库"的名声，因此回避这个地方，查户口时也不到这里。

这里的客房掌柜姓赵，名子辰，四川成都人，四十岁出头，穿着打扮却像六十岁的老者一样老气横秋，深蓝色家织布长衫，黑色瓜皮帽，从早到晚都为接客送客忙碌，偶有空闲，最惬意的享受便是左手捧一只水烟袋，右手拈一根纸媒，端坐在柜台内，"吱儿吱儿"地吸上几口。高兴时他还唱几句川戏，唱得荒腔荒调却自得其乐。典型的一个憨巴佬模样，有谁会想到他曾领兵战场指挥若定，现在是郑铁山的领导人。

郑铁山来到上海之前，早已练就了一手提壶续茶的好功夫。正是有了这一有利条件，赵子辰才胸有成竹地一步一步把郑铁山送进了会乐里。他先是把郑铁山介绍给了一位名叫"冯甲昌"的船老板，因为他听冯老板说，他船上需要一个手艺又好人又勤快的茶役。其实赵子辰心知肚明，冯甲昌这家伙是个拉皮条的人，要郑铁山到船上烧开水只是一个借口，真实目的是受了会乐里"妙香楼"老板鲁婉英的重金委托，为她物色一个可意的年轻茶役。赵子辰便借用冯甲昌这把梯子。果然不久，冯甲昌便将郑铁山当作"礼品"双手奉送给了妙香楼。

现在，周鹤鸣也将走进会乐里妙香楼。他的上司给他下了死命令：必须接近鲁婉英，否则按违犯战场纪律处分！

为什么上峰要给周鹤鸣布置这项任务？会乐里的妙香楼，究竟是一个什么去处呢？

提起这四马路（今福州路）的会乐里，上海滩的"白相人"们无人不知无人不晓，趋之若鹜。这里是被租界当局承认了的合法红灯区，规模蔚为大观，南临福州路，北靠汉口路，东西两厢分别连接云南中路、西藏中路。在这里，一百五十多家挂牌的妓院都在租界工部局登过记造过册，按期缴"花捐"，其档次全都属于"书寓"或"长三堂"（即一、二类妓院），是那些"野鸡店"们所望尘莫及的。妓院的名称五花八门，有叫"元春堂""绣云阁"的，还有叫"天鹅""黄猫猫"的，等等。而在这百余家顶尖妓院中，又当数"妙香楼"傲立群芳。其中缘由，并非仅仅是这里的"先生"（先生，指上等妓女）们个个都年轻标致，更因为这家院子的后台硬，年轻的女老板鲁婉英，被同行们称为"四马路上一枝花"。

这鲁老板年纪不大，才刚刚三十岁。她的后台是谁？说出来，连天不怕地不怕的流氓阿飞们也立马吐舌头——在上海滩跺跺脚地皮也得抖三抖的青帮大佬冀墨清！

第二章　编外人员

1

暂且放下会乐里妙香楼不表，现在回到洁净之地重庆南路万宜坊郑苹如的家。

郑苹如手捧绿松石项链，眼前不断浮现哥哥的亲密战友周鹤鸣的身影。

鹤鸣兄，你现在身在何处，踏上美国国土了吗，苹如我祝你平平安安！

抬头望一眼床头柜上的小闹钟，眼见齐纪忠（化名）先生约定的见面时间就要到了，郑苹如把绿松石项链小心地锁进梳妆匣，起身离开家。

第一次见到齐纪忠先生，是在三年前（1936年）的冬天。那时，郑苹如尚未失学，还在上海法政学院读书。

那一日天气特别的阴冷，天空堆积着厚厚的乌云。已是下午两三点钟光景，天却暗如深夜，时光仿佛被阻隔在拂晓之前的五更时分。一场冬雨在酝酿，酝酿已有好几日了，总也不见落下来。

一同来访的两位客人穿着打扮大相径庭，适成鲜明对照。陈而立（化名）身穿呢大衣，脚蹬皮鞋，围一条长围巾，戴一顶绒线帽，将自己包裹得严严实实，进门后就长叹："上海的冬天怎么这样冷？"而与之相反，齐纪忠却是不畏寒冷，一身西装，西装里只套了一件毛线背心，也没戴帽子，让被冷风吹乱的头发替他宣示他的朝气蓬勃。

　　苹如的父亲与两位客人在客厅里交谈，苹如在自己的书房里静静倾听。陈而立先生言语不多，齐纪忠先生则是慷慨激昂侃侃而谈。苹如虽然不喜欢齐先生长篇大论容不得别人插言，但她仍听得认真。因为他觉得齐先生滔滔不绝的言论讲得毕竟句句有理，也给人鼓舞的力量。毫不夸张地说，他称得上是一位演说家。他说到"九一八"事变日本侵占东北四省，说到白山黑水，大豆高粱；说到1932年的第一次淞沪抗战，日本人竟采取流氓无赖手段，利用和尚和浪人闹事挑起战火。他说道：自古以来，中国人民都一直善待日本邻邦，中国的文化，甚至中国的服饰、诗词、绘画、汉字，都使日本受益匪浅。恨只恨晚清腐败政府，把偌大一个中国糟蹋成了贫弱之国，连弹丸之国小日本也敢来欺侮我们了！试看今日我中华，虽然国力不如它小日本，武器也比不上它，但是我们有广阔国土，有四万万同胞！并且，中国政府已不是腐败无能之满清政府，民国已成大统，只要我们全国上下齐心协力，还怕他日本侵略者张牙舞爪？日本必败，我中华四万万同胞必当抱定必胜之决心，如此方可无愧于辛亥前辈，无愧于中山先生的在天之灵！

　　陈而立、齐纪忠二人第二次来郑家拜访，是在半年多之后。

　　第一次来郑家拜访，是礼节性拜访。那时，郑苹如还不知道陈而立、齐纪忠的真实身份，只知道他们是受陈果夫先生委托，特意来看望父亲的。父亲郑越原，又名"郑英伯"，单字"钺"，后来便以字代名，因此许多人只知他名叫"郑钺"。他是辛亥革命的老前辈，曾与陈果夫先生在一起进行过革命活动。而陈而立是陈果夫的亲戚，齐纪忠则是陈而立的表弟，二人以此特别身份来拜望，当然是名正言顺。

　　陈而立、齐纪忠第二次来郑家，向郑钺老前辈报告了自己的真实身份。陈而立是"国民党中央执行委员会调查统计局"驻上海特派员，特别情报站站长。齐纪忠是陈而立的得力助手。听他二人自报家门之后，郑苹如的父亲会心而笑："我早就猜出你俩负有特殊使命。如今日本人越来越猖狂，倘若有需要我出力的地方，你二人尽管明言。"

陈、齐二人正是来郑家求助的。

这是1937年的6月，日本政治形势发生变化，内阁再次改组，由近卫文麿代替林铣出任首相，并重新组阁。从去年2月至今，日本内阁已三次重组，每重组一次，军国主义的气焰就更加嚣张。近卫一上台，更是加快法西斯步伐，加紧扩军，尤其是增加驻华军力，准备对中国发动全面侵略战争，并妄图速战速决。面对如此严峻形势，国民政府军事委员会命令中统加强对日情报工作。事有凑巧，近卫文麿的儿子近卫隆初目前就在上海。这近卫隆初是个纨绔子弟，原在美国普林斯顿大学留学，一天到晚只知道吃喝玩乐。他老子拿他无奈，就把他接回日本，又送到中国，让他在上海同文书院读书。同文书院是日本政府于1900年创办的日文学校，位于上海虹桥路，校长名叫"中山优"，是近卫文麿的老友。同文书院名为高等学府，其实是个情报机关，每年从日本派一百多名经过严格挑选的学生入校，培养他们成为"中国通"。近卫文麿把公子交给老朋友代管，无疑有两个目的，一是企望近卫隆初改变环境之后浪荡习性有所收敛，二是想让儿子在中山优的培育下成为情报专家，为"大日本帝国"侵占中国建立奇功。中统认为，近卫隆初肯定是一条"大鱼"，若能接近他，一定能从他身上得到重要情报。因此，陈而立和齐纪忠才特意来郑家拜访，希望郑钺先生鼎力相助。

郑钺听客人说明来意，陷入沉思。送别客人时，他说道："请二位慢行，三日后再来，听我的答复。"

郑钺确实需要时间，因为他听明白了陈而立和齐纪忠的心里话。他知道，这接近近卫隆初获取情报的艰巨任务，不是他这个老人可以完成的。担此重任之人选，非女儿苹如莫属。一，苹如也是个大学生，以此身份与另一个"大学生"近卫隆初接近，名正言顺。二，苹如的母亲是日本人，苹如在妈妈和外公外婆的影响下从小就能讲一口纯正、流利的日语，并且熟知日本礼仪，说起日本历史、文化、风土人情，也难不住她。把和服往她身上一穿，她就是一个像樱花一样漂亮的日本少女。有这两点别人不具备的条件，也难怪陈而立、齐纪忠会想到把如此重要的任务交给她。

但苹如毕竟年幼，她才刚满十八周岁。任务又如此艰巨，难免会出现危险，她担得起吗？

还没等爸爸作过多考虑，女儿已主动请缨了："爸，你还犹豫什么呢，你们三个人的谈话我都听到了，并且我也猜出来了，他俩有意把话也说给我听。爸，这件事总不能让你老人家出面吧？爹年迈，弟年幼，我不当花木兰谁当花木兰？"

"苹如，这件事非同小可，你让我再好好想想。"

见爸爸仍拿不定主意，苹如转而去向母亲求援。母亲的日文名字叫"木村花子"，是日本东京的名门闺秀。她爱上了为中国革命事业而在异国他乡奔走的郑钺，毅然决然与他结为夫妻。为表达她爱中国、爱丈夫之心情，她随夫改姓，并为自己取了个中国名字：郑华君。

听完女儿的请求，妈妈回答道："你让我想想，好好想想……"

"妈，你怎么也跟爸爸的回答是一个样呢，我求你不是白求了？"

"苹如你不要急，你让我仔细想想……"

"妈，还要想什么嘛？"

"我想起来了，他的名字叫'盛田次秀'！"

"妈，什么盛田次秀啊，我刚才说的是近卫隆初，日本首相的儿子！"

妈妈笑了。她告诉女儿，盛田次秀是她在东京读大学时的一位同学的侄儿，非常巧，这盛田次秀现在也在上海同文书院读书，老同学曾托人捎过信来，请苹如妈妈关照盛田。苹如妈妈本来不想接近这个盛田，但现在为了办成大事，只好让女儿代表妈妈去"看望"此人了。妈妈说："苹如，按中国古人的话说，这就叫'声东击西'，又叫'明修栈道，暗度陈仓'，对吗？"

"妈妈，你太聪明伟大了！"妈妈的话真使郑苹如喜出望外，也让父亲打消了顾虑。有了妈妈的周密安排，爸爸相信，女儿不会出什么危险。

2

事情比预料的还要顺利。盛田次秀当然认识首相的公子近卫隆初，并且没少陪他出去玩耍过。盛田次秀为有年青美丽的旅居中国的日本姑娘来拜访而无比高兴也无比自豪，向同学们炫耀说郑苹如是他表妹。他的自豪、他的得意引起近卫隆初的羡慕，主动向盛田请求，希望盛田介绍他认识"表妹"。盛田不敢造次，征得"表妹"同意后才充当了介绍人。近卫被"表妹"的美丽容颜照花了眼，殷勤邀请"表妹"常来同文书院，大家一起聚会畅谈。

近卫隆初对郑苹如毫无防范之心，他以认识"表妹"为荣，热情介绍郑苹如认识了在上海的不少日本的要人，其中包括日本华中派遣军副总参谋长今井武夫，还有负有特殊使命的日本特使早水亲重。郑苹如从与这些人的闲谈中，轻而易举地就获得了许多极有价值的情报，及时报告给齐纪忠。齐纪忠因此而一次次立功受奖。

齐纪忠本指望在近卫隆初这条大鱼的身上获取更具超级价值的情报，

以便自己立奇功，受到中统总部的表彰，甚至被蒋委员长接见。但是郑苹如向他汇报说，通过多次接触，了解到近卫隆初是个彻头彻尾的纨绔子弟，除了吃喝玩乐，其他事皆不关心，因此没有什么情报价值。

没有情报价值？日本首相的公子啊，这么重量级的一个人物，怎么可能没价值？况且他人就在上海，天赐良机，就是要让我齐纪忠立下惊世大功，连连高升啊！

齐纪忠冥思苦想，终于眉头一皱想出了一个妙主意。他立即约见郑苹如，指示她，明天是星期天，你到同文书院去，把近卫隆初给约出来，带他到这个地方，就说你有位姓"王"的朋友仰慕他，请他到家做客，品尝中国大菜，喝地道的龙井茶，还有正宗的茅台酒。

齐纪忠所说的王家，其实是中统上海情报站的一个秘密联络点，位于法租界的圣母院路（今瑞金一路）。聪明过人的齐纪忠，要在这里干一桩惊天动地的大事：假借请客吃饭的名义，把日本近卫首相的儿子给秘密绑架了，用这个草包公子作人质，逼迫日本首相改弦更张，宣布从中国撤军。

齐纪忠的这一奇思妙想，幼稚得近乎荒唐。但是他求功心切，聪明绝顶的人一下子变得糊涂到底，为自己的决定越想越得意，情绪亢奋。

近卫隆初受邀到中国人的家里赴宴，心中万分高兴，把自己的好友盛田次秀也带上了。他告诉盛田，此事不可声张，不用请假，更不可让校长知道，只管悄悄而去悄悄而归。

郑苹如做向导，领着近卫和盛田走进"王先生"家。齐纪忠发现多来了一个人，顿时对郑苹如暗生埋怨，心说，我指示你把近卫隆初给带来，你怎么一点儿脑筋也不动，多带来一个人呢？转念一想，又突然啧啧高兴了，决定一不做二不休，把两个家伙全绑架了。

郑苹如并不知道齐纪忠的绑架计划，只以为是经验丰富的老特工齐纪忠今天要亲自与近卫隆初面对面闲谈，从中捕捉情报。

在"王先生"家的客厅，齐纪忠和"王先生"盛情款待近卫和盛田。郑苹如则帮着"王夫人"在厨房忙碌。午餐很丰盛，近卫和盛田都开怀畅饮，喝得酩酊大醉，和衣躺在沙发上呼呼大睡。这时，郑苹如才从"王先生"在书房与齐纪忠的悄声争执中感觉到了气氛的不对。齐纪忠对"王先生"说，晚饭后必须动手，办法是在酒中加药，让两个日本人昏迷不醒，绑架后先把他俩关起来，再向上司报告。"王先生"犹豫不决，主张先向上峰请示报告得到允许再行动。齐纪忠固执己见，说他胸有成竹，只管先斩后奏，上司不仅不会责怪，反而会喜出望外，击掌称赞。

郑苹如感到事情严重。她虽然年轻，但她毕竟是学法律的大学生，知道国际间交往遵守法规的重要性。近卫不是一般的日本人，而是日本首相的儿子啊！如果莽撞行动，绑架他绑出了外交风波，后果不堪设想呀！怎么办？

郑苹如这时显得格外冷静沉着，她要想办法制止齐纪忠的冒险行动。借出门买水果之机，她在电话亭给家里打了个电话，向父亲报告紧急情况。父亲立即回答说，必须制止这一行动，我来想办法。

想什么办法？最迅速最牢靠的办法是立即通报给齐纪忠的直接领导人陈而立。但是郑钺并不知道陈而立的联系方式，住址，电话，一概茫然。好在有一条线索可用，是陈而立向郑钺说过的，若郑家遇到了什么为难之事，可到马浪路（今马当路）的一家店牌为"石言"的图章刻制店向"崔老板"通告。"崔老板"年纪五十开外，戴一副老花眼镜，风雨无阻每日坐店。见了"崔老板"，你只需对他说，安澜先生，我的"野鹤"闲章制好了吗？他就知道你是自家人。

郑钺乘一辆黄包车赶往"石言"刻章店，告诉"崔老板"，"王先生"家有人突发重病，请"崔老板"快去请陈大夫，速速去王家看病。

陈而立接到"崔老板"的报告，不敢怠慢，火急赶到秘密联络点"王先生"家。此时晚宴正准备开始，陈而立向"王先生"问明了情况，当机立断，严肃命令齐纪忠，晚宴之后赶快送客放人。

齐纪忠哪里知道，他险些闯了大祸！这时候的同仁书院长官办公楼内早已乱作了一团，校长中山优急得直跳脚。他是在学校开午饭之时才听人报告，首相的公子带着盛田次秀私自溜出学校了，一去不归，去向不明。此事非同小可，中山优慌忙向日本军驻上海的军部报告险情，军部和日本驻上海的各特务机关全都闻风而动，派出大量的军警和特务在租界内外全城巡查。如果到夜深时还不见首相公子平安回校，那就得向东京紧急报告。

还好，中山优只是惊出了几身冷汗而已，掌灯时分，只见酒足饭饱的首相公子与盛田次秀肩并肩，摇摇晃晃回到了学校。

3

一次贸然的绑架行动就这样被制止了。事后，齐纪忠在陈站长面前，居然把责任推到了郑苹如身上。他煞有介事地说，郑苹如到底太年轻了，考虑问题幼稚，是她向我建议绑架近卫隆初当人质。陈而立当然明白齐纪忠这番话是撒谎，但他并不点破，也没提及幸亏是郑苹如求父亲帮忙及时报告了险情。他对齐纪忠总是宽容相待，一是齐纪忠是他的亲表弟，二是齐纪忠毕竟是一员受过多种训练的老特工，经验丰富，脑瓜子聪明，点子多，况且是一名"上海通"。他从小就离开浙江吴兴老家，在上海亲戚家长大。陈而立有许多事需倚重齐纪忠，对齐纪忠身上的一些毛病，不得不睁一只眼闭一只眼。唉，常言说，人无完人金无足赤啊！

自从齐纪忠的手下有了郑苹如这位"运用人员"之后，他真是如虎添翼，不断地获取情报，不断地立功受奖。

但是郑苹如却没有得到任何嘉奖，因为她没有组织，也没有上峰。要说"上峰"，那就是她的父亲母亲，还有她正在受难的祖国。

中统局没有给予郑苹如奖励，这并不重要。重要的是她也没引起日本人的怀疑。在日本人眼里，她不过是一位天真单纯的东京少女，谁也不会想到她是个"危险分子"。正是因为有了这特殊身份，陈而立和齐纪忠就把更多的别人难以完成的任务交给她，她总是从容接受。陈而立对郑苹如极为赞赏，他认为这位大学生姑娘人才难得，有文化，头脑聪明，处事机智，会日语，会英语，身份又特殊，应该将她吸收为中统局的正式情报人员。但是齐纪忠却有不同的考虑，他向陈而立进言："表兄，依我之见，还是把郑苹如留在组织之外作为一个编外运用人员更好，更适合她自由地开展工作。表兄你尽管放心，既然你把郑苹如交给了我，让我负责与她单线联系，那么我就理当会处处小心，绝对保证她的安全。"

郑苹如周旋于日本各个情报机关之间，小心谨慎地与世界上最惨无人道的"武士道"豺狼们打交道。在此之前，她哪里知道情报战线的波诡云谲，走进旋涡之后才知道处处是刀光剑影。日本人的情报网遍布全上海，光是直属日本本土指挥的机构就有八大系"部队"，各种名目的特务组织共计五十多个。例如，日本大本营参谋部直系的有"梅机关""熊机关""静安机关"；日本大本营陆军部直系的有"田机关""大场茂机关""森机关"；日本"中国派遣军"直系有"情报战略课""政治经济课"，还有"登部队"（即侵华日军第十三军）的"新兴机关""野机关"。再有陆军省的，海军司令部的，内阁情报系统的，外务省情报系统的，又有什么"民间系"的（例如"黑龙会上海支部""国际情报社上海支局""大日本青年党上海支部""佐之木公馆情报站""日满商事株式会社情报站"等），真是五花八门，群魔乱舞。

这么多秘密特务机构犹嫌不足，日本人还不惜代价积极培植汉奸特务组织。例如，"大本营参谋部"所属的"梅机关"，其主要任务就是扶持并监督汪精卫"国民政府"的"中央特工总部"。"梅机关"的创始人名叫"影佐祯昭"，是土肥原的心腹。为了把宁、沪、杭长江三角洲的汉奸组织都牢牢控制在手里，"梅机关"还设立了四个分机关：上海（沪西）分机关，机关长晴气庆胤；南京分机关，机关长原田；苏州分机关，机关长金子；杭州分机关，机关长中岛信一。

好在郑苹如拥有别人所无法具备的特别条件，日本人做梦也不会想到她是个"重庆分子"。许多日本重要人物，例如今井武夫，又例如早水亲重，在郑苹如面前高谈阔论都毫不忌口。

今井武夫曾任"日本参谋总部中国课"课长，后来又任华中派遣军参谋长，是一个"中国通"。而早水亲重是日本政府的特使，也是个"中国通"，他的特别任务是拉拢扶持汉奸人物。就是这两个"中国通"，从1938年年初至该年年底汪精卫公开发表"艳电"，整整一年时间内，都在为拉汪精卫一伙人下水而奔走于东京、香港、上海之间。也就是他俩，坐镇上海"重光堂"（虹口公园附近的一幢日本人公寓），与汪精卫、周佛海派来的代表高宗武、梅思平一起签署了臭名昭著的《日华协议纪录》（又名《重光堂协议》）。细心的郑苹如，早就从今井武夫和早水亲重的话语中得知汪精卫、周佛海可能会有异常行动，并及时将此重要情报报告了齐纪忠。可是总是觉得自己很聪明很有头脑的齐纪忠，却对郑苹如的报告不以为然，听完后就连连摇头哈哈大说："什么？汪院长有反水迹象？这怎么可能呢？这样的不着边际的触犯领袖威望的情报，若上报，我长有几个脑袋？"

第三章　妙香楼

1

应该说，是齐纪忠的自以为是，让中统局丢失了一个重要至极的情报，若不然，中国的抗战史，也许会减少许多羁绊和艰难，而那些无耻的汉奸们也不会那么洋洋得意地粉墨登场。

话分两头，让我们来关注郑铁山和周鹤鸣的并肩特别行动。

郑铁山早就猜出，为了锁定鲁婉英这个重要的"间接目标"，国民党的中统情报机关是一定会派人进入妙香楼的。但是没想到，这份苦不堪言的特别任务竟落在了冰清玉洁的周鹤鸣肩上。

郑铁山也看出来了，为给周鹤鸣探路，中统的一位老特工早就走进了妙香楼踩点。此人化名"齐纪忠"，公开身份是一家货贸公司的小K。郑铁山并不知道，齐纪忠同样也是郑苹如的单线联系人和直接领导人。

齐纪忠大摇大摆进出妙香楼，摆出一副腰缠万贯挥金如土的架势。每次来，他都点名叫"小桃红"的妓女接待。他在小桃红面前出手大方，声言说，他对小桃红越来越钟情，一日不见如隔三秋。他决定为小桃红赎身，可叹父母不同意，但是他决心已定，总有一天会说服老爷子和老太太。

妙香楼的老板鲁婉英为小桃红庆幸，庆幸小桃红遇上了有情有义的齐公子。鲁婉英哪里知道，齐公子是醉翁之意不在酒，他真正的目标却是鲁婉英。他渐渐地掌握了有关鲁婉英的详细情况，终于制定出一个行动方案，得到陈而立站长的批准。

如果按齐纪忠的原定方案执行任务，周鹤鸣会更加像下地狱一样痛苦。原方案是，周鹤鸣像齐纪忠一样，以嫖客身份进入妙香楼，先与妓女们厮混周旋，然后一步步走近鲁婉英。但是周鹤鸣实在难以接受这一方案。毕竟他还太年轻，连恋爱都没谈过，他怎能一步就跳进泥淖？

"个人事小，党国事大。华山一条径，除此方案，你还能有什么更好的办法接近鲁婉英这个臭女人？"齐纪忠质问周鹤鸣。

周鹤鸣在毫无退路之时遇到了解难人，禁不住仰望苍天感恩：老天爷呀，是你在怜悯我吗？你让我一来上海就遇到了郑铁山表弟，并且，正巧铁山在妙香楼当茶役，我不求他这位年轻的"共党分子"帮我，还能求谁？

周鹤鸣请求面见陈站长，向陈站长恳求使用另一个行动办法：通过表弟郑铁山的引导，走进妙香楼，直接接近鲁婉英。

"你这个表弟绝对可靠吗？"陈站长问道。

周鹤鸣回答："我愿用我的生命担保他的可靠，他的作用无人可替代！"

周鹤鸣没有将郑铁山共产党员的身份告知陈站长和齐纪忠，因为他知道齐纪忠与共产党结怨太深，并且齐纪忠亲手暗杀过共产党员。虽然蒋委员长已发表国共合作团结抗日的讲话，但齐纪忠仍认为共产党是赤匪，应当斩草除根。

陈站长考虑再三，点头同意了周鹤鸣提出的方案。

2

郑铁山是怎样在鲁婉英面前演戏，引导周鹤鸣一步步从蜀乡公所走向会乐里的呢？

　　在妙香楼，最苦最累的差事便是茶役。

　　找一个满意的茶役太难，难过沙里淘金。既要沏茶功夫好，令客人们满意，又要勤快，更要为人老实，在"先生"们面前规规矩矩任劳任怨。鲁婉英接连炒掉了几个茶役，四处托人物色满意人选。想不到冯甲昌给她送来了个郑铁山，她越用越满意，谢给了冯甲昌一个重重的红包。

　　别看郑铁山年纪不大，身体也有些单薄，但是干起活来手脚却特别勤快麻利，一点儿也不惜力气。鲁老板嫌"郑铁山"这名字叫起来不顺口，便送给他一个新名字——"小茶壶"。先生们甚至客人们也都随着这样叫。

　　"小茶壶"平日里就知道烧开水、提壶续茶、扫地，忙这忙那埋头干活，一天难说三句话。可是这几日鲁老板发现，"小茶壶"突然变了，变得掩饰不住心里的高兴，竟一有机会便躲在角落里傻笑。

　　"小茶壶"这是怎么了？鲁老板吩咐她最信任的"先生"小桃红出面打探打探。起初，"小茶壶"吞吞吐吐不肯回答，但是小桃红问得耐心，终于问出了原因，原来是孤苦伶仃的小赤佬郑铁山，突然喜从天降，在大马路上遇见了富贵亲人周三哥！

　　说起他与周三哥的巧遇，巧得院子里的各位先生都啧啧称奇，说是可以编成弹词来说唱了。事情的经过是这样的：那是一个大清早，空气湿润，街巷里有薄薄的雾气在飘散。郑铁山提着一只大竹篮出门买菜，低头急急行走。走着走着，突然，一不留神，懵懵懂懂撞进了一个行人的怀里，竟把那人撞得一个趔趄，"咚"一声就坐在了地上！郑铁山好不惊慌，急忙拱手赔礼。却不料那被撞之人一听见郑铁山的四川乡音，猛地抬头，然后"哎呀"一声，一骨碌爬起身，伸出双手，一把就抓紧了郑铁山……

这个周三哥是何许人物，与他的相遇，怎会让"小茶壶"喜得像拣了个金元宝？鲁婉英决定自己亲自问个明白。于是，就在"小茶壶"忙得不可开交之际，她突然招呼道："小茶壶，把茶壶先放下，到我房间来一下！"

手提大铁壶的郑铁山听得老板一声呼唤，不敢怠慢，放下手中的活计"咚、咚、咚"上楼。在这一座有三层楼的石库门大院子里，从一楼到三楼，一路数去，一间间充满脂粉香气的客房都是半掩房门，随时准备迎接客人进入的。唯独鲁老板的房间例外。鲁老板的闺房是禁地，也是唯一的一片净土。鲁老板不让任何人走进她房间，而今天却在禁地里召见一个茶役。"'小茶壶'你快走几步，进屋来我有话问侬！"

郑铁山毕恭毕敬进入鲁老板房间。鲁老板招呼"小茶壶"在沙发椅上就座，又把一只大苹果递到他手里，说道："吃吧，勿客气！"

郑铁山手捧苹果哪敢动口，束手而立，洗耳恭听鲁老板的吩咐。原来老板召见他不为别事，是想问问"小茶壶"在大马路上与周三哥巧遇的情景。这周三哥是你"小茶壶"的什么亲戚，他姓甚名谁，家住何方，多大年纪，有无妻室，父母做何营生，他只身一人来到上海是为何因？"你把你所知所晓的情况，一五一十讲个明白，讲得越仔细越好！"

郑铁山心里暗喜，好吧，我早就编好了一套台词，就等着你动问呢！他向鲁老板道出了如下情况：

周三哥是大户人家的三少爷，名叫"周鹤鸣"，今年二十四岁，尚未婚配。

在"天府之国"的四川省，距重庆城不远，有一座县城名叫"永川"。出县城向东南方向行三十里，在长江北岸，有一座古镇，名"松溉镇"，便是周三少爷的家乡。松溉镇在明、清两代都修有志书，写明此镇已有上千年历史，是一处水陆交通要地，街巷纵横，房屋齐整。闻名川内川外与江津米花糖、资阳豆瓣、重庆怪味胡豆齐名的永川豆豉，产地就在松溉镇。此镇还被人们称为"诗书之乡"，出了不少秀才，仅在沿河一条街上，就有两家举人门第。其中一家就是周三少爷家，那块"进士之家"的门匾至今仍在，是周三少爷的祖父为周家争得的荣耀。

周三少爷家有良田千亩，还有半条街的店铺。三少爷的父亲诚敬佛祖，乐善好施，被乡党们称为"周善人"。三少爷是周善人的掌上明珠，天资聪颖，在江津县城读中学时读的是洋学堂。读完中学又到省城成都上大学，上的是国立四川大学。

这般富贵人家的三少爷，怎么会被"小茶壶"称为三哥？事情的原委是这样的：郑铁山的爷爷是周家的老长工。爷爷去世后，郑铁山的爹爹又进了周家。两代长工都忠厚勤劳，深得主人家重待。特别是郑铁山的爹爹，简直就是周家不可缺少的一员，并且，他还是三少爷的救命恩人！只因三少爷少年时代生性好动，尤喜击水游戏。击水还不愿在小塘小河里扑腾，偏要在长江里斗浪。长江之水滚滚向东，顺江而下，第一大去处是江津县城，第二大去处便是三少爷想往的重庆府。他第一次在长江里学游泳时就立下了誓愿：一定要练出真功，有朝一日游到重庆，去看看朝天门码头。

三伏天，孩儿脸。是在一个燠热的正当午，九岁的三少爷又一次瞒着父母，一个人悄悄跑到长江里玩水。正玩得高兴，突然狂风大作，黑云滚滚，江水掀起滔滔大浪。周少爷见势不妙，立刻离开江心向岸边游来！却不料一排恶浪从头顶压下，可怜三少爷变得像一片树叶，被恶浪抛下又举起，举起再抛下……

　　在这千钧一发之际，恰好郑铁山的爹爹赶到！郑铁山的爹爹也该当要救三少爷一命，他眼见天色要变，又不见三少爷在书房午睡，就猜想长江里要出事。幸亏他赶得及时，好一个戏水的高手，纵身跳入江中，一双结满老茧的大手似有千钧之力，终于把命在旦夕的三少爷救上岸来。

　　三少爷死里逃生，周家人上上下下对郑铁山的爹爹感激不尽。周善人派人进县城，将"西外罗半仙"请到了松溉镇。这罗半仙是位算命看相的高人，只因他家住县城西外老街，因此人们尊称他为"西外罗半仙"。周善人早就想请罗半仙为三少爷算上一命，江中遇险后就更是觉得这罗半仙必得一请。半仙来到周家，取过三少爷的生辰八字，不算不知道，一算才明白，原来三少爷命相里火旺，乃霹雳火当运，命里畏水。火被水克，因此一生要谨防水伤。为此，三少爷应当拜一位命相里木旺之人当干爹，木可助火。而这被拜之人又不可是富贵之人，不然命相太旺，反而对三少爷不利。周善人当即就吩咐家里的三位老长工报上自己出生的年、月、日、时，由半仙先生逐一推算。结果，木旺之人只有郑铁山的爹爹一人，正应了他水中救起三少爷之缘。于是，周善人请半仙先生作持，令三少爷三叩九拜，认郑铁山的爹爹为干爹。从此后，郑铁山沾了父亲的光，在周家的地位也突然升高，三少爷与他亲密无间，以"兄弟"相称。周善人还把郑铁山送进学堂。可叹郑铁山穷人难有富贵命，根本就不是读书的料，只读了半年私塾就辍学了。周善人便把他送到永川县城的茶馆当学徒。就是在这里，他学会了提壶续茶的手艺。出师后，经周善人介绍，郑铁山到了重庆，在来往于重庆、上海之间的长江客轮上烧开水。只因他"龙吐珠、凤点头"等一整套高举铁壶续茶水的绝技被名叫"冯昌甲"的船老板发现，他的生活便又发生了变化。冯昌甲说，郑铁山身怀绝技却只在轮船上当杂工，太屈才了，他愿领郑铁山上岸发财。哪想到冯昌甲把郑铁山领进了妙香楼。

　　"'小茶壶'，你也不要责怪人家冯甲昌，他是蛮义气的一个人。是我托他，请他给我物色一个茶水工。你说，你来到我这里后，我何曾亏待过你？"

　　"老板，你对我的好，我都记在心里，好好干活感谢你！"

　　"现在言归正传，莫提冯甲昌，也别说你自己的事了，只说你周三哥，他是为何只身一人来到了上海？"

　　"周三哥来上海，为了逃婚。"

　　"逃婚？你周三哥为何要逃婚？仔仔细细讲给我听听！"

　　"逃婚的原因我也不大清楚，三哥他不愿对我多讲。我只知道他如今很是苦恼，来到上海后举目无亲，至今仍在十六铺一家旅社里寄身。"

　　"他在上海就没有亲友可投靠？"

　　"亲戚倒是有一家，但是是远房亲戚，从前两家少有来往。虽然是这样，周三哥仍然想找他们帮忙，不料这家亲戚早在前年就举家远迁到香港去了。周三哥今年真是走霉运，事事都不顺。"

　　"快别这么说！你周三哥吉人天相，自会有贵人相助。"

　　"天知道，谁是我周三哥的贵人呢？"

　　"这样吧，你替我给你周三哥捎句话，就说我想见见他，请他吃顿饭。不知你周三哥肯不肯赏脸？"

　　"你是我老板，你要见他，他敢说不来？我抽空一定找他，喊他来见你！"

　　"'小茶壶'你记清了，是我请他，而不是我喊他！请他，请！你记下了吗？你若传错了我的话，小心我扣你的工钱！"

3

齐先生的身影又一次在"妙香楼"出现，引起了鲁婉英的特别注意，也带来她莫名的惆怅。

齐先生是最近一个月才频频光顾妙香楼的，原因是他看上了小桃红（真名"陶春芳"），答应要为她赎身，明媒正娶让她当姨太太。

小桃红的长相在妙香楼里算不上拔尖，但她嗓子好，会唱评弹开篇，还会唱几段昆曲。每次齐先生来都要听她唱《牡丹亭》，听得如痴如醉。这位齐先生可不是寻常嫖客，财大气粗且不说，人又年轻多情，风流倜傥。看年龄，也不过三十多岁，却已是一家货运公司的小K。家庭背景令人羡慕，父亲在香港当大老板，光是手下的工厂都有好几家。

小桃红与鲁婉英是同乡，鲁婉英对小桃红自是另眼相待，背地里与她"姐妹"相称。眼见小桃红就要有名正言顺的好归属了，鲁婉英就禁不住联想到自己，难道当一辈子妓院的老板？

齐先生真是个好心人，曾经说道："鲁老板，你这么年轻，又有一副菩萨心肠，难道真的一辈子只专为你的这一园子姐妹们谋营生，不为自己的终身大事考虑考虑？"鲁婉英回答："齐先生不必为我多操心，我早想好了，再挣几年钱，就回老家皈依佛门，在青灯之前消磨余生。"话虽说得轻松，但是鼻子却禁不住酸酸的。

鲁婉英若有所思地下楼，径直走进烧开水的灶间。只见郑铁山正忙得汗流浃背，便问道："'小茶壶'，我交代你的事，你扔到后脑勺去了吗？"

郑铁山擦一把汗，愣愣地回答："老板，你说的是哪件事？"

"把铁壶给我放下！"鲁婉英板起了面孔，"哪件事，你说哪件事？

我叫你去请你的周三哥，你忘了？"

"老板我没忘，真的没忘！"

"那怎么还不快去请？都三天时间过去了！"

"老板，这几天生意这么忙，我，我……"

"脱不开身是吧？怎不早告诉我？放下！"

"老板，我……"

"我叫你把手里的大茶壶放下，赶紧去换一套干净衣服！"

"老板，换衣裳干啥子？"

"你说干啥子？你去替我请客，能穿你这一身火头军衣服吗？"

"我现在就去见我周三哥？"

"对，现在就去，一定要告诉他，既然他是你的三哥，我无论如何也得请他吃顿饭！"

"可是我今天烧水续茶的事……"

"这事你现在就不用管了，我马上叫人，到外面的老虎灶上请一个伙计来顶替你半天。你快去呀，还愣在那儿干什么？"

4

走出会乐里，就如一只被囚的鸟儿飞出了樊笼，郑铁山不由得抬头望蓝天，深深呼吸干净的空气。

此时的郑铁山，与在会乐里提茶壶的郑铁山相比，判若两人。在会乐里，他时时刻刻注意隐藏自己，包括隐藏聪明和才智。他的努力取得了令自己满意的成果。他沉默寡言，笨嘴拙舌，一天到晚只知道埋头干活。他斗大的字识不得几箩筐，也听不懂上海话。院子里的妓女们常聚在一起叽里呱啦拿他说事，或取笑他或同情他，他都像个聋子似的毫无反应。

其实他是一个藏秀于胸、聪颖过人的优秀情报战士。上级派他进入妙香楼，因为它不同于其他的妓院，它的后台老板是冀墨清。而冀墨清则是从汪精卫伪政权的"中央特工总部"起家的财神爷。因此，进出这家妓院的汉奸头目们络绎不绝，郑铁山埋头为这些人沏茶续水，听他们高谈阔论或窃窃私语，收集到许多重要情报。妙香楼真是一个不可多得的情报源地。

郑铁山并没立即去见"周三哥"。遵照周鹤鸣的拜托，他得先到郑伯父家走一趟。今天是星期日，郑伯父一定在家。

黄包车把郑铁山拉到了重庆南路。果然，开门迎客的正是郑伯父。年届花甲的老人家身体清瘦，但是握手时却温暖有力。

郑铁山没有久留。他只是替周鹤鸣捎几句话来，告诉郑伯父郑伯母，鹤鸣已安全到达美国洛杉矶了。鹤鸣向铁山交代过，鹤鸣今后若有什么新消息，都会由铁山及时前来通报。郑伯父家里的人，今后若有什么事需帮忙，尽管通知郑铁山，这是鹤鸣表兄对铁山的特别嘱托。

告别郑家一家人，为了赶时间，郑铁山依然乘坐黄包车。离开由英、美等国（以英、美为主）掌控的公共租界，又穿过法国租界，进入属"华人区"的南市区。郑铁山感到呼吸沉重，年年战乱，所谓的华人区，早已成了"贫民窟"的代名词了。

寄身于蜀乡公所的周鹤鸣在等候郑铁山。

5

鲁婉英翘首期盼"小茶壶"带回好消息。

希望没有落空，"小茶壶"一回到妙香楼，便兴冲冲拜见鲁老板，禀报说，周三哥本不想打扰鲁老板，但是经不住铁山弟的苦苦恳求，终于同意接受鲁老板的宴请。

"好，我马上写一张正式请帖，你再跑一趟，把帖子双手递给你周三哥！"

请客的地点选在西藏中路的"一品香"大酒楼。这酒楼本是一家番菜馆，但鲁婉英与老板是熟人，特意打了招呼，让厨师们做了一席川菜。餐桌摆进一间古色古香的小客厅。席间只有三个人：主人鲁婉英，客人周少爷，陪客"小茶壶"。

鲁婉英早早地先到，坐在小客厅里等候郑铁山把客人领来。心里七上八下，掐不准这一宝押得灵还是不灵。那周少爷是不是真心应请？应了这次请，今后再请还应是不应？还有，他长的是甚般模样，可不可与齐先生一比高低？

谜底终于揭开了，当"小茶壶"把客人刚刚领进屋时，鲁婉英的两只眼睛就只觉得"刷"地一亮！天啦，阿弥陀佛，观音菩萨给鲁婉英送来了一位白马王子！不怕不识货，就怕货比货，这一比，就把齐先生从山顶比到坡下去了！好一个周三哥，仪表端庄，举止高雅，不愧是大家子弟！

招呼客人坐定，鲁婉英亲自敬茶点酒。茅台酒送上，周少爷摆摆手。白兰地送上，周少爷又摆手。周少爷说，从小就爱喝家酿的黄酒，今日与巴山蜀水天各一方，尝不到家乡酒，不妨就来两瓶绍兴黄酒吧。

鲁婉英点头应诺，并说自己也最喜欢绍兴黄酒。

酒过三巡，鲁婉英打开话匣子，向周少爷询问逃婚的经过。

周少爷长话短说，讲了大概情况。家父和璧山县县长是旧友，两家议定联姻。周少爷得知县长的千金脾气乖戾，不愿答应婚事，离家出走实乃无奈之举，瞒着父亲，只与家母洒泪而别。原准备到上海后投奔姨母家，谁曾想姨母全家为避战乱已远去香港。如今只落得孑然一身，唯一的亲人便是铁山小弟，真想不到兄弟二人竟不期而遇，也算是不幸之中有幸。

鲁婉英忙好言相劝。周少爷你不必哀叹，你是大富大贵之人，这点小难算得了什么？要说命苦，当着您周少爷，还有您的铁山表弟，真人面前不说假话，我才是个薄命人。说出我的经历，周少爷您不要见笑……

鲁婉英的家，也曾是吃穿不愁的小康人家，她也曾有过无忧无虑的快乐童年。家住苏州城观前街，祖辈以经营丝绸生意为业。鲁婉英虽没进过学堂也没读过私塾，但是却在祖父的悉心教导下识字断文，并且还粗略学习了琴棋书画基本技艺。唐诗宋词，她也在心里默记了不少，凡是与苏州城有关的古诗词，她更是爱之不尽。"姑苏城外寒山寺，夜半钟声到客船"，每当吟诵这样的诗句，思乡之情便油然而生，哀叹世事多舛，那至真至纯的童年生活再也唤不回来了！

家业传到鲁婉英父亲这一辈，就开始渐渐走下坡路了。怨只怨当初祖母对父亲娇生惯养，养得父亲一身懒骨，不学无术。父亲先是迷上了烟馆，接着又掉进了赌场。爷爷奶奶相继过世之后，父亲的烟、赌二瘾更是不可收拾，终于败光了家业。为了还赌债，他竟天良泯灭，活生生把年仅十三岁的女儿婉英卖给人贩子。

人贩子把鲁婉英带到了上海滩四马路。

四马路是青楼云集之地，尤以会乐里的院子最多最集中。十三岁的鲁婉英不幸中大幸，被人贩子卖给一家"书寓"的鸨母。这老鸨母已年过四十，膝下无儿无女，买来鲁婉英不图她卖身挣钱，只让她当自己的养女。其实这"养女"也只是个好听的名声，鲁婉英的真实身份不过是鸨母的使唤丫头，洗衣扫地，端屎倒尿，还常常被拳打脚踢。虽如此辛苦，但毕竟身子是干净的，也得对鸨母娘感恩不尽了。等鲁婉英长到十五岁这一年，"养女"的生活突然结束，鲁婉英被青帮大佬冀墨清看中。这冀墨清，目前是上海滩青帮中辈分最高的老爷子，比人称"三大亨"的黄金荣、杜月笙、张啸林的辈分还要高。据说当年青帮帮会初建立时，青帮的祖先就拟定了家谱，列出二十四个字传继辈分。这二十四辈的二十四个字由六句诗文组成：清净道德，文成佛法，能仁智慧，本来自信，圆明兴理，大通悟觉。传至今日，"大"字辈是上海青帮中最高的辈分，而黄金荣、张啸林则是"通"字辈，比"大"字辈低一辈。后来居上的杜月笙辈分更低，在黄金荣、张啸林之下，属"悟"字辈。冀老爷子点名要鲁婉英，十五岁的鲁婉英哭死哭活坚决不依。她干娘先是甩了她三耳光，接着训斥道，你道人家冀老爷子买你做什么，就你这模样，小眼睛，厚嘴唇，哪个客人会看上你？冀老爷子是给他夫人买一个干粗活脏活的丫头，相中了你的勤快和能吃苦。鲁婉英这才长舒一口气，进了冀家深宅院。冀墨清的夫人名叫"金宝"，是江湖上的大名人，被称为"母大虫"。金宝脾气火爆，稍不如意就把下人往死里打。好在鲁婉英到上海后吃尽苦头，所以在金宝面前格外谨慎小心，端屎倒尿勤快周到。金宝对鲁婉英越来越满意，最后竟认下鲁婉英当干女儿，送她个名号叫"鲁老七"。后来，金宝又做主，把冀老爷租给别人的"书寓"妙香楼收回，交给鲁婉英经营，让鲁婉英替金宝挣"零花钱"。所以，鲁婉英就被称为"四马路上一枝花"。

"我心里明白，我只不过是一根草！"鲁婉英自哀自叹，"唉，第一次与周少爷见面，我说这些做什么？"接着改变话题，询问周少爷下一步作何打算，"总不能长期就住在旅社里吧？"

周少爷回答说，当然不可坐吃山空。既然已经来到大上海，就下决心待下来，再不返回永川县。下一步是找工作。川大毕业后我一直在永川中学教高中，教国文也教历史。我也不敢有太高的奢望，在上海谋一份教书匠的差事养活自己总还是可以的吧？

鲁婉英说道，周少爷你千万不要把找工作想得太简单了，今日的上海早已不是昨日的上海。自打前年"八一三"一声炮响，日本兵占了上海，到处都是难民和失业的人。就说学校吧，数不清有多少座校院被日军的炮火给炸毁了，学生到哪儿上课？没炸毁的校院，一座座成了日本兵的兵营。还有些学校，比如复旦大学、交通大学都内迁了。

"我该怎么办？离家时太匆忙，所带盘缠有限，如今已是囊中羞涩，真要是不能及时找到工作，恐怕连旅社的房钱也要拖欠了。"

"周先生，你也不必太焦虑。天无绝人之路，找工作的事以后慢慢等机会，现在先安定下来再说。这样吧，你若不嫌弃，先搬出旅社，住进我的妙香楼。"

"不可不可万万不可，你那里是挣钱谋生之地，我怎能唐突入住？"

"周先生你不要误会，听我把话说明。我院子里，'先生'们住的那些脏屋子当然不能让你屈身入住。我还另有空房间，是干干净净从没做过生意的空房间，收拾一间给你。或者我就将我的房间腾出来给你住，朝向好，屋子也算宽敞。"

"鲁老板，我感谢你的一片好意，但是我怎么能这样打扰你？实在找不到事做，我只有回四川与老父亲周旋……"

"不行不行！三哥你不能打退堂鼓！"这一回，是久久无语的郑铁山开口说话了，"好不容易在上海遇上你，我还没等高兴几天呢，你怎么又突然要走？三哥你就留下来吧！我家老板是个善心人，她真心诚意想帮你一把，你咋就这样不领情呢？三哥，我跪下求你了！"

周鹤鸣连忙扶起郑铁山，长叹一声，再没说半字谢绝的话。

鲁婉英暗喜，悬着的一颗心放下来了。

第四章　国破山河在

1

齐纪忠身肩要责，对他的两个"下线"，都要负起领导责任，只是领导方法有所不同。对周鹤鸣，他只需向他传达上峰指示，而对于郑苹如，他认为他更应肩负起培养引导的导师作用。

齐纪忠突然约见郑苹如，并非是为布置新任务，而是告诫她，千万要小心，以后绝不能再参加共产党组织的任何活动。

回到家，郑苹如呆呆地坐在书桌前，久久地凝视着窗外。那一棵去年秋天遭过虫蛀的葡萄树，经过爸爸、妈妈的悉心救护，今年又焕发出了新的生命力。此刻，在黄昏的阳光下，那新枝上的一片片叶子，正摇着顽强的绿色。苹如为这些新枝感动得想哭。

欲哭无泪，不觉间就又想起那终生难以忘却的一幕。就是那一幕刻骨铭心的悲壮情景，像一道烈火突然燃烧她的心灵。那时，她在日记中写道：从这一天起，我，郑苹如，在雷鸣闪电中长大成人了……

那是在前年——1937年，一个严寒的日子。

1937年啊，在中国历史上写下了多少血泪与耻辱！8月13日，日本兵向上海发动进攻。10月31日，最后一支守城的中国军队，那衣衫褴褛，在四行仓库苦战了四个昼夜的八百壮士，在谢晋元将军的带领下撤离阵地。11月11日，上海落于敌手。接着是南京沦陷，武汉失守，凄楚的流亡歌曲，再不仅仅是东北同胞在唱，华北同胞在唱，而是大半个中国的父老兄妹都在含泪悲歌!

1937年的12月3日,农历十一月初一。这天上午,郑苹如和母亲一同外出,路过西藏中路"大世界"时,突然见迎面跑来一队巡捕房的印度巡警,领头的是一名英国警官。他们荷枪实弹,一路响着尖利刺耳的哨声,命令所有的行人都靠街沿站立,任何人都不许再走动。人们不知要发生什么事情,而巡警们也不准行人开口询问。终于,从大街北边传来了刺耳的军鼓声与军号声,只见一支扬着"太阳旗"、全副武装的日本军队耀武扬威列队走来。队伍有几千人,士兵抬着重机枪,军官骑着军马,手举军刀,趾高气扬,不可一世。还有隆隆的炮车,从大街上碾过。郑苹如攥紧妈妈的手,攥得母女二人都满手冷汗!郑苹如想不明白,这里不是英、美公共租界区吗?按英、美、法、日四个国家的政府协议,日本兵只能占领上海的华人区,是不能进入租界的,为什么今日突然把炮车都开进来了?事后才知道,是英、美两国屈服于日本的外交压力,同意日军举行占领中国第一大城市的"进城阅兵"仪式。

僵立在路两边的中国人,手无寸铁,悲愤难耐,只能把打落的门牙往肚里吞……

突然,"中国万岁!"一声惊天动地的呼喊从空中响起,接着,伴随着这呼喊声,一个年轻的生命从"大世界"的顶楼上飞下,像一发重磅炸弹,炸向日本游行兵,炸得他们仓皇四散!年轻人落地后血肉模糊,但他脸色平静,最后一次,抬眼望一望大上海的天空,停止了呼吸……

当天下午,这位青年殉国的消息就传遍了全上海。他的名字叫"杨剑萍",是"大世界"的电工,日本兵游行路经"大世界"时,他正在顶楼修理霓虹灯。他来自于苏北农村,是位言语不多埋头做工的青年。站在"大世界"楼顶,他目睹侵略者的嚣张,只觉万箭穿心,只恨手中没有刀枪，毅然决然，将自己的身躯当炸弹……

于无声处听惊雷！鲁迅先生的这句诗，应当是献给杨剑萍最好的礼物！

但是，无声之处听惊雷，又是谈何容易？今天，齐先生特意约见郑苹如提出了警告，原因竟是郑苹如参加了一次义卖活动。

其实郑苹如也算不上是"参加"了这次活动，因为她不是义卖一方，而只是响应者，花钱买了几件义卖品而已。义卖活动是由上海"中国职业妇女俱乐部"组织的。义卖品大都出自俱乐部会员之手，有手工鞋袜，有绣着"爱中华，救国难"等字的衣帽、枕套等，细针密线，浸透了姐妹们的深情。这样的义卖品，为什么不能买？上前购买的人，又有哪一个不是眼含热泪？

但是齐纪忠却说上海中国职业妇女俱乐部是共产党的组织，俱乐部主任茅丽瑛就是个百分之百的共党分子，与这号人打交道，太不值，太危险。

共产党又怎么了呢，共产党抗日也有罪？国共两党不是已宣布合作，蒋委员长也已承认共产党的合法地位了吗？蒋委员长还发表了庐山讲话，号召全国同胞，地无分南北，年无分老幼，无论何人，皆有守土抗日之责任！

听了这些争辩，齐纪忠更是连连摇头，责备郑苹如头脑太简单，说道："虽然你只是个编外人员，但要记住严守纪律，不可擅自行动，不然会惹出难以预料的麻烦！"

2

越是对齐纪忠先生的指责心有不甘，郑苹如越是会想起哥哥的战友周鹤鸣。

为什么周鹤鸣要远涉重洋到美国去？凭着周鹤鸣的好枪法和聪明才智，他若也能留在上海做抗日情报工作，那该多好！甚至，如果苹如的单线联系人兼直接领导者不是齐纪忠而是周鹤鸣，那岂不是好上加好吗？唉，郑苹如心里也明白，这些想法太天真了。

"砰、砰、砰！"响起了敲门声。是出去买菜的母亲回家了。苹如开门，见妈妈脸色不好，心里一惊，忙问道："妈，你怎么啦？"

母亲回答："这几日风声不好，刚才我在菜场听人说，日本特务又潜入租界到处抓人……"

"妈……"

"你爸到现在怎么还不见回家？我真替他担心！"

"妈，也许他是先随郁叔叔到郁家去了。"

"你快骑自行车到郁叔叔家看看，路上小心！"

郁叔叔名"郁华"，又名"莲生、廉生"，字"庆运"，号"曼陀"，浙江省富阳县人，比郑苹如的爸爸小几岁，出生于1884年。两个人有着许多层特殊的关系，都曾在日本留学，并且学的都是法律专业。现在二人是亲如手足的同事兼朋友，同在公共租界内的国民政府高等法院任职，爸爸是首席检察官，郁叔叔是刑庭庭长。

"风烟俱净，天山共色，从流漂荡，任意东西。自富阳至桐庐一百许里，奇山异水，天下独绝。水皆缥碧，千丈见底。游鱼细石，直视无碍……"

每当往郁叔叔家走，郑苹如总会想到家乡，情不自禁地背诵出一行行描述家乡山水的美文。这些美文，出自于郁叔叔的亲弟弟、著名的左翼联盟作家郁达夫的手笔。郑苹如称呼郁达夫为"小郁叔叔"，她曾在郁叔叔家和小郁叔叔见过几面。还在郑苹如读高中时，小郁叔叔就曾郑重其事对她说过："苹如，我可没把你当无知的小孩子看待，我俩是忘年交，是志同道合的朋友！"

同样，郁华叔叔也十分喜欢苹如，他常常赞叹郑钺教子有方，培养出来的儿子和女儿都是优秀青年。

富春江的山水牵着郑、郁两家人的乡情。郁叔叔的老家在浙江富阳县，郑苹如的爸爸出生于浙江兰溪县，两个县都在富春江畔。小郁叔叔的一支笔，一遍又一遍赞美家乡的母亲河："富春江的山水，实在是天下无双的妙景。要是中国人能够稍微有点气魄，不是年年争赃互杀，那么恐怕瑞士一国的买卖，要被这杭州一带的居民夺尽。大家只知道西湖的风景好，殊不知去杭州几十里，逆流而上的钱塘江富春江上的风光，才是天下的绝景哩！"

小郁叔叔又这样写道："那钱塘江上的小县城，同欧洲中世纪各封建诸侯的城堡一样，带着了银灰的白色，躺在流霜似的月华影里。涌了半弓明月，浮着万迭银波，不声不响，在浓淡相间的两岸山中，往东流去的，是东汉逸民垂钓的地方。披了一层薄雾，半含半吐，好像华清宫里试浴的宫人。在烟月中间浮动的，是宋季遗民痛哭的台榭。"

小郁叔叔为自己身为富春江人而自豪。二十年前，小郁叔叔在为庆祝二十二周岁生日的《自述诗》里赞道："家在严陵滩上住，秦时风物晋山川。碧桃三月花如锦，来往春江有钓船。"

可叹这样的美景已不复存在了，故乡的山河正被日本侵略者的铁蹄践踏。1937年年底，日军占领富阳县城，乡亲们四处逃难。性格刚强的郁叔叔的老母亲却哪里也不去，就是要守住自己的家，倒要看看他日本鬼子横行霸道能有几日？已是七十二岁高龄的老人家，悲愤交加，绝食而亡！死时，她孤身一人，三个儿子都不在身边。消息传来，郁华叔叔肝肠寸断，郑苹如全家人轮流到郁家看望，相对无言。

郁叔叔家兄弟三人，曼陀是长兄，大弟名"养浩"，达夫是小弟。他们的父亲郁企曾是一位中医，中年早丧，去世时小弟达夫才只有三岁，是母亲含辛茹苦把兄弟三个抚养成人。为了供孩子们读书，母亲卖掉了房屋和田产，自己靠举债过苦日子。母亲的恩情未及报答，就这样撒手而去了！国仇家恨，何日是尽头？

郁叔叔留学日本时，先是就读于早稻田大学，接着又读法政大学。1910年回国后他在外务部工作。后来又先后担任过京师高等审判厅推事、大理院推事等职务，还兼任朝阳大学、东吴大学教授。1928年任国民政府司法行政部科长，第二年到沈阳任国民政府最高法院东北分院推事、庭长。"九一八"事变后，他忍着悲愤之泪离开东北，辗转来到上海，与苹如的父亲一起供职于现在的这一所在"孤岛"上艰难支撑的"国民政府江苏高等法院第二分院"。

郁叔叔家住巨泼来斯路（今安福路）。

郑苹如来到了郁家，果然见爸爸正与郁叔叔相对而坐，长吁短叹。书桌上，摊着一幅刚刚写就的狂草，纸上的五个字墨迹未干：国破山河在。

"国破山河在"，多么悲怆的呼号啊，苹如的一颗心，好似正被这五个字一片片撕碎！

二位老人正在谈论今日发生的事情。下午，上海中国职业妇女俱乐部正在举办"爱国抗日 救助难民"义卖会，突然一伙化装成流氓无赖的日本特务和汉奸走狗闯进义卖大厅大打出手，砸毁义卖品，殴打义卖会义工和购买义卖品的群众。有群众当场认出，这群歹徒之中，有几个是汪伪76号特务机关的打手，其中有一个女打手，是臭名昭著的"母老虎"佘爱珍……

"卑鄙之极！无耻之尤！"二位老人难压心中的愤怒。

郑苹如上前劝慰："郁叔叔，爸爸，你们用不着同这些歹徒生气，他们挡不住上海市民的救国热情，义卖会照样进行，群众不怕被打，坚决去购买义卖品，排成了长队，其中还有许多是小朋友，拿出了平时积攒下的零花钱……"

"苹如，这些情况，你怎么了解得这样清楚？"

"我今天下午也到义卖场去了，买回了许多义卖品！"

"好，苹如，你做得对！"父亲心中顿觉宽慰。

郁叔叔连连赞叹："苹如，你真正地长大了！"

第五章　特别保护伞

1

国破山河在，山河在啊！年轻的周鹤鸣也时时在心里发出这样的呼号。

身不由己的"周少爷"，不得不进入角色，按照上峰写好的剧本演戏。他装出愁眉不展心有不甘的神情，又四处奔波找了几天的工作，依然是天天落空。

"小茶壶"郑铁山的配角戏也演得逼真又成功，他向鲁婉英报告说，旅店老板好狠好厉害，天天逼我三哥交房钱，三哥不得不把手表给贱卖了！啊？连手表都卖了？鲁婉英跺着脚指责"小茶壶"，哎哟你这个小赤佬，笨蛋，你怎不早告诉我？快去把你三哥接进我这里来呀！拖也得给我拖来！

鲁老板好高兴啊，郑铁山终于把周三哥强拉硬拽领进了妙香楼。

鲁婉英早已把房间布置停当，窗明几净，简约温馨。一床，一桌，一茶几。最醒目处是两只书柜，柜里的几套书，《唐诗三百首》《宋词三百首》都是新买的。书桌上，文房四宝摆放得整整齐齐。

鲁婉英像一下子年轻了十岁。她特意到城隍庙烧香并捐了一笔香火钱。

周鹤鸣虽然住进了妙香楼，但是仍一次次外出找工作，却都一次次失望而归。鲁婉英便劝周鹤鸣再不要去四处碰壁了。她怕的是周少爷突然又从她身边飞走。她要拴住他，呵护他，不叫他受一丁点委屈。

鲁婉英在心中提醒自己：要保护好周少爷，首先要严防佘爱珍，绝不能向她透露半个字的实情。

在冀墨清、金宝夫妇的干女儿中，鲁婉英和四姐佘爱珍认识最早，关系最熟。虽然表面上走得近，但是鲁婉英在心里一直防着佘爱珍。佘爱珍的男人名叫"吴四宝"，长相猪头狗脸，大白丁一个，一开口便满嘴喷脏话，人送外号"死宝"，原来他只是给冀老爷子当马仔打打杀杀干"脏活"，后来撞上了狗屎运，冀老爷子要帮日本人网罗特工队伍，便把吴四宝给推上了高位，让吴四宝摇身一变就成了汪精卫政府特务机关的大队长。夫贵妻荣，佘爱珍也进了被称为"76号"的特务总部担任要职，整日神气活现，不可一世。

佘爱珍现在有权有势，但是贪财如命的本性难改，每次来妙香楼会见鲁婉英，都不肯空手而归。鲁婉英已记不清，佘爱珍从她手里捞走过多少钞票了。

佘爱珍的耳朵真尖，一听说鲁婉英的闺房里住进了一个男人，便马上来妙香楼打探究竟："七妹，恭喜你呀！听说你弄了个白马王子'金屋藏马'？你可得当心些，别中了'美男计'！丑话我先给你撂在前头，他若是个共党分子或者重庆分子，你可别怪我不给你脸面，我和四宝，只能公事公办！"

佘爱珍劈头盖脸的一番话，说得鲁婉英好不委屈，顿时眼圈红了，将佘爱珍往外推："你走你走，你现在就去喊你家四宝来抓人，连我一起抓！"

佘爱珍倒慌了："七妹，四姐不过给你说句笑话，你怎么就当真了？"

　　鲁婉英本来只是强忍着委屈偷偷拭泪的，听了佘爱珍的这句话，反而止不住蒙头大哭。

　　佘爱珍更慌了，不停地叫着"七妹"赔不是。

　　鲁婉英终于止了哭声，把自己早已编好的一套假话说给佘爱珍听。

　　鲁婉英的身世佘爱珍早有耳闻。她知道鲁婉英的爹是个败家子，亲手把十三岁的女儿卖给人贩子。但是她不知道鲁婉英还有一段凄婉的青梅竹马的爱情故事，今天，才听鲁婉英亲口讲了出来。

　　原来，周鹤鸣也是苏州人，周家和鲁家是远亲，鲁婉英同周鹤鸣是表姐弟关系。从小，两家父母便为他俩定了娃娃亲。鹤鸣小时候生性怯懦，每次受到邻家孩子欺负，都是婉英挺身上前保护，因此，从孩提时代，鹤鸣在感情上就形成了对婉英的依赖。后来婉英被卖到上海，鹤鸣知道后大病了一场。鹤鸣家虽然算不上富贵，但日子还是过得去，父母竭力供他读书，一直读到大学毕业。有情有义的鹤鸣心里一直没忘掉表姐婉英，也从未停止过打听婉英的下落。他曾询问过婉英的父亲，可恨婉英鸦片烟鬼的父亲佯装一问三不知。直到前不久，婉英的父亲病入膏肓，终于良心发现，临死之前把婉英的下落告诉了鹤鸣。鹤鸣来到上海寻亲，苍天有眼，姐弟终于相见……

　　"你这个鹤鸣弟，好叫人心里夸哟，有情有义！"佘爱珍禁不住啧啧赞叹，接着问鲁婉英："你打算怎么安排你表弟？就把他养在院子里？"

　　鲁婉英长长叹息："他哪甘心靠我养活？可是如今兵荒马乱，到哪儿才能找到饭碗？我也不想叫他去四处求职又处处碰壁。先就这样，走一步看一步吧！"

　　打发走了佘爱珍，鲁婉英面对梳妆台，呆呆地坐了半天。突然，她"扑哧"一声笑，对镜子中的自己赞道："你可真会编瞎话，赶上苏州弹词了！"

　　笑是应当笑一笑，但也不敢大笑。因为鲁婉英心里明白，她万万不可粗心大意，特别是对佘爱珍这只母狼，要严加防范。当晚，她与鹤鸣在灯下交谈，将佘爱珍今日怎样突然来访，她又是如何编了一套故事应付佘爱珍的，一五一十告诉了鹤鸣。她向鹤鸣解释说，对佘爱珍这个人，我不得不小心提防。从前我防她，防她骗走我太多的钱。现在我更要防她，防她坑害我亲人。她男人如今是76号特工总部警卫总队的总队长，刀把子捏在手里，想叫谁死谁就得死。她自己也今非昔比，在"76号"当会计，又兼行动队队员。为了多立功多向日本人领赏，她的鼻子变得比狗鼻子还尖，到哪儿都要闻闻气味。一旦她觉得哪个人身上气味不对，那这个人就会遭大祸。她或者说你是共产党，或者说你是重庆分子，抓进"76号"严刑拷打。就算最后她自己也发觉她是抓错了人，那她也不会叫你活着出来。

　　"鹤鸣，从此后你千万不可对外人说你是从四川来的，讲话要讲国语，或者英语，你不是这两样话都讲得流利吗？"

　　周鹤鸣忙点头。

　　鲁婉英又叮嘱："你还得跟我学几句苏州话的常用语，对外人讲话时，装作在不经意之间带出几句苏州腔来。"

　　周鹤鸣问道："你怎么交了佘爱珍这么个干姐？"

　　鲁婉英一声叹息："唉，人在江湖，身不由己呀！你放心，有我在，不许任何人动你一根毫毛！"

　　鲁婉英接着又传唤郑铁山，向郑铁山交代，今后再不许说起和周鹤鸣的四川老乡关系。因为在吴四宝和佘爱珍他们的眼里，凡是从四川来的人都有"重庆分子"的嫌疑，而凡是从苏北来的人都可能是共产党新四军的便衣。为避免麻烦，郑铁山必须统一口径，就说鹤鸣是苏州人，是鲁老板的表弟。

郑铁山回答：“鲁老板你放心！”

鲁婉英说：“从现在起，你在外人面前喊我‘老板’，没外人时，你就喊我‘鲁姐’。你是你鹤鸣哥的干弟弟，我怎能把你当外人看待？从此后，当着自家人面时，我也再不喊你‘小茶壶’了，我就喊你‘铁山’，你说好不好？”

郑铁山嘴笨口拙，半天才说出一句话来：“鲁姐，你真好！”

2

鲁婉英在留心观察有身份有地位的来客，想瞅准机会介绍鹤鸣与他们认识，寻求他们的相助。她心里明白，让鹤鸣长期吃闲饭终非良策，毕竟鹤鸣要文化有文化要才华有才华，怎甘心叫女人养活？她希望有哪位贵人出手帮忙，给鹤鸣介绍一份又轻闲又体面的工作。

齐纪忠先生又悠悠哉哉地走进了妙香楼。他且不上楼，先在楼下天井院的石桌前坐定，二郎腿一跷，叫一声：“上龙井！”

这是齐先生的老派头，十次进院子八次如此，先把上品的茶水喝足，然后才从容不迫上二楼同“先生”相会。

正在二楼各房间巡视的鲁婉英，听得齐纪忠先生的一声上茶声，不由得心里一激灵，眼睛一亮。她款步下楼喜迎贵客：“齐先生，有些个日子没来了，又到哪里发财去了？”

齐纪忠连连摇头：“‘发财’二字哪敢提，齐某我现在是常与‘发愁’二字纠缠不清了！”

“瞧您说的，您齐老板若是发愁，那我们这些市井小民，不得天天都喝黄连水了？”

"鲁老板，如今这世道，生意人难当啊！你也知道，我公司里有几条货船，是专跑汉口和重庆做生意的，从前跑船，说得上是顺风顺帆呀。可是如今，兵荒马乱，日本人到处设卡盘查，您说我愁也是不愁？"

"齐老板你吉人天相，树大根深，什么事能难住你这大财神爷？少跑几趟船你也不在乎，不过是少赚了几个钱，平安才是富。"

"鲁老板，你是越来越会说话了。请坐，上茶点，齐某我请客！"

"齐老板，我怎敢叫你请客？今天你在我这儿的一切花销，我全包了！"

"那我可就不客气了，先谢过鲁老板！"

"谢什么呀，你给我这么大的面子，我还得感谢你！喂，"小茶壶"，快喊人给齐先生上点心和水果！"

"且慢，鲁老板！"

"怎么啦齐老板？"

"常言说得好，无功不受禄。鲁老板有什么事需要我效力，尽管先说出来。"

"齐老板到底是齐老板，真神面前我也不烧假香，还真有一桩小事想请您帮忙。"

"鲁老板到底是个痛快人，有什么事，说与我听听！"

"事也不大，我想介绍一个人，见见你这位贵人。"

"什么人？"

"我的亲戚。"

"男亲？女亲？"

"男亲，我的表弟。大学毕业后一直闲居在家，现在来上海找我……"

　　"现在想谋一份差事，实在是太难了。不过我倒是想见见你的表弟，他现在在哪里？"

　　"就在三楼，在他书房里读书。喂，'小茶壶'，快上三楼喊我表弟下楼来！"

　　郑铁山领命而去。不一会儿工夫就听楼梯响，郑铁山领着周鹤鸣一步步下楼。鲁婉英忙指着鹤鸣向齐先生介绍说："就他，我表弟，亲表弟。"

　　"哦。"齐先生漫不经心地应一声，同时也漫不经心地抬头望一眼。鲁婉英正为齐先生的冷落而失望，却不料齐先生像是突然想起了什么，再次抬头，目光灼灼射向周鹤鸣。这一射，他的目光就再没移开了。鲁婉英这下子心慌得"扑通"乱跳，不知齐纪忠为什么用这等异样的眼神直盯她的"表弟"。

　　周鹤鸣来到天井院，鲁婉英忙怯声怯气作介绍："齐先生，这就是我表弟……"

　　"等等！"齐纪忠摆手止住鲁婉英的话头，"让我来考考我的记忆力！"然后面对周鹤鸣，突然问道："你姓周，对不？"

　　周鹤鸣一愣，点头回答："是，我姓周。"

　　"你在重庆有一个舅舅，是吗？"

　　"是，那是我二舅，在重庆，做生货生意。"

　　"家住望龙门？"

　　"对呀对呀，望龙门鸿兴楼……"

　　"你二舅姓'袁'，名叫'袁翰森'……"

　　"是是是！"

　　"你行三，你是周家三少爷！"

"没错。请问您是……？"

"周三少爷，你可真是贵人多忘事呀！"

"对不起，我……"

"这也难怪，几年前我见到你时，你还是个高中生，你在你二舅家度暑假……"

"先生您贵姓？"

"我姓齐，齐纪忠。"

"齐纪忠先生，您叫我想一想……"

"我提醒提醒你，鹅岭公园，北看嘉陵江，南望长江……"

"想起来了想起来了！您是我二舅赞不绝口的年轻有为的老板齐先生！"

"年轻有为我不敢当。要说你二舅，值得我敬佩。那次我到重庆接货，资金一时周转不济，你二舅，好一位袁善人，竟然先把一船货物赊给我，并且对我盛情款待！"

"我完全记起来了！我二舅叫我陪你到北碚洗温泉，又登鹅岭公园观山城全景。想不到在这里又见到你！"

"缘分，缘分呀！这得感谢你的表姐鲁老板！"

"我和我表姐也是多年没见了！"

"周三少爷快请入座！鲁老板，今日饮茶得我请客，无论如何，必须得让我请客！你也请坐！"

高兴哟，鲁婉英高兴得恨不能哗哗啦啦哭一场。刚才齐先生直视鹤鸣时她还以为是不好的兆头，却原来是不用拜佛佛自来呀！真该庆幸今日突然灵机一动决定让鹤鸣与齐先生见面，若不然，这样的巧遇机会，岂不白白丢掉了？

宾主坐定，茶叙热烈，畅所欲言。周鹤鸣吐露苦衷，言说自己整日无所事事，羞于靠表姐的周济过日子。齐纪忠先生则对周鹤鸣耐心安慰，恳劝他切不可对求职之事抱太大期望。他说，自从日本人占了上海又占了南京、武汉，中国的大片土地百业凋敝民不聊生。上海滩到处都是失去家园和失去工作的难民。就连大学、中学也在劫难逃，有的远迁了，有的关门了，校园被日本人侵占变成了他们的兵营。唯有两块租界的情况稍好，美、英、法三国宣布，中日之战他们保持中立，因此他们在上海租界仍保留着领事特权。租界如今成了"孤岛"，但"孤岛"并非诺亚方舟，四周都被日本兵包围，"孤岛"内的生计也越来越难了，包括许多中学老师和大学教授，现在也没有了饭碗。求职难，帮了那些"黄牛"骗子们的大忙，他们打着代人介绍工作的幌子，劫财劫色，甚至劫命。现实就是这么残酷，求职之事，万不可急于求成。

细心倾听齐先生对周鹤鸣的开导，鲁婉英在一旁暗暗点头。

齐先生继续劝告周鹤鸣："身处乱世，什么最要紧？'平安'二字！平安就是福。如今的上海，最安全的地方就剩下租界了。今天我们若不是坐在这公共租界的天底下喝茶，我俩敢谈论国事，敢骂日本人？"

"是啊是啊，"鲁婉英应声附和，"听说在沪西日本人的地盘里，谁若不小心把'皇军'说成'鬼子'，立即就要被砍头。"

齐先生又说："周三少爷，你也无须再觉得于心不安，说什么你在这里是吃你表姐的闲饭，此言差矣，你是你表姐的什么人？你表姐又是你什么人？平民百姓也常说，亲不亲，打断骨头连着筋，又说，一家人不说两家话。"

"是呀是呀，齐先生真是个明白人！"鲁婉英对齐先生越来越敬重了。

齐先生继续进言："天生我才必有用，大鹏展翅八万里，三少爷你想报答你亲人，还愁今后没机会？"转过身，又对鲁婉英说道："不是我奉承，我今日的话句句真诚，我看你表弟一表人才，日后前途无量。可叹我家的公司眼下遇到难处，只见不停地裁员，无力新招人才。这样吧鲁老板，今天我们订一个君子协定，一诺千金，等我熬过这段咬牙的日子，少至一月两月，多至三月半年，我就亲自来这里，盛情聘请周三少爷到我公司挑大梁，到那时候，鲁老板，你可别舍不得放人哟！"

3

齐纪忠心中十分得意，今天他和周鹤鸣在鲁婉英面前演的这场戏，太逼真，太成功了！

齐纪忠话内的弦外之音，周鹤鸣当然听得明白。别无选择，只能死了心服从命令，毫不动摇地在妙香楼潜伏，耐心等待行动的最佳时机。并且，周鹤鸣也清楚，齐纪忠今日来演戏还有一个更重要的目的，那就是保证他更安全，用一套曾在重庆相遇的假话，让鲁婉英对他更信赖更珍惜。

而鲁婉英则是太感谢齐先生了，不仅谢他的一番劝告稳住了周鹤鸣的心，更感谢他与周三少爷的阔别重逢，更加证实了周鹤鸣的身份。当然，在此之前她也没怀疑过周鹤鸣，因为鹤鸣并非是主动走进妙香楼，而是鲁婉英再三催促郑铁山出面去请进来的。鲁婉英对郑铁山这个"小茶壶"也是相信的，因为她知道他的来历。当初，鲁婉英委托冯甲昌给物色茶役，交代的条件是：家穷，无依靠，人老实，勤快，言语笨拙，年纪不要太大，好管教。冯甲昌受人之托忠人之事，挑来拣去，最终才选中了郑铁山。对郑铁山的身世，冯甲昌也掌握了不少。实话说，鲁婉英打心底里还有些同情郑铁山，由郑铁山的身世想到自己，也是被人贩子卖到了上海滩。但是她从未把这份同情表现在脸上。

现在，鲁婉英打算改变一下郑铁山的处境了。这样做也是为了她的周鹤鸣。她决定重新雇用一个烧开水提茶壶买菜的杂工，从此后只叫郑铁山专职伺候鹤鸣，还得当鹤鸣的跟班，陪鹤鸣四处游玩散心。租界外千万不能去，租界内好玩好看的地方，都去白相白相。鹤鸣还喜欢看书看报，郑铁山就陪他逛书店，还得记住，每天都别忘了给鹤鸣买报纸。

鲁婉英觉得，现在她才算过上了人过的日子，身边有了实实在在的依靠。周鹤鸣现在就是她的依靠。她开始憧憬今后的生活。先要多攒钱，等有了足够的资本，跳出妙香楼，另谋生路。哪怕只是开一家小小的杂货店，吃的也是干净饭。到那时，她要请求鹤鸣亲手为她穿嫁衣，热热闹闹，明媒正娶。

上海滩又要出一份新报纸，名叫《中华日报》。报纸还没正式问世，但是佘爱珍已来妙香楼给鲁婉英打过招呼了：别的报纸你可以少看，尤其是那些宣传抗日的报纸，你一眼也不能瞄，可是等《中华日报》出来后，你一定要天天买天天看！看完报纸一张张保管好，到时候我要来检查你到底是不是天天买。

为什么佘爱珍这么在意《中华日报》？后来鲁婉英才明白，原来这家报纸的大主笔不是别人，而是佘爱珍的秘密相好，名叫"胡兰成"，现在是汪精卫政权中的中央宣传部次长，被称为汪精卫的"文胆"。

佘爱珍交相好当然得瞒住别人，尤其得瞒住自己的丈夫吴四宝。但是她从来不对鲁婉英隐瞒，反而津津乐道地向鲁婉英述说她与几个相好销魂的细节。一是她的快乐需要找一个倾诉对象，二是她需要鲁婉英的帮助。鲁婉英不仅是她的"取钱罐"，必要时还是她的掩护人。比如佘爱珍与胡兰成的幽会，鲁婉英就曾帮过大忙。为了绝对隐秘，佘爱珍求助过鲁婉英，特意把妙香楼的客房腾出一间重新布置供她和胡兰成使用。

佘爱珍嘴尖舌长，她把鲁婉英"金屋藏白马王子"的事情，添油加醋地说给了胡兰成。胡兰成顿时产生了浓厚兴趣，让佘爱珍给鲁婉英捎过话来，说他抽出空时，一定要和周鹤鸣见上一面。

第六章　青春的对话

1

苹如的父亲有心脏病，身边无时无刻都离不开救心丸。但是今天出门时却忘了带药瓶。母亲发现了，叫苹如赶紧给父亲送去。

苹如知道父亲心里有事，这些日子来经常失眠。只恨自己不能替父亲排忧解难，苹如总觉得心中有愧。

法院的地点在公共租界的北浙江路191号，属上海中心地段，离跑马场不远。

骑自行车在大街上穿行，一幅幅画面惨不忍睹。难民越来越多了，救助机构虽然在竭力帮助他们，但仍有许多人衣不遮体，露宿街头。他们都来自日本兵占领区，躲进租界来忍饥挨饿，也比在沦陷区被日本兵凌辱的日子好过。可是最近日本兵加紧了对占领区的控制，经常宣布"封锁"命令。所谓"封锁"，就是断绝某几段道路或某一片区域的交通，车不准行驶，人不许走动，甚至实行灯火管制，断水断电。就在上两个月，日本人为了防止共产党新四军的秘密行动，对闸北区的一大片贫民区实行了封锁。封锁时间竟然长达三十多天，许多家庭断粮断炊，共有一百多人活活饿死！有的人家，老少三代全都蒙难！

不觉间已来到北浙江路高法二院门前，眼前的情景惊得郑苹如赶紧下了自行车。只见有十几个衣着打扮奇形怪状的男女，围在大门口向楼内大喊大叫。他们要求法院赶紧放人，威胁说，若在三天内还不放人，就把法院烧成黑灰。他们一次次想冲进大门，幸而有租界的英国巡警长指挥几名荷枪实弹的巡警在门口竭力阻挡，这帮男女才没有得逞。于是他们假装哭鼻子抹泪喊冤枉，其中有个披头散发的女人，因为觉得这么闹腾得热闹好耍，号着号着突然止不住"扑哧"一笑。这时，又有几个巡捕赶来了，领头喊冤的一个尖嘴猴腮的男人忙撮起乌黑的嘴唇"吱吱"地吹了两声口哨，这帮人便立即一哄而散。

等他们走远了，郑苹如才敢露面，走进法院大门。

上二楼，敲响父亲的房门。前来开门的是郁华叔叔。原来，郁叔叔正同苹如的父亲在一起商谈一桩案子。见苹如送来了救心丸，郁叔叔半开玩笑半认真地对郑钺说道："老兄，来者不是你女儿，是你的救命天使呀！切记切记，以后药瓶万不可离身！"

苹如把刚才在门外看到的那一幕闹剧讲给郁叔叔和父亲听。

郁叔叔说："我和你爸已经见怪不怪了，由他们去闹吧！"

父亲告诉女儿，这帮流氓是冲着郁叔叔和父亲而来的，而郁叔叔则是他们更主要的攻击目标。这些日子，他们几乎天天来闹，就像演滑稽戏。他们全是混迹于租界内的地痞无赖，其中还有当小偷的。他们来喊"冤"，是被汪伪76号特工总部花钱雇用的。

"噢，难怪那个女流氓刚才笑得那么开心！"

"76号"为什么要这样对待郁叔叔和父亲，前因后果，苹如心里都清楚。因此，她对这两位亲人更加敬爱。她也为他们的安全担忧，多想提醒他们要多加提防，但是一次次话到嘴边又咽了回去。父亲和郁叔叔，他们经历过多少风风雨雨啊，练就了铮铮铁骨，是能够从容面对一切困境的男子汉。女儿为他们操心，其实他们更为女儿操心。母亲曾多次对女儿说过："苹如，只要你平平安安，就是对父母的最大安慰！"母亲的这些话不是一般的亲情嘱咐，而是更有深意的。父亲和母亲都感觉到了，女儿苹如正在从事一项危险而正义的工作。前年陈而立和齐纪忠来家求助，要从日本首相的儿子近卫隆初那里获取情报，父母支持苹如参与了这次特别的行动。打那以后，齐纪忠隔一段日子都要到郑家来一趟，用各种借口同苹如见面。父母当然猜出来了，苹如在继续为中统局的情报工作尽力。

郑苹如虽然只是一名未注册的中统局的"编外人员"，但是每次她的单线联系人也是直接领导者齐纪忠给她布置任务后，她都千方百计去完成，并且完成得很出色。她从没受到过表彰，也没领过薪水，她是自觉自愿地在为苦难的祖国尽力。

她多么想把自己秘密从事的活动告诉父亲母亲啊，哪怕是暗示几句也好。但是齐纪忠先生一次次严厉告诫她，必须严守组织纪律，任何行动均不得告知任何人——包括父母亲人。

其实，父亲和母亲，年轻时也有与女儿现在相似的经历。父亲在日本留学时就加入了同盟会，而父亲的大学老师的女儿木村花子，也同情中国的革命知识青年，秘密资助他们，并冒着生命危险为他们传递消息。就是在这样的环境里，中国青年郑钺与日本少女木村花子结下了生命相依的情缘。

父亲和母亲都是郑苹如的榜样。特别是母亲，更是苹如心中的偶像。母亲啊，你是多么可亲，又是多么伟大啊！"花子"的名字闪烁着芳彩，你是真正的洁白无瑕的日本樱花！而那些把太阳旗拴在刺刀上到处烧杀奸淫的日本兵，他们怎敢抬头与你相比？是谁，用了什么魔咒，把富士山下的彬彬有礼的民族变成了疯狂野蛮的撒旦？

2

告别父亲和郁叔叔，郑苹如推着自行车离开法院，不时地回头，向父亲和郁叔叔办公室的窗口致以注目礼。

每次望见二高院庄严的楼房，苹如就觉得像是在茫茫大海中看到了一座绿岛，又像是见到安徒生笔下的那位衣不遮体的小女孩在风雪中划亮了一根火柴。

中华民国十九年（公历1930年）年初，中国中央政府同美国、英国、法国、荷兰、挪威、巴西等六国在南京签订了《上海公共租界内中国法院之协定》，同意中国政府在租界内行使部分司法权。同年4月1日，中国江苏省的"上海第一特区地方法院"在上海公共租界的北浙江路191号诞生。同一天成立的还有"中国江苏高等法院二分院"，是上海第一特区地方法院的上诉机关，隶属中央政府司法行政部领导，地点也在北浙江路191号。

日本鬼子侵占上海后，把他们的魔爪伸进租界法政机关。他们先是要求租界当局把中华民国设在租界内的四家法院（除公共租界内的两院外，民国政府还在法租界设立了"第二特区地方法院"及"江苏高等法院第三分院"）移交给他们扶持的傀儡政权"大道政府"，接着又要求交给汪精卫的伪政府。但是中国中央政府坚决反对，并紧急与美、英、法等国磋商。美、英、法等国表示：我们只承认蒋中正领导的中国中央政府，不承认"大道政府"和汪记"国民政府"，因此四家法院不能移主。日本当权者恼羞成怒，便命令汉奸政权充当打手，采取软硬兼施的伎俩，逼中国的法院改变颜色。汪精卫把这项"御授"的任务交给他的被人们称为"76号杀人魔窟"的特工总部。

特工总部的爪牙们争先恐后，都想在汪精卫和日本人面前抢头功。

大棒加橄榄枝。他们抛出的橄榄枝是金钱和地位。他们成立了"法院同仁会",由特工总部副主任李士群充任会长。这个不伦不类的所谓的"同仁会",就是要拉人下水当汉奸。谁若加入了这个"76号"的"外围组织",日本人就每个月按时给谁发赏金,美其名曰"津贴",数额诱人,至少要超过本人原来的薪水。他们重点诱攻的目标是法院的高管人士,因此郑苹如的父亲和郁华叔叔都被当作"大鱼"列入他们"垂钓名单"的榜首。他们一次次派人到法院威逼利诱,许诺说,如果首席检察官郑钺先生和刑庭庭长郁华先生能入会,那么,两席副会长的宝座非二位莫属。他们哪会想到,郑钺、郁华是两枚硬钉子,义正词严的怒斥,骂得他们头破血流。而法院的同事们也都同仇敌忾,互相勉励,绝不上日寇的贼船。只有特区一院的一个英文翻译是个软骨头,偷偷地入了会。但是日本人嫌他地位低下没有影响力,并没给他好脸色。入会前许诺每月赏给他三百元津贴,结果只给他一百五十元。他厚颜无耻地跑到"76号"拜见会长李士群询问原因,李会长三句话没听完就失去了耐心,脸色一变,臭骂他不识抬举。

活该!一想到这个人的这件事,郑苹如都止不住偷偷发笑。

日本人和"76号"的大棒挥舞得更是疯狂频繁,由警卫总队队长吴四宝指挥,使尽卑鄙恶劣的手段。他们不停地给法院寄恐吓信,信中包着子弹,甚至包死人手指头。他们又在法院门口滋事,趁机砸窗砸门。他们还在法院楼下鸣枪、扔手榴弹扔炸弹。就在上个月,两颗炸弹在北浙江路191号楼前爆炸,地上留下的大坑,至今还没填平。

3

秋风秋雨愁煞人!郑苹如心里不禁吟出秋瑾女侠的诗句。

还在汪精卫尚未公开汉奸身份之时，日本鬼子在上海的特务机关就盯上了苹如的父亲和郁华叔叔。因为父亲和郁叔叔伸张正义，给了正为占领上海而洋洋得意的"皇军"迎头一击。

回忆起发生在去年（1938年）春天的那桩血案，苹如不能不对一位烈士默默哀思。这位烈士名叫"刘湛恩"，湖北省阳新县人，出身于1896年，比苹如的父亲年轻十二岁，和郁叔叔的小弟郁达夫同龄。他出生于农家，家境贫寒，但是他通过勤工俭学读到大学医学预科毕业，被公派到美国留学深造。回国后他在上海任教，1928年元月被聘为沪江大学校长。他为沪江大学赢得了荣誉，因为这所大学是由美国的一家名为"南北浸会"的基督教会创办的，原来的校长都是美国人，刘湛恩是该校的首任华人校长。学校在他的领导下规模逐步扩大，由单纯的神学院发展为综合大学，设立了文学院、理学院、商学院共计十六个大系。他提出了十二个字的"沪江精神"：积极的，前进的，建设的，牺牲的。

七七卢沟桥事件爆发，中国人民奋起抗战。刘湛恩校长走在前列，担任上海各界人民救亡协会理事，又担任上海各大学抗日联合会负责人以及中国基督教难民救济委员会主席、国际救济会负责人。

日本侵略军白日做梦，想把刘湛恩这位极有号召力的抗日勇士拉下水。

日军在占领上海和南京后，迫不及待地于1938年3月18日在南京扶持汉奸梁鸿志为"行政院长"，成立了"维新政府"。这个汉奸政府秉承日本主子旨意，派人到上海。"聘请"刘湛恩到南京出任"维新政府"教育部部长。刘湛恩岂能低首折眉，当面怒骂游说者是无耻之徒。

软的不行来硬的，1938年4月7日，日本人指示上海"黄道会"的汉奸，于光天化日之下，在离静安寺不远处的大华路枪杀了刘湛恩。

在屠杀现场的上海市民，其中包括中学生，奋不顾身地追堵杀人凶手，终于擒获了其中一名歹徒，名叫"曾寿庚"，市民们将他扭送到高等法院二分院。

像曾寿庚这样的癞皮狗，不杀怎足以平民愤？案子正好归由郁华叔叔任厅长的刑厅审办，而郁华叔叔身后强有力的支持者又是苹如的首席检察官父亲。曾寿庚被判处死刑，上海市民拍手称快，日本人和汉奸走狗们从此更加对苹如的父亲和郁叔叔怀恨在心。

最近这段日子，父亲和郁叔叔的处境更危险。

日本人的屠刀挥舞，正在上海的新闻出版界制造一起起血案。他们只许《中华日报》这类的汉奸报刊鼓噪，不准抗日的报刊发声。即使是中立的报刊，也在强盗们的扼杀之列。砸报馆，暗杀编辑和记者，"76号"的警卫总队队长吴四宝特别卖力，而他的老婆佘爱珍更是一次次披挂上阵，充当急先锋。每砸烂一家报馆，她都要得意地向她的情夫胡兰成表功，因此胡兰成对她大加赞赏，称她为"女杰中的牡丹"。

就在几天前，佘爱珍再次打头阵，领着一帮歹徒袭击《大美晚报》报馆，见人就打，并把排字间全部的字盘掀翻。巡捕房的巡捕赶来制止，佘爱珍命令随行的"第六行动大队"大队长潘公亚开枪，一名安南巡捕被打死。巡捕们被激怒了，抓住潘公亚不放。佘爱珍见势不妙，急令撤离，巡捕们只抓住了另一个歹徒，姓"史"。

现在，潘、史这两个汪伪特务被关押在租界监狱里，等候中国法院的正义审判。"76号"则天天狂叫，要叫法院放人。刚才围攻高院二分院的那帮被雇用的地痞，就是在冒充潘公亚、史某某的"家属"在喊叫。临走时他们丢下一句话："谁不赶快放人，谁就不得好死！"

4

苹如为郁叔叔和父亲担忧，而想起自己的处境，心里也像压着一块石头。她多想掀开这块石头啊，她有太多的心里话需要向人倾诉，可是这个能听她吐露心曲的人是谁呢？

她不可以向父母诉苦，因为中统局的纪律不允许，况且父母心中的苦水已经太多了，她不能叫他们天天为女儿操心。她也不能和她的单线联系人齐纪忠谈心，因为他只是一个联系人，而不是可以交心的朋友。父亲曾对苹如说过一句话，特别有哲理。父亲说，朋友是每个人的私有财富，因为朋友是可以由自己选择的。中统局的上海秘密组织安排齐纪忠担任郑苹如的单线联络人兼行动指挥人，她无法选择，但是她有权不选择齐纪忠成为她的朋友。她尊重齐先生，服从齐先生的命令，但是她在私人感情上始终与齐先生远远保持着距离。齐先生虽然才三十多岁，但已是经历非常丰富的老情报人员了。他聪明过人，口齿伶俐，说起话来慷慨激昂引经据典，能给人带来鼓励和信心。他知识面也广博，思维敏捷，陈而立先生曾夸奖他是个难得的人才，苹如也同意陈先生的评价。但是，说不出是什么原因，她总不愿太接近齐先生。她觉得齐先生身上有一种她不喜欢的东西，是什么东西，她说不清。当然，这并没影响她在工作上对齐先生的服从，她知道，感情是不该支配理智的。

每想到齐纪忠先生，郑苹如就不免会联想到周鹤鸣。拿鹤鸣同齐先生相比，优劣顿觉分明。鹤鸣有太多太多的地方与苹如的哥哥海澄相像。见到鹤鸣，苹如就如见到亲兄长，没有生疏感。多盼望能再和鹤鸣促膝谈心啊，可是他如今远在美国，一去就没了消息……

苹如便又想起另一个年轻人——鹤鸣的表弟郑铁山。铁山受周鹤鸣之托有空便到郑家探望，给郑家全家人都留下了深刻印象。父亲母亲常提到他。父亲说，别看铁山他自己说他没读过书，但看得出他是个聪明的小伙子。母亲夸铁山做事勤劳，你看他的两只手，都积满了老茧。苹如则喜欢他认真倾听别人说话的神情，像一个对老师十分尊敬的小学生。

不知不觉间，苹如脚下一直沿着浙江路往南行驶的自行车在十字路口往西一拐，来在了福州路上。郑铁山第二次到苹如家时曾对苹如说过，如果有什么事需要他帮忙出力时，一定要及时通知他。他把自己联络的地点告诉了郑苹如。他说，在福州路与云南路的交接处，有一家很显眼的百货店，店牌上写的是"九九百货"四个金晃晃的大字。在这家百货店隔壁，有一爿不起眼的低矮的门面，是一家卖开水的"老虎灶"灶堂。灶堂的门两侧悬挂有两块长木牌，木牌上写有上海的老虎灶共用的对联，已被烟灰熏得字迹模糊，写的是"灶形原类虎，水势宛喷龙"。灶堂的老板是一位年过六十岁的老太太，姓胡。见到胡奶奶，她能帮忙叫来郑铁山。

"胡奶奶会托人去叫我，但是你必须先给她说两句话。"郑铁山当时交代说。

"我说两句什么话？"

"你对她说，七奶奶，我是郑二娃的亲戚，家里有事找他。就这两句，别的莫说。"

"为什么说了这两句她就去找你？"

"因为除了我的至亲亲人之外，没有其他人知道我的乳名叫'郑二娃'，只知我叫'郑铁山'。还有，也只有我才把胡奶奶喊作'七奶奶'。"

"哦，我明白了，我道出了'七奶奶'和'郑二娃'这两个特别的称呼，她就相信我是你的至亲，对我特别照顾了？"

"对，是这样。"

远远地望去，果然在两路交接处有一家"九九"百货店，门面朝着云南路。百货店隔壁，也正是一家老虎灶堂，六十余岁的胡奶奶正在灶前忙碌。

胡奶奶先开口了："这位妹妹，你找谁？"

郑苹如忙答："七奶奶你好，我找郑二娃，我是他的亲戚。"

特别的称呼果然有特别效果，七奶奶的脸上立即有了笑意："哦，你是二娃亲戚呀，快坐，先坐下喝茶。"然后转身，对一位年龄与郑铁山不相上下的小伙子吩咐道："阿贵，你快把这两瓶开水给梁老板家送去，顺便把郑二娃叫来，就说七奶奶这里有亲戚来了。"

两盏茶的工夫过去，郑铁山果然来了。一见是苹如来访，他喜出望外，对胡奶奶说道："七奶奶，她是我表哥的亲戚，我想带她出去走走。"

七奶奶回答："去吧，顺便到五马路明井坊杜夫人家走一趟，把她托我买的这包常州白茶带给她。"

5

郑苹如并不知道，七奶奶经营的老虎灶，还有明井坊杜夫人家，都是共产党情报机关的秘密联络点。共产党情报工作的最大特点也是最大优势便是充分依靠群众，因此，情报人员走到哪里都能得到帮助，如鱼得水。

五马路离福州路并不远。明井坊是一条又窄又长的弄堂，弄堂最深处有一口水井。苹如望了一眼井底，清澈的井水映出蓝天。难怪这里叫"明井坊"。

杜夫人的家独门独院。院子不大，但是生意盎然，左边有一棵石榴树，右边有一棵桂花树，当间，在一张石桌、两张石凳的上空，是一棚铺满了青枝绿叶的葡萄架。

杜夫人年纪四十岁左右，穿一件月白色旗袍，面容和蔼。她接过茶叶，再三感谢胡阿婆，也感谢郑铁山。

郑铁山向杜夫人介绍郑苹如："这是我亲戚。"

杜夫人回答说："你们二位来得正好，帮我看一会儿家。我女儿在住医院，我要去看看她。可是这些日子我们弄堂里经常有小偷翻墙，我就是锁了房门也不安全。"

"你放心去吧杜阿姨，"郑铁山应道，"我和我亲戚就在院子里葡萄架下说说话，等你回来。"

"那好那好，我若回来的迟，客厅茶几上有饼干，你俩充充饥。"

杜夫人走了，随手关严小院的铁门。

二人在葡萄架下落座，铁山说："虽然我比你年长一岁，但是我还是尊称你为'郑姐'吧。其实，我心里也有许多话，想有机会对你说说。"

苹如莞尔一笑："为什么要用'其实'和'也有'这两个词？"

"因为我想，你一定也有话要对我说。"

"你心里的话，也希望有倾诉对象？"

"是的，说给值得信赖的人听。"

"我是你可信赖的人？"

"当然。"

"为什么？"

"鹤鸣大哥告诉过我，我应当信任你，就像信任他。"

"他现在还好吗？为什么一去无音讯？"

"隔着千山万水，鸿雁传书太难了。但是，他一定也像我们挂念他一样挂念着我们……”

“铁山，我今天见到的你，和每次在我家见到的你，完全不一样。”

“不一样在哪里？”

“在我家见到的那个郑铁山，是个不识字的农村大孩子。现在坐在我面前的这个郑铁山，谈吐不像没进过学堂。”

“是的，我读过书，读到了初中三年级。”

“你是中学生？什么原因辍学？”

“偌大一个中国，现在哪里还能安放一张安静的书桌？”

“我俩同病相怜，只不过比你晚几年失学。日本兵占领上海之前，我是上海法政大学的学生。”

“可是现在，多少校园成了日本兵的兵营！”

“你能读书读到中学，谁供应你？”

“我父亲。”

“你父亲？一个农民父亲供儿子读书，多么不易。”

“郑姐，我实言告诉你，我父亲是大学老师。”

“大学老师？”

“我的家在四川省的永川县城，那儿离重庆不远。我们家是有名的中医世家，特别是我的爷爷，医术超群，心地善良，被人们赞为‘华佗再世’。”

“老人家还健在吗？”

“去世了，同我父亲在同一年……”

“你父亲，他？”

“我爷爷有三个儿子，我父亲是老三。我爷爷教我大伯和二叔学中医，父子三人行医开药店，全力以赴供我父亲读书。我父亲不负重望，从小学到中学，一路成绩优秀。高中毕业后考上了北京大学，这一年我父亲将满二十周岁，像我现在一样大。我们家双喜临门。"

"还有一桩什么喜事？"

"新婚之喜，我的母亲进了郑家的门。"

"的确是双喜临门。"

"我是我父母唯一的孩子，我出生时，父亲大学还没毕业。"

"你父亲大学毕业后回到四川工作？"

"不，他被分配到了东北教书。"

"东北，哪一所学校？"

"东北大学。"

"我知道这所令人肃然起敬的大学，它是为了抵抗日本人的文化侵略，由东北爱国人士发起筹建的，1923年春天正式开学。"

"我父亲就是'东大'第一批教师当中的一员。在这第一批教师中，有位音乐老师是我父亲的好朋友，名叫'阎绍璩'。就是他，在后来的流亡途中，为光未然的诗篇《五月的鲜花》谱写了歌曲。"

"我喜欢这支催人泪下的歌曲，我参加宣传抗日的演讲会，不止一次唱过它。"

"'九一八'事变爆发，沈阳城失陷后的第三天，日本的'公学堂'堂长就窜到东北大学，以提供资金为诱饵，逼迫'东大'继续上课。全校师生不愿做奴隶，踏上了流亡之路。历史会牢牢记住，东北大学是东北的第一所流亡大学……"

"中国为什么会有如此悲惨的历史？"

"东北大学当时的校长由张学良少帅亲自兼任，他关心'东大'的生存。'东大'先是迁到了北平，但是北平也放不下安静的课桌，不得不继续流亡，先是到西安，接着到四川省的三台县。"

"你父亲也随学校回到了四川老家？"

"我的父亲没能活着回川。日本兵连禽畜都不如，他们的飞机居然追着流亡的人群狂轰滥炸！自'九一八'事变后，我们家一直没有我父亲的消息，更没再收到过他寄来的钱。直到'东大'迁入了四川，我爷爷到三台县寻子，才知道，我父亲早被日本飞机炸死了！我爷爷回到家一病不起，没过几天，他也走了！走的时候，他，他……"

"铁山，你别说了！"

郑铁山知道，此时他的两汪泪水已在眼眶内打转。他咬紧牙关，抬头望天，坚决不让泪水夺眶而出。这点点滴滴的热泪应当流回去，流向心田。

6

苹如本来是想找一位朋友吐吐苦水的，现在才知道，还有比她命运更苦的人。

铁山转换了话题："郑姐，我非常敬重你！"

"敬重我？我怎么能担得起这'敬重'二字？"

"我真的是敬重你。鹤鸣大哥曾对我说过，山河破碎，满目疮痍，你就像是一位在寒夜里划亮火柴的小姑娘。"

"谢谢鹤鸣大哥对我这样的评价，可是我手中的火柴光亮太微弱，无力驱散刺骨的寒冷……"

"不，你手中的火柴已经变成了一只火把！"

"你太夸奖我了！"

"这不是夸奖，是我和鹤鸣大哥的由衷之言。'九一八'事变那一年你才十三岁，你就随学校老师一起走上街头游行，呼吁全民抗战。后来的几年，你参加抗日宣传，发表演讲，还到医院向抗日战士献血。前年，日本兵占领了上海，大批难民逃进租界，没有任何人动员你，你参加了对难民的安置工作……"

"难民们实在太可怜了！战火一起，日本兵所到之处烧杀奸淫无恶不作，光是南市区，就有几千户人家的房屋被日本人烧成灰烬。老百姓们手无寸铁，怎挡得住日本兵的飞机大炮？只几天的时间，从四面八方逃进租界的难民就有一百多万人，状况太悲惨了！"

"我也目睹了一幅幅令人心碎的难民图，多少人露宿街头，又有多少人冻饿而死……"

"租界内的中国人，尽一切努力帮助难民，医生，商人，知识分子，普通百姓，大家联合起来，迅速成立'难民工作委员会'，千方百计在各处设立难民收容所。寺庙里也安置了难民，玉佛寺安置了四千多人，静安寺安置了五百多人。我只是做了一些简单的事情，为难民们引路，给他们送饭送水。"

"如果说这些事是简单的事，可是谁能预料，今后还会有什么艰难危险的担子，会压在你柔弱的肩膀上呢？"

"铁山，你为什么突然想到了这个问题？"

"我不是突然想到。郑姐，你听过这么一句外国谚语吗？"

"什么谚语？"

"战争，让女人走开。我把这句话改作'战争，让母亲和姐妹们走开'！我心里每念着这句话，就想到一本画报。"

"哪一本画报？"

"你最熟悉的一本画报。"

"你是说《良友》画报？"

"是的，《良友》画报，我保存了前年的三期'抗日专号'，是鹤鸣大哥送给我的。第一期专号，封面上刊登的是你的大幅照片。郑姐，你想没想过，为什么画报社的编辑要选用你的照片作'抗日专号'第一期的封面？"

"那只是一次偶然的巧合。前年端阳节，是我十九周岁生日，我母亲对我说，应当照一张相作纪念。我母亲亲手为我缝制了新衣，又带我到理发厅做了头发。还替我化了个淡妆，带我到耀华照相馆，照了那张相片。"

"郑姐，我想知道，你的这张照片是怎样成了《良友》画报的封面，为什么你说是偶然的巧合？"

"你听说过郑振铎这个名字吗？"

"郑振铎？他是令人尊敬的爱国人士，担任过暨南大学文学院院长，现在又创办了《救亡日报》。《良友》画报的封面和他有关？"

"是的。他老家在福建，但是出生在浙江省永嘉县，和我父亲也算得上是老乡，又都姓郑。他虽然比我父亲年轻许多，但两个人是忘年交。前年的七月九日，卢沟桥事变发生的第三天傍晚，郑叔叔来到我们家，无意之间发现了我的生日照片，击掌说，好好好，就这一张最合适！"

"他在为谁寻找照片？"

"为《良友》画报社。画报社的一位编辑名叫'马国良'，是郑振铎叔叔的朋友。'七七'事变的消息刚刚传到《良友》画报社，全体编辑心情悲愤，立即组织稿件，要办一期'抗日专号'。编委们决定，专号的封面用一幅中国年青姑娘的照片。编辑室预选了几张，都不十分满意，马国良编辑就请郑叔叔帮他们寻找照片。"

"我明白了，《良友》的封面照，是郑振铎先生提供的。"

"是的。"

"郑姐你想没想过，第一期'抗日专号'的封面，编委们为什么决定选用一张女青年的照片？"

"为什么？"

"这一期画报，几乎每一页的图文我都熟记于心。翻开封面，扉页是一张全版的大照片。"

"是的，画面是卢沟桥，桥头挺立着一位守桥的中国士兵。"

"画报的内文，报道了我国军队奋起反抗的事迹，一幅幅将士的雄姿出现在画报上，有守卫宛平城的第29军军长宋哲元，有旅长吉星文，有参谋徐庭玑和先锋连连长高长森……"

"还有浑身血迹的营长金振中，身负重伤仍不下火线。"

"这些被炮火熏黑了军装的铁血男儿，有一个共同的志愿，要保卫我们的国土，保卫我们的母亲和姐妹！多么激励人心的'抗日专号'啊，《良友》画报社的全体人员，包括印刷厂的工人，日夜加班工作，七月十五日这天，'抗日专号'发行到读者手中，供不应求，又加印了两次。日本人恨透了这本刊物，他们派特务闯进报馆，又打人又砸印刷机。画报社的员工们转移报馆地址，又在香港设立分社，再接再厉，又连续出了两期'抗日专号'。如果拿这后两期的'抗日专号'封面和第一期的封面作比较，画报社编辑们的用意，就更加寓意深刻！"

"是吗？"

"第一期'抗日专号'的封面，是你，一位中国青春少女。而第二期、第三期专号的封面人物，则是两位一身戎装的男子汉。他们是谁，你知道吗？"

"知道，这两期的画报我都有保存。第二期封面人物是蒋中正委员长，他正在抗日前线视察，腰佩手枪，胸前挂着望远镜。"

"端详着这张照片，我对蒋委员长顿时肃然起敬。中华民族到了最危险的时候，人们终于听到他的庐山讲话：守土抗战，抱定牺牲一切之决心，誓死保国保种！"

"第三期的《良友》'抗日专号'封面照片，也是一位抗日将军。"

"他是冯玉祥将军，目视前方，我们仿佛能听到他胸中的怒号：还我河山！"

"铁山，听你对《良友》这三期封面的理解，我现在似乎也悟出一些道理了……"

"《良友》的编辑们，他们在号召全中国的铁血儿男们，快快用我们的血肉筑成新的长城，保卫我们的神圣领土不被践踏，保卫我们的母亲不被残害，保卫我们的像春天一样美丽的姐妹们不被凌辱！"

"是的，但是现在我们的国家实在是太贫弱了，国势也实在太危险了！光靠男儿们的流血战斗已经不足以拯救奄奄一息的中华大地，妇女们，甚至白发苍苍的老人们和尚未成年的儿童们，不得不也走上前线。"

"这，太悲壮了，也太悲哀了！"

"只要我们的国家能浴火重生，姐妹们就是做出多大的牺牲，也是值得的。蒋委员长在庐山讲话中不是也这样说吗，地无分南北，年无分老幼，皆有守土抗战之责任。"

"话虽这么说，但是我们这些理当身肩责任的男儿们，为什么不尽力保护我们的母亲姐妹们不受伤害？为什么要让她们走在前面为我们挡子弹？"

"铁山，你怎么想到了'挡子弹'？你是不是听说了什么？"

"我只是为你的安全担忧，害怕出现不测。"

"你放心，我不会出事的。无论遇到什么情况，我都会处处小心。"

"但愿一切平安，我祈求上帝保佑你！"

"你也信上帝？"

"穷国穷民，人在无助的时候最渴望一切公正万能的神灵都是真实存在的，愿上帝，愿真主，愿佛祖，还有观音菩萨、三皇五帝都睁开眼，佑我中华善良民族！"

7

一笔难写两个"郑"字。郑铁山起了个新话头，说起郑氏族谱。

郑铁山说："我家是民族英雄郑成功的后裔。先祖郑成功的儿孙大都分布在福建和台湾。我祖父的祖父后来去了湖北，又从湖北入川，在永川县落地生根。我们家的堂屋里敬着先祖郑成功的画像。我小时候，爷爷多次对我讲郑成功率军收复祖国台湾宝岛的故事。还教我背诵郑成功的那首有名的《复台》诗——开辟荆榛逐荷夷，十年始克复先基。田横尚有三千客，茹苦间关不忍离。"

郑苹如说："十年始克复先基啊，台湾的美丽山川间，洒下过多少中华儿女的鲜血！可是现在宝岛又落在了日本殖民者的手里。我爸也在我小时候就教我这首诗。我爸说郑成功文武兼备，可惜英年早逝，没留下多少诗文，千古文章未尽才。"

郑铁山感慨地说："人活一辈子，即使只留下一首诗被后人牢记，此生也足矣！"

郑苹如说："别说是一首了，就是只留下两句，只要是绝句，也会千古传颂。譬如秋瑾女士的绝句——拼将十万头颅血，须把乾坤力挽回！"

郑苹如朗诵这两句诗，掷地有声，郑铁山的心为之一震。

"郑姐，你们家的这一支郑氏家族，先贤是郑光祖，对吧？"郑铁山突然问道。

郑苹如回答："是的啊，你怎么知道的？"

"我听我鹤鸣表哥说的。鹤鸣哥是听你兄长说的。"

"我家的兄弟姐妹又都全是听我父亲说的。"

"同郑成功一样，郑光祖也是郑氏大家族的骄傲，与关汉卿、马致远、白朴并列，被誉为'元曲四大家'。"

"史书说他一生著作丰富，写过杂剧十八种，最著名的代表作是《倩女离魂》。"

"一部对忠贞爱情的赞歌！"

"你看过这出戏？"

"没看过戏，只听我爷爷给我讲过剧情，很感人。"

"我也没看过舞台演出，但我看过剧本。我父亲保存有郑光祖的四种剧本，全是线装书，除了《倩女离魂》外，还有《翰林风月》《王粲登楼》《三战吕布》。"

"我觉得，《倩女离魂》的艺术价值堪与莎士比亚的《罗密欧与朱丽叶》媲美。"

"我赞成！英雄所见略同。"

"先辈郑光祖太不简单太了不起了，他在六百多年前就塑造了倩女这一光彩的艺术形象，为青年男女们呼唤自由呼唤幸福的爱情。"

"并且故事曲折引人入胜，那么浪漫那么美妙！"

"文史学家们将郑光祖誉为元代南方戏剧界的巨擘，可谓实至名归。"

"他不仅剧本写得好，散曲诗词也是了不得！我爸手抄有不少他的散曲，其中有几首我能背下来。"

"现在背几首可以吗？"

"没问题！先背一首《梧桐树南》，听着！相思借酒消，酒醒相思到，月夕花朝，容易伤怀抱。"

"呀！这么美！我被惊傻了！"

"再听一首更美的，《东瓯令南》。情山远，意波遥，咫尺妆楼天样高。月圆苦被阴云罩，偏不把离愁照。玉人何处教吹箫，辜负了这良宵。"

"我无语了！此曲只应天上有！"

"还有更语出惊人的，听这几句。雨过池塘肥水面，云归岩谷瘦山腰。横空几行塞鸿高，茂林千点昏鸦噪，日衔山，船舣岸，鸟寻巢。"

"好一个'肥水面'，好一个'瘦山腰'！"

"我爸爸也特别赞赏这两句，他说，中国古代文人写诗讲究三炼：炼意，炼句，炼字。为寻一个最能准确表达诗意的字，宁愿揪去三根胡须。他说，这一个"肥水面"的"肥"字，一个'瘦山腰'的'瘦'字，与王安石的'春风又绿江南岸'的'绿'字相比，称得上是异曲同工。"

"博大精深、绚丽灿烂的中华文化万岁！万万岁！"

两个年轻人，沉醉在中华文化的春风里，高兴得像个孩子，忘了是身处"孤岛"，而"孤岛"的四周是地狱，到处都游荡着日本侵略军的鬼影。

是的，他们本来就是孩子，是祖国母亲膝前尚未完全长大的孩子，他们的生活本应是无忧无虑，充满阳光与鲜花，充满诗歌和音乐的！

和平是多么宝贵啊，竟需要用无数鲜活的生命换取……

第七章　金宝花园

1

周鹤鸣隐身于妙香楼，工作正一步步开展。

巧的是，女流氓女汉奸佘爱珍竟在无意之间帮了周鹤鸣的大忙，加快了周鹤鸣完成特别任务的进度。

这个长舌妇佘爱珍，舌头也太长了，她也没给鲁婉英打声招呼，就跑到干爹冀老爷子家，把鲁婉英院子里如何来了个表弟，鲁婉英又如何喜欢表弟照顾表弟，不仅添油加醋并且添红加绿地全告诉了干爹干妈。干爹、干妈都来了兴趣，一次次捎话给鲁婉英："老七，把我们的七女婿带来，让我们过过眼！"

鲁婉英从心里烦死了多管闲事的佘爱珍，但她又怎敢得罪冀墨清这个老爷子？

在上海滩青帮中，冀墨清是赫赫有名的"野佬"。只因他发财的路子野，不走白道走黑道。他经营的生意是赌场、烟馆、舞厅，还有妓院。他手下的马仔也野，心狠手辣。他不要他的马仔会识字，只要他们会行凶，敢于白刀子进红刀子出。比如佘爱珍的男人吴四宝，就是冀老爷子最赏识的马仔之一。吴四宝给冀老爷子的赌场抱过桩脚，也当过冀老爷子的司机兼保镖。如今吴四宝飞黄腾达当上了大官，也全仗了冀老爷子的举荐。吴四宝被人们称为"杀人魔王"，手段凶狠，还在他尚未混出头的时候，他就是他家那一片居民区的一霸，如果谁家孩子哭闹，只要大人说一声"吴四宝来了"，这孩子便立即胆战心惊，鸦雀无声。

冀老爷子要见干女婿周鹤鸣，鲁婉英不敢说个"不"字。但是周鹤鸣却佯装不愿去，每回鲁婉英动员他，他总是回答："我与他们素不相识，不去也罢。"

鲁婉英哪里知道，周鹤鸣就是急于早日走进卖国贼冀墨清家，而最佳的引路人便是鲁婉英。

周鹤鸣假意说不想踏进冀老爷子家门，鲁婉英信以为真，并且设身处地，真真诚诚地理解鹤鸣的心情。她心想，鹤鸣毕竟是大户人家的少爷，又读过洋学堂，岂肯随便趋炎附势？她又从内心里喜欢鹤鸣的这种禀性，因此也更看重他。但是，权衡利害关系，冀老爷子可是万万不可得罪的！

这该咋办？鲁婉英不得不求助郑铁山，让铁山帮她劝说鹤鸣。

2

咋咋呼呼的刁妇佘爱珍又来了，一进院子两只眼睛就像母狼眼一样嘀嘀嘀四处乱转，酸溜溜地问鲁婉英："七妹，你的白马王子呢？咋又没在家？是不是怕我吃了他，见我一来，你就赶忙把他藏起来了？"

鲁婉英回答："谁敢在你四姐面前玩藏猫猫？鹤鸣他不在家，'小茶壶'陪他到城隍庙逛庙会去了。"

"七妹，你对你鹤鸣这么好，巴心巴肝，就不怕他被人抢跑了？"

"谁敢抢他？谁动他一指头，我就跟她玩命！"

"那我要是想动动他呢？"

"你？你敢吗？"

"我怎不敢？"

"就算你有天大的胆，我谅你也不敢伸指头！"

"为啥？"

"为啥，你想想为啥？你若敢在我的男人身上动心思，那就别怪七妹我不客气了，我就只把你和胡大文人的事稍稍给你家四宝透露一点点，看看四宝这个活阎王咋样收拾你们！"

"七妹，我只不过给你说句笑话，你就当真了？还不快请我上楼喝茶，我今天来见你有正事！"

佘爱珍确实不是来闲玩耍，她是来代冀老爷子家送大红请帖，说道："干爹这回过七十大寿，可是一桩大喜事，连日本的高官也要送贺礼祝寿。你可得睁大眼睛把请帖看清楚了，上面写着你和你的白马王子两个人的名字，到时候，你若不把你的周鹤鸣带去，那你就别怨我，我可要下手把他抢走了！"

"叫你别说笑你又说笑，谁说我家鹤鸣不去？鹤鸣早答应我了，抽空一起进金宝花园去拜望干爹干娘，现在又遇上干爹的大寿日，我们两口子就更要一同前去了。"

"那好，我走了，去给干爹回话。"

"急什么呀，再坐一会儿，茶还没喝上二道呢！"

"好，坐一会儿就坐一会儿。关紧了你闺房门，我们姊妹俩说几句知己话。"

"有啥知己话你尽管说，你放心，我这里是最保密最安全的地方。"

"七妹，你实话对我说，胡兰成这个没良心的东西，这些日子是不是常来？"

"四姐，你问这干啥？"

"我是在关心他，我怕他睡了不干净的女人。"

"你放心，不干净的他不会要，他挑剔得很！"

"这么说他是常来了？"

"不不不，他也不是常来……"

"唉，你也就别瞒我了，难怪人家背地里都说他是'大众情人'，吃着碗里望着锅里，一点儿也不专情！老娘总有一天要好好治一治他！"

"他不是对你也很好吗？"

"是他对我好，还是我对他好？他结过三次婚，现在又有一妻一妾，还拖儿带女，我瞒着我家四宝对他好，恨不得把心都扒给他，他怎么还要到处拈花惹草？拈花惹草他还嫌不够，又特别喜欢睡妓女！没良心的东西，他就是一块石头，我把他焐在我怀里焐了这么久，也该把他焐热了呀！"

"四姐你别生气，他最近一些日子，确实来得不多了。"

"七妹，我求你一件事，你可千万千万要答应我！"

"啥事？你尽管说。"

"我和胡兰成的事，还有和李祖莱的事，你一定要替我守口如瓶，万万不可向我家四宝走漏一丝半毫风声！"

"那当然，这还用你交代？"

"哼，哼哼……"

"四姐你是怎么了？是在哭还是在笑？"

"我是在笑，笑我家的四宝是个冤大头，戴绿帽子了自己不仅不知道，还说胡兰成是他最佩服的大文人，对胡兰成总是笑脸相迎。胡兰成也真会演戏，在四宝面前假模假样彬彬有礼，之乎者也装出个正人君子架势。还给四宝取了个字，叫'云甫'。现在，就连日本人也知道四宝的官名叫'吴云甫'。好听不好听？"

"好听，当然比'吴四宝'三个字好听多了！"

3

冀老爷子要过大寿，特意叫佘爱珍来送请帖，如果鹤鸣还是不同意进冀家的门，那可怎么办？

终于等到鹤鸣和铁山逛完庙会回来，鲁婉英先见铁山，把请帖拿给他看，叫铁山一定要好好地耐心劝说鹤鸣。

铁山进了鹤鸣的书房，鲁婉英在闺房里焦急等待。谢天谢地，铁山带来了好消息：鹤鸣说，既然人家送来了请帖，拒之实在无礼，那就去一趟吧。

鲁婉英乐不可支，赶紧出门，去给鹤鸣买了一套新西装和一双新皮鞋。

第二天，冒着大雨，鲁婉英特意乘黄包车到教堂街的西式理发厅烫了烫头发。

第三天就是冀老爷子的大寿日。这一天是民国二十八年，西历1939年的8月29日。

其实，就在昨天，日本人和汪精卫政府的高官们，已经为冀老爷子祝贺过一次生日了。不过昨天的祝寿是掩人耳目的假戏码，今天的寿庆才是真场面。

昨天，1939年8月28日，对于汪精卫政府来说，是一个"划时代的伟大日子"。经过了长时间的筹备，汪精卫公开表明与重庆的国民党及国民政府分庭抗礼的"中国国民党第六次全国代表大会"在上海极司菲尔路76号特工总部的大礼堂召开。大会明确地宣布"亲日反共，和平建国"的方针。为了防止抗日分子冲击会场，特工总部的全体人员倾巢出动严加防范，并且在"76号"大门外演出了一场假戏。假戏的道具是一个祝寿的大花篮，寿带上写的是冀墨清的大名。前来参加"六大"的要员，除了汪精卫、周佛海、陈公博、丁默邨、林柏生等"中央执行委员会常务委员"外，还有一大堆委员、候补委员（其中有陈璧君、李士群、胡兰成等）。他们都假装是来给冀墨清祝寿，有的抬花篮，有的拎着寿礼，装模作样迈着八字步走进"76号"大门，然后才加快脚步进入会场。

献给冀墨清的生日花篮像哨兵，一溜摆放在特工总部黑洞洞的大铁门外，为"六大"作掩护。不料天公不作美，突然狂风大作，暴雨倾天而下，把一只只花篮都浇成了落汤鸡。

今天正式大摆寿宴，日本人和汪政府都特意给冀老爷子家送来新花篮。

祝寿自有祝寿的规矩，最先来见老寿星的，当然是日本高官和政府要员，他们都很忙，来和冀老爷子见过面，表示过祝贺，就随即离去。随后而来的则都是必须留下来喝喜酒的人，他们之中也有高官要员，但是因为与冀老爷子关系非同一般，因此不能早退，例如丁默邨、李士群，还有胡兰成等人。

鲁婉英领着周鹤鸣来到冀老爷子家，正巧在大门外同吴四宝、佘爱珍两口子相遇。佘爱珍扬声招呼："哟，七妹，终于把白马王子带来了！"鲁婉英忙向鹤鸣介绍："这是我四姐佘爱珍，这是我四姐夫吴云甫先生……"

"去去去，什么他妈的'吴云甫'？"膀大腰圆一脸横肉的吴四宝打断了鲁婉英的话头，"云甫雨甫，这文绉绉的名字叫起来太别扭了，你还是叫我'四宝'好了，又不是他妈的外人！"接着用下巴指一指周鹤鸣，问道："七妹子，这是不是我的妹夫？"

鲁婉英只顾点头。

吴四宝咧开大嘴巴哈哈大笑："好，好！爱珍，快点，你替我把七妹踢两脚！"

鲁婉英不解："你叫四姐踢我干什么？我又没得罪你！"

吴四宝回答："亏你也是江湖上的人，连这都不懂？踢你两脚，就如放了'二踢脚'的大红鞭炮，恭喜你呀！"

"那四姐你就踢吧，轻一点儿！"

"不能轻，踢得越重财喜越重！"

"好，那你就用劲踢，多踢几脚！"

鲁婉英被踢得哎哟哎哟直叫唤，心里却是乐开了花。

冀老爷子家的院子真大，面积盖过半座小县城。里三层，外三层。四个人说说笑笑来到正堂门外，吴四宝对鲁婉英说："论资排辈，先大后小，我和爱珍先进去拜寿，你俩在堂外等一等。"

冀老爷子正端坐在神桌前的太师椅上，远看像一尊泥塑的判官。不过这尊判官身体太瘦，只剩下皮包骨头。两只眼睛却是亮得吓人，像鬼火在一闪一闪。他的身旁坐着他的夫人金宝，身形和丈夫适成鲜明对照，一身肥肉。佘爱珍曾对鲁婉英这样形容过金宝师娘的富态相：脑袋像金元宝，肚皮像弥勒佛。

吴四宝一进屋，便"扑通"一声跪地，接着又是"咚！咚！咚！"三声，连磕三个响头，嘴里念叨着："干爹干娘在上，福如东海长流水，寿比南山不老松！"佘爱珍也单膝而跪，磕完头仍不起身。

"起来吧！"冀老爷子发话。接着金宝师娘吩咐道："先去歇着，听戏喝茶打牌自便，叫下人们好生伺候着。"

佘爱珍诺诺点头，趋身向冀老爷子禀报道："干爹，鲁老七来了，把她的男人也带来了。"

"叫什么名字呀？我忘记了。"老爷子拖着长声，但仍透着森严。

"姓'周'，叫'周鹤鸣'。"

"听你说过，是个书生子？"

"是，是个大学生。"

"哦？还是个大学生？"金宝师娘插话，"老七可真有艳福！"

冀老爷子冰冷的脸上也有了笑容："好，好呀，这么多年来，我脚底下的后生子们都是些不识字的白丁，你却是个女中秀才，读过初中。现在又有了个大学生，我脸上也添光彩呀！"

"干爹，七妹是沾了你老人家的光，没有你哪有她？"

"你去喊他们两口子进来，告诉他们，鹤鸣是个读书人，就不用下跪行帮中的大礼，拱手作揖就行了！"

4

在冀老爷子和金宝师娘面前行过拜寿大礼，鲁婉英带周鹤鸣退出，穿过两道长廊，来到戏台前。

台上正在唱京剧《大登殿》。薛平贵衣锦还乡，封王宝钏为正宫皇后，封代战公主为副后，满台喜气洋洋，花团锦簇。

吴四宝四仰八叉地躺在一张凉靠椅上，边看戏边嚼瓜子、吐瓜子皮，他的几个"76号"的部下众星捧月似的围在他周围。鲁婉英悄声指点给鹤鸣：看，那个长脖子，嘴里镶有两颗大金牙的，名叫"鄢绍宽"，外号"金条"。他原是国民党"军统"的特工，现在投了日本人，是"76号"的缉侦专家。听余爱珍夸赞他说，连日本人都说他了不起，生有一只狗鼻子，藏得多隐秘的对手，他都能闻出来。再看右边那个人，焦黄的脸，焦黄的胡子，名叫"林之江"。他原来是共产党那边的人，后来投奔了国民党，再后来投了日本人，现在是76号特工总部第二行动队的队长。坐在林之江右边的那个黑脸汉子名叫"张国震"，是跟随吴四宝多年的徒弟，现在是特别行动中队队长。

突然，吴四宝"呼"的一声站起身，对戏台上吼叫："停！别唱了！台上台下的人都听我的命令，立正！敬礼！"

原来是三位要员走进了戏园子，一位是手执折扇的大文人，汪伪政府中央宣传部次长兼《中华日报》主笔胡兰成。另两位是吴四宝的顶头上司丁默邨、李士群。丁默邨是汪伪政府的中央执行委员会常务委员、社会部部长，兼任特工总部主任。李士群是中执委委员，特工总部副主任。李士群身体微胖，厚鼻子，肥耳朵。丁默邨尖嘴猴腮，一件长翻领的西服架在他瘦骨嶙峋的身上，让人想到"沐猴而冠"四个字。

行过欢迎礼，吴四宝请三位上司坐上座，然后命令戏班子敲响锣鼓重开戏。周鹤鸣对鲁婉英说："我不想看戏了，声音太嘈杂！"

"那我们换个地方玩，走。"鲁婉英挽着鹤鸣的胳膊离开戏园子，"我们去打牌吧，好不好？"

"你知道我也不喜欢打牌……"

"那我们到哪儿玩？离开宴的时间还早着哩。"

"你不是说冀干爹家有一座大花园吗，名字叫'金宝花园'？"

"是呀，花园名叫'金宝花园'，这整座大宅院，外人也称'金宝花园'。"

"不用说，这是以金宝师娘的名字命名的。"

"别看金宝师娘只是个女流之辈，在江湖上可也是个呼风唤雨的人物！"

两人慢慢说着话，不觉已来到大花园。大花园之大，超出了周鹤鸣的想象，牡丹园，月季园，桂花园，梅花园，一园连一园，又有假山、水池相缀于其间。

"这里真清静，空气又清凉。"周鹤鸣赞道。

鲁婉英把鹤鸣的胳膊挽得更紧："那我俩就躲在这里多说说话。"

周鹤鸣点头，漫不经心地说道："我有件事想不明白。"

"什么事？"鲁婉英忙问，目光里满是关切。

周鹤鸣说："我不明白，为什么你冀干爹过生日排场这么大，连汪精卫、陈璧君夫妇，还有日本驻上海军队的最高长官土肥原贤二，以及情报机关长官晴气庆胤都送来了花篮？"

"他们当然要送花篮，因为冀老爷子为他们立了大功。"

"什么大功？"

"若没有冀老爷子，就没有如今的76号特工总部。"

"这话怎么说？"

"这话说起来就长了，我只是从佘爱珍那里听到一些。"

"就说个大概吧。"

"先得从你刚才在戏园子里见到的李士群、丁默邨说起。两个人年纪差不多，都快有四十岁了。丁默邨是湖南人。李士群虽说出生在浙江遂昌县，但也算得上是个老上海了。"

"为什么？"

"他二十岁流浪来到上海，衣不遮体食不果腹。后来他遇上了贵人，就演绎了一段才子佳人的风流佳话。"

"贵人是谁？"

"贵人名叫'叶吉卿'，富家小姐，比李士群大一岁。叶吉卿的老家也在浙江遂昌，早就随她爹妈落脚上海。她爹名叫'叶梦泽'，清朝末年当过浙江余杭县和富阳县的知县。民国后他到上海开茶叶店，腰缠万贯。是他出钱供李士群在上海读书，先读上海美专，后读上海大学。读书期间他就听说冀墨清老爷子财大气粗，他就和叶吉卿一起找冀老爷子拜了干爹。叶吉卿现在是李士群的老婆。"

"噢，原来李士群老早就是老爷子的干儿子了。"

"李士群不一般，他可是一个翻云覆雨的人物！"

"怎么个翻云覆雨？"

"他曾经跟叶吉卿一起参加了共产党，那时候当共产党员还是时髦的事。没想到时髦的事很快就不时髦了，要砍脑袋的，他们俩就改换门庭加入了国民党。"

"在国民党内做什么事？"

"叶吉卿做啥事我不知道，只听说李士群是中统局的情报员，后来当了个科长。他一直嫌自己官职太低，不得志。日本人占了南京，他开始谋划投日本人。去年夏天中统局派他到湖南株洲去当一个什么主任，还发给了他一笔活动经费，他趁机南下到香港，去拜见日本驻香港的总领事官中村丰一，表示愿意为皇军效犬马之劳。"

"噢，他倒蛮痛快的。中村丰一怎么说？"

"中村丰一赶紧写一封信交给李士群，叫他到上海跟日本使馆的书记官清水董三接头。"

"清水董三又怎么说？"

"清水董三答应给枪给钱，叫李士群成立一个替日本人服务的特务机关。可是李士群单枪匹马，这机关他怎么成立？"

"我明白了，于是他就拜见他的干爹冀墨清。"

"冀老爷子也想借日本人的势力在江湖上坐大，压过黄金荣、杜月笙。李士群和冀老爷子一拍即合，冀老爷子就把吴四宝和一帮能打能杀的徒弟交给了李士群，还给他钱给他枪。这还不算，就连房子也是冀老爷子给的。"

"房子？"

"就是现在的极司菲尔路76号呀！"

"76号是冀老爷子的房产？"

"哪是他的，是他拣来的。"

"拣来的？"

"那座大院子原来的主人姓'陈'，名叫'陈调元'。你在报纸上读到过这个人的名字没有？"

"读到过，他原来是北洋军军阀冯国璋的部下，后来起义加入国民革命军，担任过军长和山东省主席，淞沪战事爆发，他撤离了上海。"

"他留下的76号的房子，就被冀老爷子派手下人给看管了。现在，他交给李士群当办事机关用。这办事机关当时还没有正式名号，就干脆叫它'76号'。这代号一直用到现在。"

"这代号倒也简单好记。那为什么又冒出来个丁默邨？"

"丁默邨是李士群请来的。"

"为什么请丁默邨？"

"李士群觉得自己原来在国民党那边官职太低，名气也不大，害怕不服众，又担心日本人不看重'76号'，就想搬来个大人物撑门面，一下子就想到丁默邨。"

"两个人从前一定认识。"

"丁默邨曾经是李士群的上司，两个人的经历也差不多。丁默邨也曾经加入过共产党，后来带着一份共产党地下党员名单当晋见礼投奔国民党。他教过书，当过中学校长，能说会道，得到上司赏识，官运亨通，当上了军统局第三处处长，当时可以和戴笠平起平坐。可是，他后来为了一点蝇头小利，毁了自己的前程。"

"他出了什么事？"

"去年春天，共产党有一个大官从延安跑出来投奔国民党，这个大官姓'张'，叫'张国焘'。蒋委员长派丁默邨到西安接应张国焘，又叫他陪张国焘到汉口。张国焘写了一份和共产党的决裂书，公开发表，标题是《张国焘告国人书》。丁默邨对人夸耀说，张国焘的这份声明书也有他的功劳，他帮忙修了辞润了色，比如声明中有两段话，说，但望中共同人能根本破除抗日联军之成见，使八路军国军化。又说，边区政府现已无存在之必要，应即还政中央。丁默邨说这都是他和张国焘商讨后形成的文字。但是丁默邨聪明反被聪明误，他太得意忘形了！

"他怎么了？"

"他呀，他竟然趁着接应张国焘的机会贪污接待费，就连他在汉口住妓院的花销，他也虚开发票算在招待费上。这事被张国焘给发现了，向戴笠告了一状。蒋委员长听说后火冒三丈，听说还骂了'娘希匹'，一道命令撤了丁默邨的职。丁默邨好丢面子，装病，跑到香港养病。"

"后边的事，让我猜猜看。"

"你猜。"

"李士群派人到香港，把丁默邨请到上海，两个人一起经营'76号'。"

"你猜得一点也不错。听余爱珍说，他俩见面后，还演了一出戏。"

"演什么戏？"

"丁默邨太会假模假样了，明明他是被李士群请到上海来的，见到李士群他还要摆谱，打着官腔说，士群弟呀，我这次到上海来，是受了委员长的亲自嘱托，了解了解情况，准备重整旗鼓，看看怎样把遭到重创的军统、中统上海组织整合起来。"

"李士群怎么应答？"

"李士群不吭声，突然咚一声，把这么厚一捆钞票砸在茶桌上，又啪一声，把一只手枪拍在那捆钞票旁边，这才开口说话。"

"说什么？"

"他说，丁兄，你是我的老上司，真人面前我李某不说假话。实话告诉你，我已投了日本人，日本人给枪又给钱。你若答应跟我一起干，你当正，我给你当副手，这点钱就算我的见面礼。你若不想干，骂我是汉奸，你就拿这手枪，一枪毙了我！"

"丁默邨如何回答？"

"他什么话也没再说，嘿嘿嘿一笑，赶紧把一捆钞票装进自己的黑皮包。"

"哈哈，这出戏演得确实精彩！"

"所以说，李士群虽然先来，只当了副主任；丁默邨后到，当的是正主任。"

"我听明白了，公开投日本人，其实李、丁二人和他们的'76号'，是走在汪精卫前头的。"

"对，那时候'76号'直接归日本人指挥。"

"汪精卫宣布投日，来到上海后，日本人把'76号'当作一份大礼交给汪精卫。"

"是是，就是这样，交枪交人交房子，就连汪精卫开大会，也是在'76号'。"

"难怪汪精卫这么感激冀墨清老爷子，没有冀墨清，就没有他如今的'76号'。"

"可不是吗！"

"汪精卫是当重谢冀墨清，日本人也当重赏冀墨清。"

"日本人说了，明年春天要请冀老爷子到东京赏樱花，还要叫天皇召见他。"

"是的，他应该去见天皇。"

5

说一会儿话，散一会儿步，走走停停，不觉间两个人的话题转到了吴四宝和佘爱珍身上。

鲁婉英对这两个人的底细太熟悉了，一五一十说给周鹤鸣听。

"吴四宝的老家在江苏南通。他爹娘都是老实人。吴四宝还在吃奶时，他爹娘就离开老家到上海来讨生活，烧老虎灶卖开水。小户人家有时也会养娇子，吴四宝从小就顽劣泼皮，人见人嫌。爹娘特别宠他，哥姐从心里烦死了他。十二岁那年，爹娘相继病故，"家中王"便一下子成了"门外狗"。哥哥嫂子将他扫地出门，他只得求姐姐给口饭吃。姐夫还算不错，勉勉强强收留了他。姐夫在跑马厅当马夫，央求老板，把吴四宝也招进跑马厅，当了个牵马童。吴四宝就在跑马厅长大，长成了一身力气满脸横肉，也学会了明火执仗打打杀杀。"

"听说他枪法很准，在哪儿学的？"

"这得从他逃出上海说起。他长大后娶了媳妇成了家，对媳妇也是想打就打想骂就骂。媳妇为报复他，故意找了个野男人，给吴四宝戴上绿帽子。吴四宝一斧头劈死媳妇的奸夫，跑到外头闯江湖。先是跑到山东，在

'安国军'副司令张宗昌的队伍里当兵。后来这支队伍被白崇禧收编了，他就随部队到处走。他在队伍里不但学会了打枪，还学会了开汽车。听他自己夸过，他步枪、冲锋枪、机关枪都扛过，就差没扛过大炮。"

"为什么又回到上海？"

"他嫌当兵太苦，管得又严，哪有在上海滩称王称霸快活？再说，那桩命案已过去好几年了，他心想应该平安无事了，他就离开队伍跑回上海。回来后，他先给'烂脚跟'当司机，又拜'烂脚跟'为干爹。"

"烂脚跟？"

"'烂脚跟'是绰号，真名'荣炳根'，也是青帮大佬，但他台子没有冀墨清老爷子硬。后来吴四宝就拜冀老爷子当干爹，给冀老爷子开车当保镖。就是在这时候，他娶了佘爱珍当老婆。

"我听说，佘爱珍是个读书人。"

"是的，她一直读到初中毕业，上中学上的还是有名的启秀女中。她老家在广东。说来也巧，佘爱珍和李士群的老婆叶吉卿出身一样，也是富家千金，并且她爹在上海也是做茶叶生意。她爹娶了三房太太。三姨太最漂亮，佘爱珍就是三姨太生的，因此也算得上是个美女胚子。"

"那她为什么会嫁给文盲莽汉吴四宝？"

"佘爱珍的前夫是个富家少爷，婚后不久抛弃了她。她决定嫁给吴四宝，因为吴四宝是一条翻江龙，可以为她报仇。不过佘爱珍也不弱，手段甚至比吴四宝更胜一筹，日本人特别赏识她，就连大文人胡兰成，也写文章夸奖佘爱珍，说她是'76号'的春风牡丹。"

6

两个人漫步来在了花园的尽头，一面约30米长的高墙把外面的世界同乱花迷眼的豪门大院隔开。

高墙外是一条弄堂，周鹤鸣向外望了一眼，估计出这条弄堂只有两米多宽，一边靠着金宝花园的围墙，一边靠着两幢相连的四层高的楼房。高墙内，与围墙平行，地上修了一条独具一格的窄窄的水泥路。说它特别，是因为这条路有规律地弯曲，像一条正在游走的长龙。更逼真的是"龙"身上还有彩色"鳞"片。当然不是真鳞片，而是用染了各种颜色的鹅卵石镶嵌在水泥之中。鹅卵石经过了精心挑选，一律如鸡蛋般大小，形状圆润。周鹤鸣顿时对这条彩色路产生了兴趣，向鲁婉英询问这条路的用途："像游龙行走，是为了美化花园吗？"

鲁婉英回答："不光是为了让花园更好看，也是为了冀老爷子一早一晚散步。"

"散步？"

"是的，老爷子喜欢早起，一个人安安静静在这条路上散完步再用早餐。晚上也散步一回，是在吃罢晚饭之后。"

"噢，我明白了，难怪把这条路修成一条游龙，老爷子走在这上面，好比龙行虎步。"

"对，就是这个意思。"

"散步的小路，为什么疙疙瘩瘩铺这么多鹅卵石？"

"你猜猜看！"

"这个，不好猜……"

"猜不出来吧？我给你破这个谜。老爷子的保健医生告诉他，脚底板里头的血管最多、经络最密，散步时用脚底板踩石头，胜过吃人参燕窝。"

"噢，足疗，这办法叫'足疗健身法'。"

两人便一起在足疗小路上行走。鲁婉英问道："怎么样，走在这路上脚板很舒服吧？"

周鹤鸣答："感觉是不一样。只是我今天穿的是皮鞋，感觉还不够强烈。"

鲁婉英说："散步当然不能穿皮鞋，老爷子一早一晚在这儿散步，穿的都是薄底布鞋。到了夏天，比如现在，他干脆脱了布鞋，光着脚来来回回走。"

"是呀，赤脚才更有疗效，我现在也想试一试。"

"那你就把皮鞋脱了吧，我替你拿着。"

周鹤鸣果然把一双皮鞋脱掉，在小路上走来走去，时不时还平举双臂，像是在走平衡木。看到鹤鸣玩得这么高兴，婉英的心里像灌满了蜂蜜。

周鹤鸣今天真像是个大儿童，突然又对围墙外的世界产生了兴趣，问道："墙外那条弄堂向西通到哪里？"

鲁婉英答："向西的路被堵死了，是条断头弄堂。"

"为什么要堵死一头？"

"为了这座大花园的安全呀，免得有人在围墙外走来走去。"

"围墙内外怎么一棵树也没有？"

"也是为了安全呀，防止有人爬树翻墙。"

"冀老爷子到底是青帮大佬，防范措施考虑得很周到。"

"那是当然，这大院子的里三层外三层，日夜都有家丁把守，一只蚊子也别想飞进来！"

"围墙对面那两幢楼房是哪家的，为什么窗户都破破烂烂？"

"那是一所学校，初级中学。"

　　"中学？中学的窗玻璃怎么大洞小洞？"

　　"还不是因为学校太穷，连教师的薪水都领不齐，哪还有钱修窗户？"

　　突然从宴会厅那边传来了军乐声，洋鼓洋号，咚咚呜呜。

　　鲁婉英说："你听，一定是日本人的军乐队来了！宴会马上就要开始了，我们快去！"

第八章　庆功酒

1

冀墨清大摆生日宴的第三天，"编外人员"郑苹如的情报工作又有了新的收获。

今天她又去了一趟日本人办的同文书院，并在阶梯大教室听了一堂演讲课。特邀来演讲的人是"日本驻华大使馆"书记官清水董三，讲课的内容是目前日军在中国和东南亚各战场的形势。郑苹如一口流利的日语就是她最好的护身符，就连学校的门卫也以为她就是同文书院的学生。大教室听大课，这对她更有利，她落落大方地走进教室，没有人会怀疑她"本校学生"的身份。

离开同文书院后，郑苹如又去了一趟虹口的吴淞路。位于公共租界之北的虹口地区早就是日本人的聚集地，有人称它是"小东京"，又有人说它是实际的日租界。而吴淞路更是"东洋一条街"，满街都是日本人经营的店铺。郑苹如常到这里逛商店，用地道的日语与人交谈，也用心听日本人之间的谈话。用这样的办法，有时也能捕捉到情报，甚至是有价值的重要情报。

傍晚回到家，郑苹如把自己关在书房梳理一遍今天获得的情报，准备在与齐纪忠先生见面时汇报。忽听客厅里响起脚步声，接着是一串孩子般的欢叫声："哈哈哈，好消息好消息，我带来了好消息！"

是郁华叔叔来了。

"什么好消息？"苹如的父亲喜迎客人。

"大快人心的好消息！坐，坐下，你看我这包里提来了什么？一瓶绍兴老黄酒，正宗的五年陈酿。还有佐酒菜，咱俩为抗日义士喝几杯庆功酒！"

"什么好消息，你快说给我听听！"

"青帮头号大汉奸冀墨清……"

"他怎么了？"

"今天清晨，呜呼哀哉了！"

"死了？"

"见天皇去了！"

"怎么死的？"

"被抗日义士打死的。"

"好呀，怎么打死的？"

听到郁叔叔和父亲的对话，苹如和妈妈也欢欢喜喜地来到客厅，请郁叔叔把这好消息仔细说来。

"我也只是知道个大概情况。今天清晨，冀墨清正在他家花园里散步，一颗子弹飞来，一枪毙命！"

"他家的大院子戒备森严，铜墙铁壁一般，枪手是怎么进去的？"

"枪手并没进院子，而是从院子外射击。"

"院子外？"

"事情是这样。冀墨清有个习惯，一早一晚，独自在花园的一条水泥小路上散步。这小路紧靠着花园的围墙，围墙之外是一条死胡同，胡同另一侧是一所中学的两幢教学楼，楼有五层高。抗日义士的子弹就是从学校教室的破玻璃窗里飞出的。是无声手枪，枪手功夫好不了得，瞄得太准了，只一枪，就端端击中要害，子弹钻进大汉奸天灵盖，冀墨清当场倒地，连一声'哼哼'都没发出。直到他老婆派人到花园来喊他用早餐，才发现他早已气绝，直挺挺躺在水泥地上。"

"这消息可靠吗？"

"绝对可靠，租界内早已一传十十传百传开了！我赶紧给新闻界几个朋友一一打电话核实，都证明无误。我还不放心，到处买报纸，看，这是一家报纸抢先出的号外，看标题，《沪上耆宿冀墨清今晨殒命》。"

"太好了太好了！华君，快去炒几个拿手菜，我们一起为抗日锄奸无名英雄举杯庆功！"

2

鲁婉英上午就接到干爹冀老爷子被打死的消息。金宝花园的人通知她："赶紧到花园来，照顾干娘，帮助料理后事。"

鲁婉英料想这一去至少也得三、五天时间，她怎么放心得下她的周鹤鸣？临走时反复向郑铁山交代：我走这几天，你千万小心照护好你鹤鸣哥，吃的喝的不许有一丁半点亏待了他。外面现在这么乱，多在家里少出门。早上的长跑练身体也别练了，你鹤鸣哥实在坚持还要练，那就在近处练，别跑远了。

郑铁山点头，请鲁婉英尽管放宽心。

鲁婉英走后，周鹤鸣、郑铁山果然一天都没出门，关在屋里睡大觉。

傍晚时分，正当郑苹如一家人在客厅迎接郁华叔叔的时候，齐纪忠手摇一把折扇，优哉游哉地走进了妙香楼。郑铁山上前迎接："齐先生来了？是不是要在院子里先喝一会儿茶？"

齐纪忠满心的欢喜难以掩饰："喝茶喝茶当然得喝茶！上最好的西

湖龙井！小子，我好久没喝过你泡的茶了，今天怎么样，肯不肯专为我提壶？"

郑铁山忙点头："当然当然，巴不得能伺候齐老板！"

"你们鲁掌柜呢？"

"出门，走亲戚去了。"

"那她的周先生呢？"

"在楼上。在屋里看书。"

"这么闷热的天，看什么鬼书呀？去，快去，把他给我叫下来，陪我喝喝茶说说闲篇。"

"好的齐老板，我这就上楼去叫他！"

周鹤鸣伸一伸懒腰下楼来，陪齐先生喝茶。两个人漫无边际谈天说地，中间却插入只有彼此才能听懂的话题。

齐先生说："当为你庆功，在此只能以茶代酒。"

周鹤鸣说："墨迹已经清除，我是否可以呼吸新鲜空气？"

齐先生答："不可，再没有比这里更适合你的地方。"

周鹤鸣问："要等到哪一天？"

齐先生答："这事我也决定不了。"

"墨池里有什么动静吗？"

"有，金条出牌了。"

"什么时候？"

"今天。"

"收牌了吗？"

"没，明天还会再出新牌。"

"怎么办？"

"坚决砸了牌局，越快越好！"

"明白。"

"哈，这龙井茶没掺假，味道不错！喂，'小茶壶'，续茶呀，像根电线杆似的杵在那儿干什么？"

"齐先生，你继续用茶，我少陪了。"周鹤鸣起身。

齐纪忠也不挽留："那你就走吧。好了好了，'小茶壶'，你也不用伺候我了，撤茶！"

周鹤鸣回到书房，将手枪和子弹都检查一遍。

这是一只被称为"掌心雷"的无声手枪，德国造，用起来非常合手。今天清晨，冀墨清就是毙命在这支枪口下，事情十分顺利，干净利落。

除掉冀墨清这个大汉奸，中统局为这次特别行动筹备了很长时间。谁都明白完成这个任务很艰难，必须保证万无一失。中统和军统这一阶段的锄奸工作都极不顺利，暗杀汪精卫的行动屡屡失手，一些同志为此牺牲。上级决定退而求其次，目标锁定"76号"的金主冀墨清，敲山震虎。任务只许成功，不许失败。

现在，冀墨清终于被除掉了，但是又冒出来一个鄢绍宽。

鄢绍宽外号"金条"，原来是军统局培养出来的侦缉能手，现在却投靠了日本人。他为"76号"献上的第一份晋见礼，便是破坏了军统设在租界内的一处秘密电台。电台的报务员杨义本是鄢绍宽的朋友，两个人一起在军统湖南临澧特训班受过训，睡的是上下铺，拜的是把兄弟。现在，他却带着吴四宝和一伙汪伪特务突然闯入杨义藏身的亭子间。杨义临危不惧，将密电码吞进肚里，然后推窗纵身跳下，壮烈牺牲。鄢绍宽搜出了发报机，而杀人狂吴四宝犹觉这次行动不过瘾，下楼后便操起冲锋枪对着杨义的遗体一阵疯狂扫射，打死了一个惊惶失措左右躲避的老大爷，一只可怜的花猫也鲜血淋漓倒在他的枪口下。下流胚子鄢绍宽在这种时候也不忘拍马屁，竖起大拇指夸奖吴四宝好枪法。

现在鄢绍宽被命令侦察冀墨清的死因，他表功心切，肯定会咬紧事发现场不放松，今天若一无所获他明天必然再去，明天仍无收获后天又去。虽然周鹤鸣把活路做得很干净，但是不怕一万就怕万一，万一"金条"查出一点什么蛛丝马迹呢？

3

齐纪忠进入小桃红的房间之后，郑铁山离开妙香楼，到蜀乡公所，向他的直接领导人、客房老板赵子辰汇报工作。

周鹤鸣锄奸，结果了大汉奸冀墨清的狗命，自始至终，都得到了郑铁山的有力协助。例如，与金宝花园紧邻的学校空校舍内的情形，是郑铁山进入做了观察，并绘了图形。又例如，周鹤鸣击毙冀墨清的当时，在学校楼下掩护接应周鹤鸣的人，也是郑铁山。

郑铁山的行动得到共产党情报机关的支持，特别是得到了赵子辰的具体指导。但是周鹤鸣的领导人并不知道这些情况。周鹤鸣也绝不会向齐纪忠透露，因为他不能让齐纪忠猜测出郑铁山的共产党员身份。而陈而立站长也只知道郑铁山是周鹤鸣的穷亲戚，周鹤鸣来上海后，入住蜀乡公所，进入妙香楼，身为亲戚的"小茶壶"都起到了重要的协助作用。

对中统局决定除掉冀墨清，共产党的老情报人员赵子辰却有自己不同的看法。他并不认为这是一步必走的妙棋。他认为，冀墨清虽然十恶不赦，但是现在留下他一条老命，反而比除掉他更有利。因为对于日本人来说，冀墨清的价值已经过期，他再也翻不起什么大浪了。有冀墨清在，他名下的妙香楼是他的喽啰们和一些汉奸高官们的常聚之处，有利于郑铁山收集情报。现在，冀墨清一命呜呼了，汉奸们无疑会个个变得如惊弓之鸟，外出活动会减少，邀朋呼友一起到妙香楼的次数也会减少，即使是进了妙香楼，也会变得处处小心疑神疑鬼了，妙香楼再也不是绝佳的情报源，反而会成为"76号"的怀疑目标。但是郑铁山不可从这里撤离，撤离等于是主动向敌人暴露目标。撤离对周鹤鸣也极为不利。因此，赵子辰告诉郑铁山，在这极敏感也极危险的时期，越是要冷静，多动脑子，沉着应战并争取主动权。要保护好周鹤鸣，继续协助他。要警惕并排除敌人对周鹤鸣的怀疑，也要防止鲁婉英对周鹤鸣真实身份起疑心。要明白，鲁婉英不同于冀墨清，也不同于佘爱珍，她在不知不觉之间为中统局的锄奸行动立了大功。千万不要认为她只是个被利用的"冤大头"，不，在我们共产党情报战士眼里，她也是一名抗日群众。她的经历值得我们同情，她现在的身份和处境我们应理解。她对周鹤鸣是那么用心呵护，她也理当受到保护，不能让她受到"76号"的伤害。

郑铁山心里明白，他现在肩上的担子更重了。

4

"侦缉专家"鄢绍宽感到很懊丧。他本来想在丁默邨、李士群面前露一手，却没料到他妈的出师不利。忙乎了一整天，除了从冀老爷子脑门里取出夺命的子弹头外，其他什么线索都没发现。

他岂能甘心，第二天又赶到金宝花园，在案发现场的里里外外，像一只猎犬似的嗅东嗅西。围墙他察看过了。围墙外的死胡同他来来去去走了不知多少趟。学校的教室更没放过，连窗玻璃都敲掉了好几块，也没查出到什么疑点。

正午，太阳当顶，他还在花园里转悠。天气太热，他脱了皮鞋只穿一双拖鞋也觉脚趾间不舒服，一屁股就坐在水泥小路上，翘起臭脚抠脚丫子。突然他灵机一动，眼睛盯住了镶嵌着鹅卵石的水泥小路。毕竟他曾受过军统的专业培训，此刻他就在这小路上重新动起了脑筋。冀老爷子就是在这条路上散步时被打死的，枪手选定了有利地点有利时间。可是，枪手怎么会知道老爷子有一早一晚散步的习惯呢？又怎么知道老爷子散步的地点必定是这条鹅卵石小路？会不会是个内鬼？如果是内鬼，此人又会是谁？命案早不发生晚不发生，为何偏偏发生在老爷子做大寿的第三天清晨？会不会是祝寿的人中混进了可疑之人？如果是这样，这个可疑之人会不会到花园来踩过点？在这鹅卵石小路上留没留下过足迹？

越往下推想，鄢绍宽越是心花怒放，耳畔似乎已听到丁、李二主任和日本人的夸奖声，飞黄腾达的日子触手可及。他要赶紧回"76号"，要求照相高手陪他再来，带上专用照相机，把花园里、小路上近日留下的足迹全都照下来！

鄢绍宽兴奋不已，急着回"76号"。女主人金宝留他吃过午饭再走，他说不必。金宝要叫司机开轿车送送他，他说那更不必，"我必须依然低调行动，装成个查电线的电工，提上我的电工箱，连黄包车都不能坐，一路步行回去"。

回"76号"的路上，鄢绍宽的后背也像长了眼睛，高度的警惕加小心。终于离开租界，进入完全由日本人掌控的沪西地区。抗日分子们把这里称作"沪西歹土"，鄢绍宽却认为这里是他的自由天堂。抬头望，"76号"越来越近，他更加觉得轻松愉快了。

"76号"被上海老百姓称为"杀人魔窟"，行人经过这里都要绕道走，就怕招惹麻烦。离"76号"不远处的一条弄堂名叫"康家桥"，过了康家桥，更是"76号"的绝对安全地段。康家桥开了一家白铁店、一家食品店和一家香烟杂货店，这其实都是"76号"的"眼睛"。香烟店的女老板原来是江湖上的姐妹，和佘爱珍关系甚密，三十多岁，颇有几分姿色。鄢绍宽早就对她有意，只恨自己职位太低，不敢高攀。现在，鄢绍宽想到自己马上就要立功就要高升了，心中得意，脚步轻快，一摇一晃摇进了香烟店。

"忙着啦？"

"忙个屁，没见我大眼瞪小眼操着手吗？"

"辛苦了你！"

"想干什么？别拍马屁！"

"来包烟，拣最贵的！"

"什么事这么高兴，脸上藏不住笑？"

"高兴事确实有，不过现在不是对你说的时候。"

"啥时候说？"

"等我请你喝酒的时候，就不知你给不给面子？"

"喝酒我当然要去，不给你面子，还能不给酒席面子？"

"一言为定？"

"就等你一声'请'字。"

"一定会盛情邀请！"

"那我一定会赏你个面子。"

"那好，小生这厢告辞了。"

"走你的吧，多准备点好酒好菜。"

鄢绍宽心里欢喜，出了店门却迎头撞见一桩触霉头的事：一个年近二十岁的叫花子，身上臭烘烘，大夏天还穿着一件黑黢黢的破棉袄，一张肮脏的脸像是八辈子没洗过，伸出一只黑手，向鄢绍宽要钱。

"滚！也不看看这是什么地方，要饭要到阎王殿了！"鄢绍宽怒吼道。

叫花子却不识时务，缠住鄢绍宽不放，一双脏手扯住鄢绍宽的白衬衣，顿时衣服上染上一片黑。鄢绍宽怒火中烧，拳打脚踢，把叫花子掀翻在地。叫花子在地上乱打滚，突然一翻身，抓起鄢绍宽放在地上的"电工箱"，爬起来就朝公共租界方向猛跑……

小赤佬，敢顺手牵羊拎走老子的箱子，这还了得？"电工箱"里装的是鄢绍宽的缉侦工具，还藏有一把手枪！"站住！看老子不整死你！"鄢绍宽拔腿就追赶。

香烟店女老板站在柜台内哈哈大笑，笑得直不起腰。一笑叫花子不知天高地厚，竟然跑到康家桥来要饭，不要命了！二笑鄢绍宽好窝囊，堂堂一个"76号"的特工，竟叫一个浑身破衣烂衫的小叫花子抢走了箱子。当然小叫花子无异是虎口拔牙，他怎么能跑得过鄢绍宽？等被一把抓住，小命就玩完，明年的今天是头周年。等一等，等鄢绍宽收拾掉小叫花子返回，女老板要好好取笑他一番。

鄢绍宽追赶小叫花子，他妈的，小赤佬怎么跑得比兔子还快？鄢绍宽越追心越慌，天啦，若叫他跑进了租界可就麻烦了，抓住他后还不好当场就把他弄死，难出一口鸟气！"小赤佬！别跑了！"

只见一位衣着体面的先生远远地迎面走来。此人绸衣绸褂，脚穿真牛皮凉鞋，头戴一顶太阳帽，鼻梁上架一副太阳镜，蓄着一撮小胡子，一看就知道是个日本人。鄢绍宽像遇到了救星，忙用半生不熟的日语又叫又比划："太君！拦住小偷！"

体面的日本先生会意，迎面拦住小叫花子，顺势夺过"电工箱"。

"好！"鄢绍宽一声欢呼。呼声未落，只见体面日本人胳膊一扬，将木箱摔向空中，飘飘然向鄢绍宽飞来。

"太君好功夫！"鄢绍宽一边赞叹，一边抬头扬臂来接木箱。突然，只听"咣当"两声，木箱没接住，落在了地上，而鄢绍宽也紧随其后，身子朝前一踉跄，扑倒在地。

过路的人们不知发生了什么事，纷纷躲避。一眨眼工夫，小叫花子和体面日本人也已消失得无影无踪。

"人去了这么久，箱子怎么还没追回来？"香烟店女老板等了好久，等得不耐烦了，出店来观望。远远的，他望见马路上倒下一个黑影，不用猜，是小叫花子被鄢绍宽给弄死了，像碾死了一只蚂蚁，活该。可是这个鄢"金条"，他跑到哪里去了呢？

又过了许久，仍不见"金条"的身影。女老极感到奇怪，关了店门，顺马路往前走，看看那个被弄死的尸体是不是小叫花子。不看不知道，一看吓一跳，死在地上的竟然是鄢绍宽！枪口在脑门子上。摸摸鼻子，早就没气了！

读者朋友无须猜想便已明白，"小叫花子"便是郑铁山，而"日本太君"则是周鹤鸣。

5

鲁婉英在金宝花园待了几天，无时无刻不在惦记周鹤鸣。

终于等到金宝干娘发出话来："老七，你伺候了我这几天，该歇歇了，回去吧！"

鲁婉英像接到了特赦令，火烧火燎地赶回妙香楼。上了三楼赶紧推开鹤鸣的书房，房里空荡荡没有人。又慌忙到郑铁山住的小屋里寻找，也没有人影。

迎面遇见了小桃红，鲁婉英忙问："见着周少爷和'小茶壶'没？"

小桃红答："见着了呀！"

"啥时候见着的？"

"就今天呀！"

"那他们现在人呢？"

"可能又到四马路逛旧书店去了。"

"逛书店？"

"你走了这几天，他俩闲得慌，就天天出去逛旧书店，买便宜书。有时候一逛就是大半天。"

"我的天，书呆子呀，都什么世道了，天天看书有啥用场？"

鲁婉英悬着的一颗心放了下来，急忙出门，要亲自把她的鹤鸣给找回来。刚出来，却见周鹤鸣和郑铁山有说有笑地正往回走，每人手里都捧着几本线装老书。

回到妙香楼，关紧书房门，鲁婉英忙对周鹤鸣交代道："鹤鸣，这些日子你和铁山千万别再出门了！再近的地方也别去！"

"为什么？"

"你俩哪里知道，现在外面太危险了！就在冀干爹被打死的第三天晌午，'76号'的一个人也被打死了！"

"啊？在哪儿给打死的？"

"在康家桥，离'76号'不远！"

"谁被打死了？"

"你还记得不，那天给老爷子拜寿，我指给你看过这个人。"

"哪个人？丁默邨？李士群？"

"不是他俩，是鄢绍宽！"

"鄢绍宽，鄢绍宽……"

"就是那个长脖子大金牙，外号'金条'，'76号'的破案专家。"

"是他呀，他为什么被打死？得罪了谁？"

"他谁也没得罪，怪只怪他接连跑到金宝花园，这里侦侦那里探探，想要探出是谁打死了冀老爷子。那边的人不打死他打死谁？"

"哪边的人？"

"不是共产党，就是重庆分子。听说这个枪手厉害得很，会飞檐走壁，来无影去无踪，打枪不用瞄准，专打天灵盖！连'76号'的人都害怕了，到处设暗哨要抓到这个人，你俩这些日子千万别再出门！"

"三哥，鲁姐说得对，明天你再别去逛书店了！"郑铁山随声附和。

"鹤鸣，你也别光是看书，烦闷时叫铁山陪你下下象棋。"

郑铁山突然像想起了什么："哎呀鲁姐，你对你干娘家的人说过什么吗？"

"说过什么？"

"你说没说过我三哥见到过长脖子大金牙？"

"没有呀！我说这干什么？"

"那你说没说过，你和我三哥在花园里看过花？"

"这个我更不会说，我们俩的私事，我摆给别人干啥？哎，铁山，你咋突然问起这些？"

"我怕我三哥遭人乱怀疑。"

"你也太多虑了，他们怀疑一千人一万人，也万万不会怀疑到我家人的人头上呀！"

"害人之心不可有，防人之心不可无。不怕一万，就怕万一。"

"铁山你提醒得也对。你放心，有鲁姐在，谁也休想动你三哥一根手指头！"

第九章　走进魔窟

1

"76号"增兵布阵四处搜寻枪杀冀墨清、鄢绍宽的枪手，忙了好几天连个影子也没搜到。

没想到却有了意外收获，捉到了另外一条大鱼：军统局上海情报站站长熊剑东。

熊剑东，原名"熊俊"，浙江省新会县人，曾留学日本士官学校，归国后在冯玉祥将军的属下当参谋。此人文武兼备，人才难得。抗战后他临危受命，被任命为军统局上海情报站站长，兼任国民政府军事委员会别动军淞沪特遣分队长，又兼任嘉定、太仓、昆山、松江、青浦、常熟六县游击总司令。他把家安置在上海租界内。不久前他化装成生意人从昆山回上海看望夫人，不幸被"76号"的暗哨抓捕。

一定要救出熊站长！军统局局长戴笠亲自下达了死命令。

这本来是军统的事，但齐纪忠听说后却心情激奋，跃跃欲试。他立即面见陈而立站长，陈述自己的想法：军统、中统是自家兄弟，营救熊站长，我们也应当出一把力。

陈而立感到为难："你的想法当然不错，但是日本人现在抓到的是一条非比寻常的大鱼，'76号'的汉奸特务们高兴得大摆宴席庆贺。他们一定会严加防范，我们怎么去救？"

"硬来当然不行，必须智取。"

"怎么智取？"

"要完成这一艰巨任务，我想好了一个最合适的人选。"

"谁？"

"郑苹如。"

"郑苹如？不行不行万万不行！"

"为什么不行？"

"她毕竟是个女孩子呀，眼下不过才二十岁，如果不是战争，她的生活天地应当在教室，在图书馆。可是现在，我们已把她吸收为编外人员，她为我们的工作尽了那么多力，我们应当感谢她，也应该保护她。她利用她的有利条件收集情报，我看就目前这种状况就可以了，不可给她布置危险的任务。"

"营救熊站长，恰恰这件事对于郑苹如来说不会有任何危险。"

"为什么？"

"她有别人所不具备的得天独厚的条件。"

"你是说她会一口流利的日语？会日语又怎能救出熊站长？"

"不是会日语这个条件，你听我慢慢对你说……"

2

齐纪忠说服了陈而立，次日便约郑苹如见面。

见面地点竟选在兆丰公园。

兆丰公园前门对愚园路，后门接极司菲尔路（今万航渡路），地处沪西"越界筑路"地段，如今是日本人的天下。人们把沪西这一片豺狼横行的地段称为"沪西歹土"，生活在"孤岛"内的市民，除非迫不得已，都尽量避免离开租界来到这是非之地，以免遭遇无妄之灾。

愚园路，如今的"雅号"是"汉奸一条街"，因为汪精卫"国民政府"的"达官贵人"大都在这条街居住，包括汪精卫本人，还有周佛海、陈春圃、罗君强、褚民谊等。吴四宝、佘爱珍两口子，也早已搬家住进了这一条街。

"齐先生，你怎么选这样的地方跟我见面？"

"你放心，最危险的地方也最安全，你忘了一句话吗，灯底下最黑。"

"你考虑真周到，我有时候很佩服你。"

"仅仅是'有时候'佩服我？"

"齐先生，原谅我失言。你紧急约见我，有什么任务？"

"任务十分重要，我俩得慢慢走仔细谈。来，靠近我，别离得太远。"

"为什么？"

"你看这里是什么地方？这里是日本人的天下，是虎狼窝呀！为了不被人怀疑，我俩现在必须装作一对情侣，你必须挽住我的胳膊，挽紧一些！遇见了日本人，你得用日语同他们打招呼，明白吗？"

"明白了。"

话音未落，只见两个吊儿郎当的日本兵迎面走来，四只眼珠子直盯着郑苹如。郑苹如视若无睹，用日语对齐纪忠讲话。两个日本兵一听是日本小姐，赶紧溜开。

齐纪忠得意地一笑。

游园的日本人，一个个趾高气扬，神情张狂，仿佛这里的一切，一草一木，都是他们的财产。郑苹如看在眼里，恨在心里，悄悄对齐纪忠说："你是叫我来受国耻教育的吧？"

　　齐纪忠回答说：如今在上海，不可一世的日本人，像逐血的苍蝇，数量越来越多。虹口那一带不算，日本人早已把那一带称为"小东京"；而现在的沪西，也快变成他们的"本岛"了！"七七"事变之前，上海的日本人，日本兵不算，总共两万多人，短短两年多时间，翻了一倍多，将近六万人。特务来了，发横财的投机商来了，就连一些浪人、地痞、流氓、无赖，也都蜂拥而至，都想从咱中国土地上大捞一把！

　　耳畔突然传来"嘿、嘿"的狂叫声，像鬼哭狼嚎。原来是个日本浪人，一身武士打扮，光溜溜的脑袋上系着一条白布，布条上印有一张红"膏药"，双手挥刀，正对着一棵大树练刀功。树干上贴有一张白纸，白纸上歪歪扭扭写有"支那猪"三个字，这"武士"张牙舞爪，每向"支那猪"砍一刀，就恶狠狠地叫一声"死拉死拉"，好端端的一棵大树，已被砍得千疮百孔。

　　郑苹如实在看不下去，拉着齐纪忠的胳膊拐向一条小路。

　　终于再听不到那"死拉死拉"野狼般的嚎叫声，两个人在长椅上坐定，齐纪忠讲出了新的工作任务。

　　"营救熊站长？怎么营救？劫狱？"

　　"真是小孩子话，劫狱，'76号'像铁打铜铸一般，劫狱从何下手？再说，劫狱这粗活，也用不着你动手。"

　　"那让我干什么？"

　　"你得去见一个人。"

　　"谁？"

　　"你的校长。"

　　"校长？"

　　"你不是曾在上海民光中学读过书吗？"

"是呀！"

"那你知道丁默邨吗？"

"这个人我当然知道，我们天天都在和这个大汉奸做斗争，'76号'的一号头目……"

"你只知其一，不知其二。"

"什么其二？"

"你还记得，民光中学原来有个校长，也叫丁默邨吗？"

"知道呀，和现在这个'76号'的丁默邨同名同姓，一点儿也不差。"

"现在我告诉你，这两个人其实是一个人。"

"啊？这怎么可能呢？你说笑话吧？"

"不是笑话，我们有丁默邨的履历资料。在加入国民党军统之前，他曾混迹于上海，在民光中学当过校长，时间不长。"

"哦，我想起来了！难怪前些日子我听民光中学的一位老师说，民光出了个大汉奸，原来说的就是丁默邨呀！"

"他当校长时，见过你没有？"

"见过。"

"所以现在把重任交给你，你得以当年学生的名义到'76号'去见丁校长……"

"求他放了熊站长？"

"是。"

"这不可能吧？他这条豺狼能听我的？"

"不妨试一试吧。你并非单兵作战，只要你能走进'76号'见到姓丁的一面，后面的事我自有安排。"

"就没有别的营救办法？"

"我们经过了认真推演，就这个办法最有效，也最安全。"

3

郑苹如不想去见丁默邨。

民光中学的师生们，特别是女学生们，忘不了这个厚颜无耻的"丁校长"。

丁默邨形象猥琐，生着两只小偷似的贼眼珠子。他喜欢找女学生单独谈话，做出了许多令人发指的不轨事情，因此引起众怒，他才不得不溜之大吉。

那时候郑苹如年纪尚小，但丁默邨的一双贼眼也未曾放过这个小姑娘。但他知道郑苹如的家庭背景非比寻常，父亲是老同盟会会员，国民革命的有功之臣，曾任复旦大学客座教授；母亲是日本人，并且是大家闺秀，因此他才不敢对小美女造次。

可是现在齐纪忠要叫郑苹如走进"76号"，她该怎么办？

见郑苹如犹豫不决，齐纪忠便反复做鼓动勉励的工作。他说组织上已做好万无一失的周密安排，只需郑苹如同丁默邨见两次面就行。见第一面，话不必多说，礼节性拜访，速去速回。第二次去见面更加没有危险，因为不像第一次是郑苹如单独去，而是有人陪同，并且由陪同的人唱主角，郑苹如只是配角。

明知山有虎，偏往虎山行。为了营救抗日游击总司令，郑苹如只能接受命令了。

杀人魔窟"76号"离千年古寺静安寺不远。在走进魔窟之前，郑苹如首先进入神庙，祈求神灵的护佑。她虔诚地拜了观音菩萨，仿佛见到观音正用满怀怜悯的目光望着她。她求了一支签，阿弥陀佛，虽不是上上签，但也并非下签，而是中上签。解签的谶语写道：鸟笼有门未锁，鱼池无饵有钩，凶吉自在一瞬间。

感谢菩萨指点，我会小心再小心的，绝不可粗心大意，自投罗网。

离开静安寺，转个弯向西北方向走，几分钟之后就来到百乐门大舞厅前。百乐门坐西朝东，正门外就是极司菲尔路。继续向西北方向而行，过了爱文义路（今北京西路）路口，就离开了公共租界，置身于阴风惨惨的由日本兵控制的"沪西歹土"。

"76号"像一只狼眼睛，离爱文义路只有几百米的距离，日夜露着凶光，窥视着租界。

今日的"76号"，门牌号的颜色仍旧是蓝底白字。

想起上海门牌号码的颜色，郑苹如的心里也不能不哀声长叹。

上海被列强们瓜分为租界地后，在外国人眼里，中国人就变成了"下等贱民"。租界内因为是外国人的天下，门牌号码的颜色便是亮眼的蓝底白字。而华人区的门牌号码，颜色不能"高攀"租界区，只能是白底黑字。但是租界当局对住在华人区的达官贵人网开一面，允许他们的门牌号码颜色也使用蓝底白字。"76号"的房主原来是国民政府的山东省主席陈调元，因此才有破格享受蓝底白字的"荣耀"。

郑苹如不由又联想到在外滩公园门口曾经挂出的那个牌子："华人与狗不得入内。"我的中国母亲啊，你已被欺辱到了什么程度？哪年哪月，你才能擦干眼泪昂起头来？你的女儿在为你抗争，她别无选择，只能努力抗争！

"76号"的大门，表面看起来没什么特别之处，但门内却藏有玄机。

第一道门修有一座牌楼，非中非西，不伦不类。上海市民们私下议论：汪精卫又要当汉奸又要立"贞节牌坊"，看看"76号"的牌楼，像不像个棺材盖子？

为了掩人耳目，汪精卫亲自下指示，在"76号"的牌楼上画了个国民党的青天白日的党徽，又写上孙中山的一句话"天下为公"，真是滑天下之大稽。

"天下为公"的后面拴着两条狼狗。"青天白日"的图案被挖了两口黑洞，洞里是重机枪的枪眼。

进入第二道门，面目更加狰狞。院子的东西两侧两排平房，分别是"警卫大队"队部和各个名目的"办公室"，还有刑具俱全的审讯室，铁窗森森的看守所。

第三重门，是大院子正中的"大洋房"的铁门，戒备尤其森严。因为这里边有丁默邨、李士群的办公室、卧室，还有秘密的"重犯"牢房和女牢房，另外还有"犯人反省室""宣誓室"，等等。

在大洋房的西侧，还有一幢三开间两进的石库门楼房。一楼经过大拆大改，变成了一座大礼堂。汪精卫政权的许多重要会议就是在这礼堂里召开的。礼堂里还经常唱戏，来听戏的都是汪精卫、周佛海等高官和日本人。

大院子里还有一排十分显眼的新建筑物，是别墅式的洋房，专供"太上皇"和他的"大臣"们居住。"太上皇"的"大臣"们人数并不多，只有七、八个人。而"太上皇"的军衔也不高，只不过是个准尉，连真正的尉级军官的行列都未进入，手下的七、八个兵最高级别是曹长。但是，别看他们官不大，权力可是比天还大。丁默邨、李士群虽属"将军"级要员，也得在他们面前点头哈腰。

人们对"76号"谈虎色变，而今天郑苹如一路走来却是面不改色。刚走到大门外，就见一个青面獠牙的恶鬼突然冲出，手枪直逼郑苹如胸口："站住！干什么的？"

郑苹如心一跳，赶紧镇定下来，用日语回答："找人的。"

"什么？"恶鬼没听清郑苹如说什么，"别咕噜，拿通行证！"

郑苹如不慌不忙，又说了两句日语："我是来找人的，要什么通行证？"

这一回恶鬼听明白了，我的个爷呀，原来来的是位日本小姐！立即换了一副奴才面孔，满脸堆笑，癞蛤蟆似的点头哈腰。郑苹如更加从容，微微一笑，又说了两句英语，把面前的特务更弄得晕头转向。他岂敢造次，慌忙指使另一个特务快去搬救兵，自己在这里大赔笑脸，比手画脚对日本小姐说道："你的，大大的贵客，请在值班室的，坐坐的坐坐的，稍候稍候的！"

郑苹如也边回答日语边比手势："谢谢，不用进屋了，我就站在这里等你的长官来接。"

懂日本语的"救兵"来了，他就是统治"76号"的日军"最高司令长官"涩谷准尉。此人也确实有"司令"派头，因为他长相酷似他崇拜的土肥原贤二将军，也是圆鼓鼓的脑袋，肥头大耳，鼻下一撮小胡子；并且在"76号"拥有至高无上的权力，因此常认为自己就是一个大将军。远远看到一位像樱花一样漂亮的日本小姐在等候，只觉得心花怒放，两眼发光。见面后一对话，才知是自己白高兴，小姐是来找丁默邨的。但是，能首先接待美女毕竟是件幸事，涩谷的热情不减，亲自为郑苹如带路，一路畅通，把客人领到"大洋房"二楼丁默邨的办公室。并且，进屋之后，他也同客人一起落座，并没有离开的意思。

太好了，郑苹如心里想道：鸟笼外多一只洋狗，反而能牵制土狗了！

郑苹如需要留住涩谷，先不理睬丁默邨，而是用日语与涩谷对话："准尉先生，你会说中国话吗？"

涩谷摇头，回答说他不屑于学说中国话，因为中国人是劣等民族，中国话就要被消灭了，支那人将来统统都得说日本话。"'76号'这里配有两个日语翻译，一男一女，你要喊哪一个来为你服务？"

郑苹如忙摆手，对涩谷说：不用麻烦你了，我懂中国话，可以直接和丁主任对话。我从前认识丁主任，多年不见，今天从这里路过，顺便来看看他。你陪我坐坐吧，我说几句话就走。

坐在对面的丁默邨，两只绿眼睛滴溜乱转，一会儿瞅瞅美女，一会儿又瞅瞅涩谷，不知他俩是什么关系，更猜不透眼前是福还是祸，"太上皇"为什么要放下身段，亲自陪同这位光彩夺目的美女来见？

终于等到美女面对自己说话，并且是一口流利的国语："丁校长，您好，打扰您了！"

"丁校长？您怎称我'丁校长'？"

"丁校长，您真是贵人多忘事，真的不认识您这个学生了？"

"你是……"

"我是您在民光中学当校长时的学生呀！"

"噢，你这么一说我觉得有点面熟了，让我想一想……"

"我姓'郑'，名叫'郑苹如'。校长您忘记了吗，那时您常常夸我，说我日语讲得好，英语成绩也好。您还经常找我谈话，鼓励我。"

"想起来了想起来了！你爸爸是同盟会元老，你妈妈是日本人，东京的大家闺秀！你可是比那时候更漂亮了！嘿呀呀，真是女大十八变，越变越好看呀！是哪阵风把你吹到我这陋室来了？"

"丁校长您可真会说笑话，您这里层层设卡戒备森严，到您这里来比进皇宫还难，怎能说是陋室？早听说您现在是党国要员，您的学生都为您骄傲，所以我今天从这里路过，突然想起您，就进来拜望拜望。想不到盘查得这么吓人，早知道这样就不来拜望了！"

"要来要来，一定要常来！盘查是对别人的，你是我的学生，当然应该例外！我给他们交代一声，以后凡是你来，通报了'郑苹如'这三个字，就是通行证，一路绿灯！"

"丁校长您真会开玩笑。"

"不是开玩笑，是真心欢迎！"说着，丁默邨转身比着手势对涩谷解释："她的，日本人的，大大的放心的！"

涩谷听明白了，狗脸笑成了猫脸："哟西，常常地来哟！"

"谢谢准尉，谢谢丁校长！"郑苹如准备告辞。

"谢什么呢，师生之间，不言'谢'字！"丁默邨想要留客。

郑苹如忙起身："丁校长再见！"

"咦？怎么刚坐下，茶还没喝一口就要走呢？别走别走，就在这里吃午饭，我马上交代接待室的人好好安排！"

"谢谢丁校长，我还有急事要去办，只是顺路先来拜望，认个门路。"

"真有急事？"

"真有急事，在老校长面前学生还敢说假话？"

"那你哪一天才能再来？"

"我想来就来，反正现在我们学校停课了，我有的是时间。"

"你在上哪所大学？"

"法政学院。"

"好，好学校！你们学校里有我的熟人，以后你有什么事需要我帮忙，告诉我一声。你爸爸妈妈现在怎么样，身体都好吗？"

"都挺好。丁校长对不起我实在不敢多耽误了，那边的事还有人正等着我，我该走了。"

"那好吧，恭敬不如从命，我和涩谷准尉一同送你出去。你可一定要常来常往哟，我随时准备欢迎你！"

4

"你就这样，在丁默邨的办公室里只坐了几分钟？"

"是的。我还见到了那个名叫'涩谷'的日本兵准尉。"

"太好了，初战告捷！"齐纪忠显然对郑苹如的行动十分满意。

郑苹如也庆幸自己有惊无险："谢天谢地，静安寺的神签太灵了！"

"什么？行动之前你还到寺庙里抽签了？"

"抽了个中上签。"

"你还信这个？"

"唉，我的一位好朋友说，穷国穷民，人们越是无助，越是希望真有许许多多的神仙帮助，比如玉皇大帝、太上老君，还有灶神爷、土地爷、龙王爷、关帝爷……"

"你的什么朋友？男朋友还是女朋友？"

"男朋友呀！"

"男朋友？叫什么名字？"

"名字你无须问，反正这人你不认识。"

"他现在在哪里？在上海？"

"不在上海，出国留学去了。"

"在哪个国家？"

"齐先生你不要打破砂锅问到底好不好，快接着说正事吧！"

"嗯，现在我给你布置新的任务。"

"下一步，怎么行动？"

"按预定方案办，过两天就第二次去见丁默邨。你猜，我安排谁人与你同行？"

"你？"

"我？我怎么能露面？"

"那是谁？"

"唐逸君。"

"唐逸君是谁？"

"唐逸君不是外人，她是熊剑东站长的夫人。"

"噢……"

"想一想，想明白没？让唐逸君亲自出面，当面求丁默邨放人。"

"这能行吗？"

"这个你就不必操心了，我心里自有把握。"

"为什么？"

"等你见到熊夫人你就明白了。应该怎么运作，我已对熊夫人一一作了交代。这一回，得完全看她如何唱主角。你只需向姓丁的介绍，就说唐逸君是你的大表姐……"

"我又带着一个人闯进'76号'，丁默邨他会怎么想？"

"你尽管放心，丁默邨心里只会高兴，他现在正巴不得你再去见他！"

5

郑苹如来到熊剑东站长家，唐逸君的一身打扮让她看得眼花缭乱。

唐逸君一身昂贵的新衣，头发也刚刚烫过，打扮得像个新娘子。

"大表姐！"郑苹如按齐纪忠的吩咐称呼唐逸君，"你这身打扮……"

"好看吗？"

"好看是好看，可是……"

"可是什么，妹子你说。"

"可是我觉得，是不是太扎眼了？"

"扎眼就对了，符合齐先生的要求。"

"是齐先生叫你这样浓妆艳抹？"

"唉，我也是身不由己呀！我理解齐先生的良苦用心，我也早知道丁默邨是一只见色眼开的恶狼……"

郑苹如的脑子里"轰"一声响，她明白了齐纪忠的意图，急忙劝阻："大表姐，你别这样，你快换一身衣裳！"

唐逸君痛苦地摇头："没有退路了，为了我家的剑东，我只能牺牲自己……

"大表姐，这……"

"唉，人在屋檐下，不得不低头啊！妹子别替我难过，我们走吧！"

果不出齐纪忠所料，丁默邨自从见到郑苹如之后便念念不忘，望眼欲穿，盼着郑苹如再次光临"76号"。

还真的被他等来了，郑苹如二访"76号"，并且带来了一位三十多岁的美少妇。

美少妇光彩照人！

唐逸君本来就是个美人，不打扮就漂亮，一打扮更是貌似天仙。又黑又长瀑布似的柔发在头上盘起，盘得像一团就要下雨的乌云。白白的脸庞，匀匀地敷两团粉红胭脂。苗条的身材配一件藕黄色的旗袍，旗袍下摆的开口又敞又高，因此风一吹就露出两条秀腿。细柔的腰身，高挺的丰满的胸脯，浑身上下，无一处不放射出迷人的韵味。

干瘪瘦猴子丁默邨，就喜欢唐逸君这样丰满成熟的少妇。他忘了郑苹如的存在，两只发着绿光的眼睛只盯着唐逸君的粉脸和胸脯，半天忘了请客人坐下。

郑苹如咳嗽一声，介绍说："丁校长，她叫'唐逸君'，也是浙江人，是我的大表姐，现在家住在上海，她早就仰慕您了，非要让我带她一起来拜望您。"

"欢迎欢迎！欢迎以后常来！"

"就怕来多了给丁校长添麻烦。"

"哪里的话，像你们这样的贵客，请都请不来呢！别说'麻烦'二字，若有什么事需要我帮忙，尽管吩咐！"

"校长，今天我大表姐来，还真是有事相求呢！您不会拒绝，把我俩赶出门吧？"

"这怎么会呢，有什么事，让你表姐尽管直接对我说！只要在我职权范围内能办到的事，我一定尽力而为，不说二话！"

唐逸君便开口说话了。这一开口，丁默邨的眼珠子更是盯着唐逸君的身子不放。这少妇，不仅长相迷人，并且说话声音也好听，吴侬软语，像唱越剧一般。

唐逸君说，她的丈夫名叫"熊剑东"，是一个生意人。正因为是生意人，才在上海置了房产，一家人常住上海。丈夫来往于上海至苏、杭之间，冒着风险，都只为在生意上多赚几个辛苦钱。却不料前不久回上海，被日本人和"76号"一起盘查，硬把他当抗日分子给抓起来了！"丁主任，您是大慈大悲之人，请您帮帮忙，救救我家老熊……"

哦，原来这小娘子是熊剑东的老婆，姓熊的真他妈的有艳福！不过，今天既然她亲自送上门来了，肉包子打狗，狗焉有不吃之理？丁默邨心里这么念叨着，脸上却立即装出万千为难之色："哎呀这事，这事实在太棘手，太难办了！"

"丁主任，正因为知道难，才来求您呀！只有您才有脸面，能在日本人面前说上公道话。丁主任，我这里带来了一张支票，不成敬意，请您一定笑纳！"

"哎，这是何必呢？"

"丁主任，您放心，还需要花多少钱，您尽管吩咐，我随时送到。"

"唉！你可真叫我左右为难呀，这不仅仅是钱的问题，这么重要的一个要犯，要想保他不死，虽然我有第一决定权，但我也得冒着风险求得日本人的同意。同时，我的同僚，我的上司，方方面面我都得疏通，熊夫人你明白吗？"

"我明白明白！丁主任，您有什么事需要我办，请尽管吩咐，我一定句句听你的！"

"有你这句话，我就尽力而为，试一试看。"

"我先在这里感谢丁主任的大恩大德了！"

"先不用言谢，你得一步步配合我的行动。"

"好的好的，我一定真心诚意配合丁主任！"

"这样吧，你让我先想想救你先生的办法，过两天，后天下午你再到我这里一趟，我俩具体商量。”

"好的好的！"

"记住，后天你再来，包括你以后每次来见我，只能你一个人单独来，以免人多眼杂，节外生枝。听清了吗？"

"听清了听清了，我怎么进来？"

"这你不用担心，我现在就签字发给你一张'76号'的特别通行证，有了这证，你就畅行无阻。"

6

唐逸君一次又一次单独去见丁默邨，丁默邨乐得捡便宜，每次完事之后都心满意足，赶紧甜言蜜语，送给唐逸君一张画饼："你放心，我正在给各方面的人说情，会有好消息等着你的。"

丁默邨稳坐钓鱼台，又钓钱财又钓色，完全把唐逸君玩弄于股掌之中。

唐逸君一等二等，等不来丈夫被放的消息。

齐纪忠却劝她耐心，再下一些功夫。

郑苹如主动求见齐纪忠，担忧地说道："齐先生，再不能让唐逸君去见丁默邨了，这只恶狼不会放过熊站长的！"

齐纪忠回答："这事你不用操心，我心中有数。"又意味深长地一笑："有时候，一个女人能抵过十万大军。"

"齐先生你说的什么呀，我听不明白！"

"那是因为你还太年轻。"

郑苹如来到熊剑东家，提醒唐逸君防着丁默邨，不要再给他送钱了。

唐逸君满脸苦笑："好妹子，我谢谢你的一片好心，可是我走投无路，只得朝着这条道走到黑了……"

"可是你……"

"为了救出我家剑东，就是割我身上的肉，我也忍了。留得青山在，不怕没柴烧。剑东是我头上的天！"

丁默邨贪得无厌，不仅自己玩弄唐逸君，还借口帮唐逸君广开门路多找"贵人"帮忙为由，把唐逸君奉献给自己的副手李士群和顶头上司周佛海。三个人都心照不宣，欢喜异常。

终于，唐逸君等来了丁默邨传递的好消息："经过我各方周旋，日本人总算答应我作保人，恢复了你家熊先生的自由。"

"真的呀，太谢谢你了！"

"瞧你说的，你不是早谢过我吗？"

"那我家剑东什么时候回家？"

"回家，暂时还不能。"

"啊？那是为啥？"

"为了把这件事做得更周到，以免日本人追究，我们已让熊先生先到了日本。"

"去日本？"

"以身体有病到东京医病为由，先到东京待一些日子，风平浪静后再回上海。"

"他在东京哪家医院？我可以给他写信吗？"

"你千万别写信去，耐心等他写信给你。"

7

唐逸君突然捎话来，请郑苹如到她家去一趟。

郑苹如踏进熊站长家门，心里不由一沉，只见唐逸君一身白衣，正跪在观音瓷像前烧香。

"大表姐，怎么啦？"

唐逸君对观音叩完头，起身，带郑苹如走进书房，打开一只小皮箱，取出一封信，说道："我家剑东飞出樊笼了。"

"真的呀？"

"这是他从日本的亲笔来信，告诉我他以治病的借口先借道东京，等机会成熟后就回国，继续做生意。苹如，你明白'继续做生意'的含义吗？"

"我明白，熊站长是要继续抗日，绝不能饶恕万恶的敌人！"

"剑东，你真是我头上的天，身边的顶梁柱！"

"太叫人高兴了！可是大姐，你今天为什么穿这一身？一进门我心里怦怦直跳！"

"好妹子，我实话对你说，接到剑东的信后我就洗澡，洗一遍又一遍，不知怎样才能洗净浑身的肮脏和耻辱……"

"大姐，别难过！"

"我把我进出'76号'，还有到周佛海家时穿过的红绿衣裳，全都一把火烧成了灰烬，那时候的我不是我，是行尸走肉！"

"大姐，你太苦了你自己了！"

"终于等到了这一天，盼只盼我家剑东早日回来，重挥战刀展雄威，杀尽日本鬼子，杀尽狗汉奸！"

"大姐，会有这一天的！"

"苹如小妹，大姐有件要事求你。"

"什么事你说。"

"我一次又一次进出'76号'的事，等我家剑东回来之后，你，还有齐先生，千万千万不能在剑东面前说起，一个字半个字也不能说呀！"

"大姐……"

"大姐我已下过了地狱，我不能叫我的剑东在心灵上也受地狱的折磨！我说过，剑东是我头上的天……"

"我明白大姐，你说的话我记在心里！你别哭了，保重身体！"

可怜的唐逸君，他不仅被色狼丁默邨给耍弄了，也被自己的丈夫熊剑东给欺骗了！

熊剑东不是妻子头上的天，也不是家中的顶梁柱。他外强中干，披一张男人的人皮，却像狗一样下贱。他被抓进"76号"之后，根本就不用丁默邨这帮人动刑，立即便主动屈膝叛变了。还厚颜无耻地向日本人献计：你们假装恢复了我的自由，谎称我到日本治病。我到日本后努力接受皇军训练，回来后好好为大东亚共荣效力。

汪伪政权第二号人物周佛海有天天记日记的习惯。（后来，他的部分日记被整理，由中国文联出版社于2003年出版。）从他的日记中可以看出，熊剑东被抓不久便由"76号"的人带他秘密到周佛海府上叩头拜望了。周佛海当时犹豫不决，因此指示"76号"继续软禁熊剑东，因为他觉得熊剑东"确为人才，唯恐不易驾驭耳"。而熊剑东主动投敌心切，不断求见周佛海，直到1939年9月26日周第四次接见熊时，仍在日记中写道："熊为人颇精干，惟不易驾驭。"

丁默邨明知熊剑东已经是日本人走狗，更知道他正在日本接受特殊训练。按理说，熊剑东已经是他的狐朋狗友了，朋友之妻不可欺，他不可不知道这最低的道德标准。但是他毕竟不是个人，连狗都不如。一见唐逸君登门求助，他心里的得意无以言状。而一丘之貉李士群和周佛海也趁机大捞一把，唐逸君哪里知道这其中的陷阱有多深又有多肮脏？

　　熊剑东从日本受培训回国后，先是跑到武汉充当铁杆伪军"黄卫军"的司令，后来到南京、上海，成了周佛海手下的"税警团"团长。这是后话，目前熊剑东还在东京，真面目尚未露出。唐逸君还在满怀期望等他回来抗日除奸，而齐纪忠，因为筹划了营救熊站长的计划并且取得圆满成功，再次受到上级嘉奖。

第十章　再入虎口

1

又一位抗日斗士被"76号"的特务杀害了，他是《大美晚报》的"夜光"副刊编辑朱惺公。

《大美晚报》的报馆位于天主堂路（今四川南路）的公共租界与法租界的交接处。这家深受中国民众欢迎的报纸不畏强暴坚持抗日主张，因此被日本人恨得咬牙切齿，多次指使"76号"的流氓特务们冲进报馆打砸抢。而吴四宝和他的行动队员们也乐此不疲，他们就喜欢又砸又抢，顺手牵羊。被称为"母大虫"的佘爱珍，几乎每次砸报馆都参加，又献诡计又冲锋，风头出尽。因此日本人对她大加赞赏，汪精卫的"文胆"胡兰成也多次写文章肉麻地吹捧她。请看"胡大文人"的这两段文字："四宝在上海参加汪精卫的和平运动，七十六号奉丁默邨、李士群为头，所以阳气泼辣（好一个'阳气泼辣'！胡兰成真会造出漂亮词句美化杀人狂！）。四宝当警卫大队长，内里都是爱珍管事，那些卫士都怕吴太太，见了她个个乐于听命。无论"76号"的队长处长课长，上至丁李周佛海，旁及沪杭宁一带军队的司令官，如丁锡山程万里等师长，皆叫爱珍做'大嫂'或'大阿姐'。""第一次打《导报》，第二次打《大美晚报》，吴太太都同道去，因为说有女人可以顺经。……她的眼睛最尖，只要看过照片，或说了有什么标记，她总不会失瞥或弄错人。好厉害的一对俊眼。《诗经》里的'美目盼兮'，想不到原来亦是这样厉害的。"

"76号"前一次去打《大美晚报》，第六行动队队长潘公亚及另一个特务被抓，如今还被关在牢里。"76号"多次对租界内的江苏省高等法院二分院发出威胁，法院就是不放人。现在"76号"再次对《大美晚报》下毒手，一箭双雕，也是做给高院二分院看的。

"76号"把枪杀目标对准朱惺公，是因为朱惺公在报上揭露日本侵略军暴行痛骂汉奸走狗最不留情。他曾在他主办的《夜光》副刊上开辟"菊花专辑"，开宗明义写道："我以为菊花生来是一个战士。它挺起了孤傲的干枝，和西风战，和严霜战，和深秋时的细雨战，更和初冬时的冷雪战。抗战时期的国民，皆宜效法。"他又在副刊上连载《汉奸史话》檄文，揭露走狗们的丑恶嘴脸。

丁默邨、李士群之流被朱惺公的如剑之笔剥离得体无完肤，恼羞成怒，便以"中国国民党铲共救国特工总指挥部"的吓人名义，给朱惺公寄上恐吓信。好男儿朱惺公，针锋相对，在《大美晚报》"夜光"副刊上公开答复恐吓信，标题为《将被"国法"宣判"死刑"者之自供——复所谓"中国国民党铲共救国特工总指挥部"书》。该文义正词严地写道："这年头，到死能挺直脊梁，是惟能可贵的。贵'部'即能杀我一人，其如中国尚有四万万五千万人何？"

丧心病狂的汉奸们终于下毒手了，朱惺公被枪杀在从家里赶往报馆上班的路上，献出了三十九岁的年轻生命，那洒在大街上的一滴滴鲜血，就如菊花在凄凄秋风里怒放！

2

日本人和"76号"的屠刀并非对准朱惺公一人，也不只是新闻界。

1939年的秋冬之交，上海滩乌云密布，刮起了"重光堂风暴"。"重光堂"是一幢楼房的房名，位于虹口区，房主是日本军部特务组织"梅机关"成员晴气庆胤大佐。晴气是"76号"的最高直接指挥长，就是他下令"76号"对上海的抗日分子进行一场大屠杀，因此行动代号为"重光堂风暴"。

血雨腥风，天昏地暗。一处处中统、军统的地下情报联络点被捣毁，电台被获，情报人员被杀。无辜的平民百姓们更是遭殃，"76号"的流氓特务们借"重光堂风暴"肆意妄为，随便给人扣上"共党""重庆分子""抗日分子"的帽子，杀人劫货，大发横财。

国民党军统的损失尤其惨重，戴笠局长为此寝食难安。戴局长曾亲派少将特工戴星炳潜入上海，伺机锄奸。戴星炳已接近了丁默邨，假意要同丁一起效忠"和平运动"。狡诈无比的丁默邨，从一封鼓励戴星炳跟着丁主任好好奔前程的"家书"中发现了端倪，原来这是封藏头信，内容是四个字："潜伏伺机。"戴星炳被关进"76号"死牢，后来又被秘密枪杀。

戴笠局长又派军统局书记长吴赓恕率领一支由十名精干人员组成的特别行动队潜入上海租界，任务仍是锄奸。谁料如此一支精干的队伍也被"76号"击垮，吴赓恕也献出了生命。

眼看同仁们流血牺牲，身为中统局上海特派员的陈而立，恨不能身有撒豆成兵之神功，即刻把"76号"碾成齑粉。

面对"76号"的嚣张气焰，陈而立不能坐以待毙。他在秘密联络点召开了一次特别的小型会议，参加者只有两名他最信任的部下：齐纪忠、周鹤鸣。

会议研究的内容是：怎么样才能斩断丁默邨这颗蛇头。

陈站长首先强调了铲除丁默邨这一大祸害的重要性。庆父不死，鲁难未已。姓丁的是个双料叛徒，他对共产党的情报工作方法有所了解，而对军统、中统常用的手法更是熟悉，因此他现在成为军统、中统最危险的敌人。除掉了他，就等于除掉了大半个"76号"。

目前的局面很艰难，但是我们不能无所作为。"今天我们三个人在一起商量商量锄奸办法，各抒己见，畅所欲言。"

齐纪忠似乎已胸有成竹，抢先发言："我先说！我早已想好了一个办法！"

"什么办法？"

"派一个人打入'76号'内部，引蛇出洞。"

"这办法太困难太冒险了，派谁去？"

"郑苹如。"

"郑苹如？你仔细说说想法。"

"我得到了一条重要信息，丁默邨正在到处物色，想找一个日语翻译。"

"他不是早已经有个日语女翻译吗，名叫'沈耕梅'。"

"是的，他的日语翻译名叫'沈耕梅'，但是他对这个沈耕梅十分不满。"

"为什么？"

"因为沈耕梅是李士群老婆叶吉卿的亲戚，更是叶吉卿的心腹。当初丁默邨需要日语翻译，叶吉卿就特别热情特别积极，推荐了沈耕梅。"

"噢，明白了，沈耕梅原来是李士群叶吉卿两口子安插在丁默邨身边的耳目。"

"李士群虽然把正主任的位子让给了丁默邨，但是内心怎么服气呢？尤其是叶吉卿，心理更不平衡，总想着找点什么把柄把姓丁的给拉下来。沈耕梅忠于叶吉卿，就成了丁默邨的眼中钉。"

"丁默邨想重新找一个日语翻译，他的日本主子能同意吗？"

"我已掌握到了准确情报，重光堂那边已经点头。"

"为什么同意？"

"因为丁默邨请求添一个日语翻译的理由听起来是名正言顺的。他说'76号'长官办公室内只有沈耕梅一个日语翻译，太少了，应该再增加一个，主要任务是跟班丁默邨，让沈耕梅跟在副主任李士群身边。晴气庆胤已点头同意，但他交代说，物色的这个新日语翻译必须可靠，得让日本人放心。陈站长你想想吧，这个人，非郑苹如莫属了！"

"你的分析，倒是言之有理……"陈而立的心已被说动。

"我不同意这个办法！"周鹤鸣急忙开了口。

"好吧鹤鸣，说说你的想法。"

"我认为，让郑苹如走进'76号'引蛇出洞，这不是在重用她，反而是大材小用。"

"这是什么逻辑，我怎么听不懂？"齐纪忠直摇头。

陈而立说："纪忠你别打断，听鹤鸣把话说完。"

周鹤鸣接着发言："是的，郑苹如有他人无可替代的优越条件，但是这些条件若用对了地方，对她，对我们中统的情报工作都有利。反之，如果用错了地方，优越条件反而不优越了。现在的郑苹如，她行动是自由的，她有广阔的空间。她利用她的有利条件，仿佛只在不经意之间，其实是十分用心也十分聪明地为我们收集到了许多情报，而她的人身也是安全的。可是现在，如果让她打入'76号'当丁默邨的日语翻译，我认为是得不偿失，大材小用！"

"怎么叫大材小用？"齐纪忠插话，摆出了老情报战将和直接领导人的架子。

陈而立劝阻齐纪忠："纪忠，今天的讨论会没有上下级之分，让鹤鸣畅所欲言。"

周鹤鸣继续陈述："我认为确实是大材小用，让郑苹如离开自由行动的天地，进入'76号'潜伏待命，犹如把一条在大海里畅游的鱼赶进了小水沟。郑苹如需处处小心，反而不利于她收集情报。"

齐纪忠忙反驳："就算她不再收集情报，她仅仅只完成引蛇出洞的任务协助我们除掉丁默邨，对我们来说也是巨大的成功！"

周鹤鸣索性把藏在心里的话一吐为快，他直面陈而立，说道："陈站长，请允许我实话实说，我对刺杀丁默邨的决定有不同的看法。"

"噢？尽管说出来，言者无罪，集思广益。"

"我何尝不知道丁默邨这只日本人的走狗太可恶，我希望我亲手宰了他。可是我这些日子思考了许多，我认为，靠刺杀手段除奸，并非我们情报工作的重要选项。我们今天除掉了丁默邨，'76号'还会冒出张默邨李默邨，敌人会更加疯狂变本加厉地进行报复，我们的情报机关会处境更危险，无辜百姓会遭日本人和汉奸们的滥杀。我觉得，我们的情报工作应多一些深谋远虑，把眼光放宽，分清什么是轻什么是重，不一定非得要剑拔弩张。多一些自信，多一些默默无语，多一些依靠民众。在这方面，我们应当向共产党的情报人员学习。"

"周鹤鸣你这是在说什么话？怎么替共党歌功颂德？"齐纪忠难掩心中不满。

陈而立却替周鹤鸣解围："鹤鸣说一说心里的话也无可指责，况且有些话也有道理。不过鹤鸣，你也知道，军人以服从命令为天职。现在，既然上峰已经明确地下达了除掉丁默邨的指令，那么，完成这一任务就是我们目前最重要的事情。谁若能为此重任出力，那就不是大材小用，而是创立奇功！因此我觉得，纪忠的建议可以考虑，郑苹如是无可替代的最佳人选。"

齐纪忠忙应道："况且郑苹如曾经两次进入'76号'，完成任务十分出色！"

周鹤鸣仍认为这一计划不可取，恳求陈站长另议良策。"站长，别忘了丁默邨是一只凶恶的老狼，派郑苹如到他身边，无异于羊入狼口！"

齐纪忠火了，夹枪带棒地说道："鹤鸣，我知道郑苹如是你亲密战友郑海澄的妹妹，你对郑苹如十分关心，可是为了党国的利益，孰轻孰重要分清，我劝你不要儿女情长。"

周鹤鸣回答："这无关个人感情，我希望能从大局考虑。若说个人感情，国破家亡，我现在还有什么个人感情可言？我是为了什么才走进妙香楼？我，我……"

"鹤鸣，喝口水。"陈而立递过一茶杯。

周鹤鸣猛喝几口茶水，也难浇心中的痛楚，"不错，郑苹如是我战友郑海澄的胞妹，我和海澄曾住一间宿舍，亲如手足。海澄既是我的飞行教练又是我的兄弟。我不能再飞了，上峰决定让我到中统。海澄曾对我嘱托过，他说我若有机会到上海从事工作，一定要代他多照顾他父母，保护他妹妹。可是我，我做到了吗？"

陈而立一声叹息："鹤鸣，你不必自责，这不能怪你。是的，你现在不仅不能代海澄尽孝道，你甚至到郑家去看看二位老人我也不允许。这是特殊环境所逼。安排你进入妙香楼，你做出的牺牲，你心里的痛苦，我们谁不明白？可是有什么办法呢，谁要叫我们的国家如此遭强盗欺凌？谁要我们是军人？鹤鸣，借此机会我还要向你提出要求，你必须毫不动摇地继续在妙香楼潜伏，因为今后还有更多的任务需要你坚守在妙香楼。所以，你还更应当接近鲁婉英，不能表现出对她感情一丝一毫的敷衍，否则十分危险。她若对你示好，你不可用任何借口拒绝，希望你顾全大局。鹤鸣，咬咬牙接受鲁婉英吧，记住这是抗战的需要！我知道你为此而牺牲了什么，但是你想想那些为抗战而献出了生命的将士们，你，你……"

"站长，别再说下去了，我，我服从命令……"

"鹤鸣，设身处地为你想想，我相信，面对敌人的枪炮你也绝不会犹豫，而是视死如归。可是，生命诚可贵，爱情价更高。天知道后来的人们能否理解我们的行动，后来的人们又将怎样评价你走进妙香楼和郑苹如走进'76号'？鹤鸣，男儿有泪不轻弹，今天就我们三个战友在一起，你若想哭，就痛快淋漓地哭一场吧……"

周鹤鸣想哭，却欲哭无泪，突然间发出了笑声。这笑声，比哭声更凄凉，更像钢刀一样扎心。

陈站长已是满眼泪水了，突然立正，向周鹤鸣敬了一个军礼。

3

周鹤鸣没能阻止齐纪忠的行动计划。

他更加觉得共产党的秘密抗日情报工作有许多值得效法之处。

共产党的情报工作面向广大群众，也扎根于群众之中。看看人家在上海的工作做得多么扎实，又多么有声有色吧。上海的群众，从弄堂到各行各业，秘密建立起了抗日组织，这都是共产党的功劳。这些群众组织开展义卖、捐款、捐物等活动，从经济上支持新四军。这些组织动员青年参加新四军，并成功、安全地把他们送出上海。这些组织还派各界代表到苏北慰问新四军，这是多么强大的精神力量啊！

共产党也十分重视对情报人员的思想培养，要求他们全身心为国家为民族效力，不动摇，不后退，也不可急功近利、好大喜功。从郑铁山身上就可以看出，一名情报人员的优秀气质是多么重要。铁山在读中学时就加入了共产主义青年团，后来转为共产党员。国仇家恨，按说他最应该急于向日本人和汉奸卖国贼报仇。但是他沉着镇静，不浮躁不盲动。他说他对抗日有必胜信心，但应该清醒地认识到抗战必然是持久战。在战争中学会战争，更要在战争中凝聚民心，唤醒大众，为积弱成疾的中国寻求再生与自强之路，让华夏民族永不再受欺凌。因此，他不求一鸣惊人，甘于脚踏实地做好每一件事情。别看他现在才二十一岁，早已是一名文武全才的"老"特工了。

共产党的情报工作也不热衷于暗杀行动，他们认为，凝聚千万民心，比暗杀一百个汪精卫重要百倍。当然周鹤鸣也理解陈站长的心情，丁默邨这条日本人的走狗实在是太嚣张了，谁都在盼着他早点完蛋！

怎么办？周鹤鸣决定单独行动，亲手除掉丁默邨。行动要快，如果能在近日就击毙丁默邨，陈站长就不必再动员郑苹如深入虎穴走进"76号"了。这事当然充满风险，但是如果能用自己的流血牺牲换来苹如的安全，鹤鸣我死而无憾。

当然，这事仍需铁山弟的全力帮助。

4

苍天有眼，机会突然来了！铁山告诉鹤鸣，他得到了准确消息，十月十日"双十节"，汪精卫伪政权也要搞庆祝活动，以期欺世盗名，证明他们是"正统"国民党，是孙中山先生遗志的继承人。"76号"要放假狂欢一天，下午三点后在百乐门舞厅包场，让处长以上的官员前去跳舞。

兄弟二人确定了如下行动方案：到那一天，鹤鸣化装成黄包车夫，铁山化装成药店伙计，一个行动，另一个策应。

这次行动，周鹤鸣不向上峰报告，纯属个人行动。如果成功了，他甘愿受任何纪律处分。如果为此而献出了生命，他也会含笑九泉。

转眼就到了行动的日子。

百乐门舞厅正门向着极司菲尔路，侧墙朝向愚园路。它像一块高高的界牌，插在两片土地之间。它正门面对的地段属于英、美公共租界区，它自己的这幢"歌舞升平"的楼房也归租界当局管辖。而它的侧墙面对的地段却属于日本占领军的势力范围，"沪西歹土"的东线就从这里画起。

"76号"的特务们乘车到百乐门来跳舞，为逃避租界巡捕们的设卡检查，并不顺着极司菲尔路直接朝东南方向走。他们先向北，再朝西，沿一条被称作"极司菲尔支路"的窄路进入愚园路，这才放心大胆地向东走。到了百乐门舞厅，汽车就停在愚园路上。舞厅侧墙对面，有一家老字号中药店，恰是共产党地下情报机关的秘密联络点。天时、地利，全都为周鹤鸣提供了有利条件。

郑铁山提前来到中药店站柜店，观察外面的动静。

将近下午三时，头戴一顶草帽，肩上搭着汗巾的周鹤鸣，拉着黄包车出现在药店门外。这里停有七、八辆黄包车，都是在舞厅门外等候拉客的，这又给了周鹤鸣以掩护。

时间一分一秒过去，锄奸的大好时机就要到来。只等丁默邨的轿车在对面停下，车门开，丁贼露头下车之际，就是他死期到达之时。周鹤鸣的"掌心雷"弹无虚发，一枪成功，无须多用一粒子弹。

终于听到汽车的马达声由轻而重，由远而近……

奇怪，为什么驶来的不是一辆辆轿车，却是两辆涂着日本军旗图案的军车？车是空车，每辆车的车顶上都立着一挺机枪，枪后各是两个特务。

军车刚停稳，百乐门舞厅的老板立即出门迎接，同时扭头向舞厅里招手。片刻工夫，几十个舞女涌出大门，在老板的吆喝指挥下爬上军车……

周鹤鸣心里一下子明白了，原来是敌人临时改变了主意，不再倾巢出动来舞厅，而是把舞女们拉到"76号"大礼堂供他们玩乐。好一个狡诈的丁默邨，无怪乎被人们称作"老狐狸"！

周鹤鸣、郑铁山长声叹息：失去了一次好机会！

5

齐纪忠约郑苹如见面，地点在声名显赫的都城饭店。饭店位于公共租界内的福州路和江西路交接处，楼高将近20层，呈拱形，像一座山一样雄踞闹市。

齐纪忠在大堂里等候郑苹如。郑苹如奇怪地问道："齐先生，怎么选在这里会面？"

齐纪忠应道："只有这种上等人进出的地方才符合你我二人的身份，不致引起怀疑。"

"就在这大堂里谈话？"

"不，随我进电梯间。"

电梯把齐纪忠、郑苹如载到了8楼。齐纪忠在前引路，掏出钥匙，打开806号房间房门。"请进，苹如！"

"你怎么有这里的钥匙，齐先生？"

"这是我特意开的房间。你到窗边来看看，这里的地理位置多好，风景多美！东边邻着外滩，南望可以看到豫园，北边是车水马龙的上海第一马路——南京路。哎，真是神仙居住的地方！"

"齐先生，你花那么多的钱开这么贵的客房做什么？"

"该花的钱就得花，人生不能净过苦行僧的生活。"

"有什么新的任务，你快说吧！"

"别急呀，我们的钱不能白花，先享受享受。你看这里，卫生间、浴盆、梳妆镜、收音机，应有尽有。你先到浴盆里舒舒服服泡个澡，我在房间，边喝茶边等你。"

"没必要这样齐先生，你快布置任务。"

"布置任务有的是时间，等到夜深人静时，我俩再一起慢慢谈。"

"你说什么？"

"苹如，我特意开这房间做什么？你刚才也说，我们不能白花钱！诗情画意，人约黄昏后……"

"齐先生，我听不明白你在说什么！"

"苹如，难道你没看出来？我一直在心里喜欢你，从我第一眼看到你开始！"

"你这是什么话？我怎么越听越糊涂？"

"苹如，你这么聪明的人，不会听不明白吧？风流不用千金买，月移花影玉人来……"

"齐先生，请你把手收回去！"

"怎么啦，苹如？"

"我尊重你，因为你是抗日战士；我服从你的命令，因为你是我的直接领导，你教我怎样和敌人斗争。我希望你不要破坏你在我心目中的形象！"

"抗日战士也是人，也有七情六欲，也需要爱情。"

"你难道忘记了你是一个有妻子儿女的人？身为丈夫，你忠于你妻子吗？身为父亲，你能为儿女树立榜样吗？"

"苹如，别把问题弄得那么严重嘛，今晚的事，只有你知我知，天知地知……"

"齐先生，我告辞了！"

"别别！"

"齐先生，我再次请求你，尊重别人，也尊重自己！不然，我请求组织给我调换联络人！"

"哈哈哈哈！"

"你笑什么？"

"我刚才只不过给你开个玩笑，你何必当真呢？"

"齐先生，我尊重地称你一声'老大哥'，这样的玩笑今后不能再开了！"

"是是是，你别走，坐下，我有重要而光荣的任务向你交代。"

"你说吧，我站在这儿一样能听明白。"

"好吧，我简单明白地告诉你，上峰决定，让你再次进入'76号'。"

"又有营救任务？"

"这次不是营救，而是锄奸。"

"锄奸？"

"情况是这样的，丁默邨这个铁杆汉奸，近一段时间越来越猖狂，我们的重庆总部发来指示，必须尽快除掉他！"

"怎么除掉？'76号'戒备那么森严。"

"正因为如此，我们才觉得唯一可行的办法是引蛇出洞，乘其不备，在洞外斩断蛇头！"

"具体怎么行动？"

"先派一个人深入虎穴，安插在丁默邨身边，掌握他的活动规律，向外报告他的外出行踪……"

"我明白了。你是说，要安插我担任潜伏任务？"

"是的。"

"这怎么可以？我能胜任吗？"

"你一定能胜任，你是唯一的最佳人选。"

"为什么？"

"听我对你说。据我们掌握的情报，丁默邨对他的日语翻译不满意，向他的日本主子要求另选一个。日本人同意他的要求，但是指示说必须得物色一个令日本人放心的人选。这是多么难得的机会呀！你想一想，如果你走进'76号'，对丁默邨表示你愿当他的日语翻译……"

"可是这样一来，我岂不是要天天面对一只豺狼？"

"你放心，你不是在孤军作战，你的身后有我们做你的坚强后盾！再说你又聪明机智，随机应变，姓丁的不会把你怎么样。比如刚才，我开个玩笑试探你，你不是也没上当吗？"

"齐先生，这样的安排，是你的主张？"

"不不，我刚才说过，这是上峰的决定，也就是中统局的决定！往大处说，你肩负的是民族的重任！"

"让我回去仔细想想……"

"别犹豫，为党国立大功的机会就在眼前，丁默邨他活不了几天！也就是说，你深入虎穴，担风险的日子不会太长。丁默邨他不可能守在'76号'不出门，你只需想办法提前掌握他外出的路线并及时向我们报告，剩下的事就看我们的了！"

"我还是想想再回答你。"

"那，那好吧。事不宜迟，只给你三天考虑时间。"

"我走了。"

"等等！我，我送送你。"

"不用了，我一个人走更安全。"

6

日军的飞机再次对重庆狂轰滥炸。

这次的轰炸，日军的两个歼击机中队也参与，对轰炸机进行掩护。

年轻的国军空军飞行员奋起迎敌，在空中与敌机搏斗。

一位国军的飞行员驾驶歼击机将日军的一架轰炸机击落，不料他的身后偷偷跟来日军歼击机，将他的飞机击伤。

英勇无畏的国军飞行员，驾驶拖着浓烟的战鹰迫降，身负重伤，被老百姓们发现，送往医院抢救。

这位飞行员名字叫"郑海澄"。

《利剑出鞘扬国威》《战鹰迫降青山谷》，第三天的《中央日报》《新华日报》同时报道了郑海澄英勇作战负重伤迫降的消息。但是，郑海澄入医院后的情况怎样，报道都只字未提，读者们的心情不能不沉重。

《大美晚报》屡次遭"76号"特务打砸，但是砸不垮摧不弯，越来越受读者欢迎，订户猛增。

在上海，率先报道郑海澄身负重伤消息的就是《大美晚报》。

郁华每日早晨上班后都要翻一翻前一天的《大美晚报》。这一日，他在报上发现熟悉的名字：郑海澄。眼前出现那一幅幅空战的悲壮画面，心里在喊：海澄，好孩子，你现在怎样，生命脱离危险了吗？你要挺住，挺住啊！

　　反反复复看报纸，郁华觉得凶多吉少，起身，迈着沉沉的脚步走向首席检察官郑钺的办公室。推开一道门缝，他看见，郑钺像一尊铁人端坐在桌前，桌面上，也摊开了一张《大美晚报》……

　　郁华轻声扭转身体，慌忙掏出手帕擦眼泪……

　　同样的牵挂和悲痛场景也出现在郑钺的家里。苹如也从报上得知了哥哥的消息，她不想让父母知道，将报纸锁进了皮箱。捧起哥哥读过的一本书，哥哥仿佛又背着书包走到妹妹面前……

　　哥哥在上中学时就爱读书，他读得快也读得仔细，过目不忘。有一天傍晚，苹如发现哥哥坐在窗台前，捧着一本书，正在掉眼泪，而哥哥并没觉察到大滴的泪水已洒落在书本上。

　　"哥，你怎么啦？"妹妹吃惊地问道。

　　哥哥喃喃自语："为什么我们中国人要这样被欺辱？为什么留日学生要投海自尽？"接着，又朗读书中人物的临死遗言："祖国呀祖国！我的死是你害的！你快富起来，强起来吧！"

　　原来哥哥读的是郁达夫叔叔的短篇小说集《沉沦》，书中的三篇作品，写的都是中国留日学生的生活。哥哥为之落泪的是《沉沦》。

　　哥哥把这本书送给了妹妹。那时的苹如，虽然不能完全读懂郁叔叔的三篇小说，但是每当读到"祖国呀祖国！我的死是你害的！你快富起来，强起来吧！"这几声呼喊时，心里也一阵阵悲痛……

　　哥哥呀，你的浴血战斗又是因为了什么？

　　哥哥负重伤的消息，不能让爸爸、妈妈知晓。苹如擦干泪痕，装出平静的神情走出卧室。母亲正静坐在客厅里，默默无声，像是在想什么心事。苹如对母亲说："妈，我出去有点儿事。"

　　"去吧。"母亲回答，"路上多小心。"

郑苹如要去见她的领导人齐纪忠，告诉他："我愿服从命令，再入虎穴！"

等女儿出了家门，郑华君才放声悲泣。原来，她已从收音机里听到了海澄负伤的消息，不想让丈夫和女儿知道。

7

郑苹如又在"76号"前出现。

值勤的特务认识她，立即跑到丁默邨办公室报喜："报告丁主任，你的那位漂亮女学生又来了！"

"真的？"

"真的真的，现在就在值班室！"

"还不快给我请来！"

"是！"

"等等！我亲自去！"

丁默邨把郑苹如接到办公室，一边亲自沏茶，一边问道："苹如呀，怎么这么长的时间不来看老校长，你都忙些什么呀？"

郑苹如一声叹息："唉，还能忙什么呢？忙着找份工作。"

"找工作？你要找工作？"

"是呀丁校长，我们学校早关门了，我无书可读，总不能老是闲在家里。"

"工作找到了吗？"

"没有。现在求份职业太难，四处碰壁。今天到一家商行，又被人拒绝。正好路过这里，这才记起来看看老校长。"

"明天还到处求职？"

"不求职怎么办？不好意思靠父母养活。"

"哈！哈哈，哈哈哈！"

"丁校长你在取笑我？"

"不是取笑你，而是替你今天突然想起来看我而高兴！听过这句话吗，踏破铁鞋无觅处，得来全不费功夫！"

"丁校长你能帮我介绍工作？"

"不是介绍，而是安排。我这里正想找一个日语翻译，谁比你更合适？"

"我能胜任吗？"

"能能能，太没问题了！我马上叫人给你办一张派司，从现在起你就是我'76号'的成员，明天就来上班。"

"真的呀？就这么简单？"

"是的呀，我身为中央政府的部长，办这点区区小事还需要麻烦不成？"

"那，需不需要得到日本人的点头许可？"

"这个也没问题，我今天就向他们报告，他们只要一听说是你，会立即表扬我善于物色人才！"

"那，我该谢谢丁校长了！"

"不能再叫我'丁校长'！"

"谢谢你，丁部长！"

第十一章　圣诞节行动

1

一只羊走进了狼窝，只见处处都暗藏着杀机，度日如年。

因此，郑苹如必须处处小心，如履薄冰，万分谨慎地保护自己。

她没有答应丁默邨叫她同他共用一套办公室的安排，她说丁部长常有要务处理，大办公室隔壁的小办公室坐着个翻译人员，让党政要员丁部长多有不便。再说，万一有什么重要事情不小心被什么人泄露出去了，小小的翻译也担不起被人怀疑。丁默邨对郑苹如的拒绝理由实在不好反驳，就允许她和沈耕梅同在一间办公室。

郑苹如还常到涩谷的办公室走一走，也看望几个日本军曹，同他们用日语对话。这些日本兵一直以为郑苹如就是日本人，对她不仅不为难反而关照，无形中，涩谷和几个日本兵都成了郑苹如的"保护伞"。

但是，丁默邨这条老狼是不会放过郑苹如这只小羊的，他在等待时机。

因此郑苹如盼望着锄奸任务快快完成，只有这样提心吊胆的苦日子才能快快结束。

可叹事情并不像齐纪忠预想的那么简单。丁默邨行动十分诡秘，他如果外出，是轻易不带随行人员的，也不会提前告诉任何人。甚至他对心腹司机也留一手，要到哪里去，突然叫车，车开后才告诉目的地。天啦，对这样的毒蛇，怎样才能引他出洞打他的伏击？

这任务太难完成了！怎么办？

突然有一天下午，"母大虫"佘爱珍大摇大摆走进翻译室，拉过一张椅子，一屁股在郑苹如、沈耕梅侧面坐下，对着沈耕梅，眉飞色舞叫开了："煞更、煞更（痛快、痛快），老煞更了！今遭里阿拉额骨头（运道）飞飞好！"

沈耕梅用讨好的笑脸对着佘爱珍："佘处长，你讲话别用太多老上海方语，否则吾听勿大懂。"

"好的，我讲国语！今天的运道太好，手气也太顺了！我们一伙子人进入租界，都躲过了英国巡捕盘查，身上藏的家伙也都带过去了！"

"今天对谁下手？"

"还记得什么江苏高等法院二分院那个死硬分子不？"

"哪个死硬分子！"

"就那个，姓郁，他有个弟弟是什么什么翼作家……"

姓郁？左翼作家的兄长？难道他们是在说郁华叔叔？郑苹如的一颗心快要跳到嗓子眼上了，但她不可显露神色，努力控制情绪，一声气也不吭。

佘爱珍张牙舞爪，唾沫横飞："姓郁的，名叫'郁华'，又叫'郁曼陀'，狗屁法院的刑庭庭长……"

"我当然记得这个抗日分子，"沈耕梅接话，"就是他把我们砸报馆的人关起来判处死刑。"

"这个老东西！"佘爱珍把牙齿咬歪，"他不光把我们砸《大美日报》的人判了死刑，还把我们杀掉《申报》那个抗日记者……那狗屁记者叫什么名字呀？"

"叫瞿绍伊。"

"对，是这名。郁华这个屁法官，抓住了我们一个处决瞿绍伊的弟兄，又给判了死刑。我们多次警告这个死硬分子法官，叫他快快放人，他就是要和老子们死拼到底。今天好了，他再也拼不起了！"

"干掉了？"

"干掉了！"

"啥个辰光？"

"就今天，民国二十八年，西历1939年11月23日，早上上班的辰光，我家四宝亲领人马，我也参加了。我们埋伏在巨泼来斯路郁华他家门外，等他出门去法院上班……"

"得手了？"

"你想想今天谁亲自出马，还能不得手？等他刚刚走出家门，四面的长枪短枪一起响……"

"死了！"

"十个郁华也得被打死呀！浑身上下都是血窟窿，倒地就咽气了！"

2

郑苹如晚上回到家，无望地证实了郁叔叔被暗杀的不幸消息。一进门，十三岁的妹妹郑静芝就对她说："姐，你快到郁叔叔家吧，妈妈已经去了！"

痛苦欲绝的郁陈荫婶婶倒在床上，苹如的母亲一直守在床边。苹如来后代替母亲照护郁婶婶，就住在婶婶家，一直到郁叔叔的丧事办完。抽空她给沈耕梅打了个电话，谎称自己生病了，请沈耕梅代她向丁主任请几日病假。

缅怀郁华叔叔五十五岁的一生，郑苹如眼前出现的是一位导师一般的长者。郁叔叔家有兄弟三人，他是长兄。二弟养吾比他小七岁，三弟达夫比他小十二岁。父亲早年病故，那时小弟才三岁。从那时起，郁叔叔就体会到了什么叫"长兄如父"。他勤恳攻读，十五岁那一年便以府试第一名的成绩被保送到杭州府学堂深造。1905年，浙江省选送一百名学子公费到日本留学，其中就有郁华叔叔。他毕业于早稻田大学，又转日本法政大学进修。1913年9月，郁叔叔的小弟达夫十七岁，郁叔叔也把小弟带到日本留学。他万没想到，他曾经留学的日本，竟成了想要奴役整个亚洲的强盗。日本兵占领了郁叔叔的家乡，他的七十余岁高龄的老母亲不愿见到侵略者们的丑恶嘴脸，身藏在房屋山墙和一堵石壁的夹缝中，在1937年的最后一天，活活冻饿而气绝。老母亲的死，当令那些在侵略强盗面前屈膝献媚的软骨头们无地自容，永远休想再抬起狗头粉墨登场妖言惑众祸国殃民！

郁叔叔，你有这么伟大的母亲是你的骄傲！而我，有你这么一位伟大的叔叔，也是我的骄傲！

（郁华牺牲时，他的三弟郁达夫正在东南亚国家办报纸，从事抗日活动。得到长兄噩耗，他对天遥祭，写出如下挽联——天壤薄王郎，节见穷时，各有清名闻海内；乾坤扶正气，神伤雨夜，好凭血债索辽东。）

从郁婶婶处回到家，郑苹如真的病了，发高烧，夜间噩梦不断。齐纪忠先生接连三次来探望，希望她早日康复，继续为党为国贡献力量。

郑苹如当然懂得齐先生话中的含义。齐先生是在担心，担心郑苹如在装病，更担心郑苹如从此不再踏进"76号"半步。其实不用齐先生动员，现在的郑苹如已是义无反顾了。为了给哥哥报仇，给郁叔叔报仇，眼前就是刀山火海她也要向前走了！

几日后，郑苹如又走进"76号"。

丁默邨一见面就装出关心的样子："苹如，身体康复了吗？我天天都在心里挂念着你！"

又过了几日，机会终于来了！

眼看就是1939年的年末，日本军驻上海情报头目晴气庆胤心血来潮，决定于12月24日晚在重光堂举办圣诞节宴会，邀请"76号"的高官全部参加。他要表扬他的这些走狗们一年来剿杀抗日分子的成绩，同时就开年后如何保证汪精卫的"国民政府"顺利正式"返都"南京而布置新任务。他提前十天就发出了邀请通知，并特意给丁默邨打电话："丁部长，到那一天，你一定要早点到我这里来哟！"又特别交代说："把你的日语翻译也带来，陪我痛痛快快喝几杯！一定要带来，不得有误！"

丁默邨放下电话就把郑苹如传唤到办公室，喜笑颜开地动员道："告诉你一个好消息！晴气庆胤大佐要在圣诞节前一日举办大型晚宴，开怀畅饮，共度平安夜。他邀请我们"76号"的主要官员莅临，并且还特别特别盛情邀请你！"

"邀请我？"

"对呀，你是特邀嘉宾！"

"我又不是官员，只是一名小小翻译。"

"可是你这位翻译是谁的翻译？是我丁部长的特别翻译呀？晴气大佐听说你日语、英语俱佳，很器重你，因此想见见你。记住了这个重要日子，12月24日，到时候你一定得与我同行，就坐我的车。"

"晚宴几点开始？"

"五点半。但我俩必须提前，在四点半就赶到。"

"我，我一定得去？"

"一定一定！此事你万不可犹豫！"

郑苹如当天就把这一信息报告给了齐先生。陈而立站长闻知后雷厉风行，当晚就召开秘密的碰头会。参加碰头会的除陈而立、齐纪忠、郑苹如外，还有一个人：周鹤鸣。

想不到在这里见到鹤鸣大哥！郑苹如喜出望外，但她抑制住了兴奋，只对鹤鸣会意地一笑。同样，鹤鸣用微微一点头作回答。

鹤鸣大哥，原来你并没出国留学，而是留在祖国与豺狼虎豹做斗争。现在我才知道你也是中统局的特工人员，我理解你的隐姓埋名，理解你不能到我家看望我的父母……

陈站长主持会议。他首先感谢郑苹如为中统所做出的贡献，表扬她为锄奸赢来了绝佳的机会。他说，丁默邨狗命当绝，天赐良机。丁默邨这次外出的时间、地点、路线都确定无误，今晚，三个锄奸战斗人员在此碰头，确定具体的行动步骤，务必保证行动那一天一举成功，万无一失。

碰头会结束，齐纪忠起身，要护送郑苹如回家。陈而立说："纪忠，让鹤鸣送送苹如吧！"

周鹤鸣和郑苹如并肩走在灯光微弱的路灯下，两人都默默无言，仿佛彼此都觉得，就这样无声地相伴而行，胜过万语千言。

就要到万宜坊弄堂口了，周鹤鸣止步。郑苹如终于开口："鹤鸣哥，谢谢你！"

"谢我什么？"

"我后来才知道，你替我哥哥带给我的生日礼物绿松石项链，其实是你送给我的。为了买这条项链，你也不知用了多少时间省吃俭用攒钱。"

"不，这项链不是我花钱买的，是我奶奶留给我的。"

"奶奶留的？那它更是无价的了！"

"苹如，我亲密战友的好妹妹，保重！"

"鹤鸣哥，我哥哥最亲密的战友，你也要多保重！"

3

终于等到了12月24日这一天。

丁默邨的心情比郑苹如更急切，刚刚下午三点钟，就把郑苹如喊到自己面前，说："从现在起你哪儿也别去，寸步莫离开我，我们准备出发。"

"到哪里去？"郑苹如一脸的糊涂。

"你忘了今晚是平安夜？"

"平安夜？平安夜怎么啦？"

"今天晚上晴气大佐要在重光堂举行宴会呀，特别邀请你陪我去参加！"

"呀，瞧我，怎么把这大事给忘了？"

"我就怕你没记住，所以现在就把你叫来。"

"丁部长，你一个人去吧。"

"啊？那怎么行？"

"我实在不好意思陪你去。"

"为什么？"

"都怪我粗心大意忘了这事，你看我今天来上班，穿了一件这么旧，还带补丁的大衣。我这么陪你去，太给你丢脸了，晴气先生还会说我是故意不尊重他。"

"你就为这个呀？"

"是呀，哪有穿一件补丁衣去做客的？"

"这问题不是太好解决了吗？"

"怎么解决？"

"我们现在就提前出发，路过静安寺路和南京路，在随便哪一家大商店买一件新大衣，把你这件旧大衣扔了！钞票你别担心，我这里有的是！"

"丁部长，我怎能让你花钱？其实我也早准备买一件皮大衣了，在南京路的西比利亚皮货店早看中了一件……"

"那好呀好呀，我们现在就出发，先奔西比利亚皮货店买大衣。钞票我来出，你不必跟我争！走走，快走！"

很好，行动正按着陈站长制定的方案进行。

郑苹如对今天自己的表现十分满意。沉着冷静，欲擒故纵，一步步引得豺狼进了圈套。

防弹轿车离开"76号"，顺着极司菲尔路向南行驶，接着又沿静安寺路（今南京西路）往东走，只大约十余分钟工夫便来到"西比利亚皮货店"。这是一家由犹太商人经营的闻名上海滩的高档皮货店，位于静安寺路和戈登路（今江宁路）交叉口，地处繁华的商业中心。

敬礼，西比利亚皮货店，你就是我们的"圣诞节行动"确定的除奸地点。这里车水马龙，人头攒动，是最理想的乱中取胜的场所。行动的第一步，引蛇出洞，郑苹如已圆满完成任务。下一步，就要看齐纪忠先生和周鹤鸣大哥了。

第二步方案是这样制定的：齐、周二人化装成路人隐蔽于人流中，等待郑苹如买完大衣，同丁默邨一同走出大门。郑苹如一边走，一边"高兴"地"欣赏"自己的新大衣，突然，她"发现"新衣上有"瑕疵"，于是，她"顾不得"同丁默邨打招呼，猛地一个急转身，慌慌忙忙跑回商店找店主"换货"去。顺势，她对丁默邨猛推一掌，把这条狗推得向前一趔趄。就在这一瞬间，齐先生和鹤鸣大哥左右夹击同时开枪，管保叫大汉奸即刻一命呜呼。

丁默邨喜形于色，想象着今晚把郑苹如介绍给晴气庆胤时晴气那一副高兴的神情。防弹轿车来到西比利亚皮货店门前，丁默邨命令司机将车子停在商场对面的路边，发动机不许关闭，人也不准离开驾驶室半步，必须时刻处于待命状态。

丁默邨让郑苹如先下车，然后自己下车，追上前几步，突然挽住了郑苹如的胳膊。郑苹如没有挣脱，此时她的头脑分外清醒。丁默邨想趁机对郑苹如显示亲近，就让他猖狂片刻时间吧！任你是如何心怀鬼胎，任你是多么可恶可憎，郑苹如都忍受着。这是丁贼最后的疯狂，他离他的"寿终正寝"的时刻，已经进入了以分秒为单位的倒计时！

郑苹如已发现了两位战友的身影。一位是身穿破衣的黄包车"车夫"，正守在车边"等候拦客"，他就是周鹤鸣大哥，装车夫装得真像！另一位，西装革履，戴一副茶色宽边眼镜，脖子上系一条长长的纯羊毛围巾，一副富贵人士的派头，他就是齐纪忠。

郑苹如心里掠过一团疑云：行动方案不是规定枪手的穿着不可太亮眼吗？为什么齐先生这一身装扮？但是这一团疑云只是一掠而过，未能影响郑苹如对胜利的信心。一切都在按预定方案有条不紊地进行着，海澄哥哥，郁华叔叔，我来为你们报仇了！

丁默邨眼见自己的试探动作并没遭郑苹如的丝毫不快，更加心猿意马，不由得把美女挽得更紧，身体靠得更近，自觉二人像一对情侣似的，腾云驾雾地走进了皮货店。

店门外，"黄包车夫"周鹤鸣一眼瞥见了西装革履风度翩翩的齐纪忠，心里暗叫一声"糟糕"！齐纪忠同志啊，你怎么能这样打扮？你穿戴得这么光鲜这么花俏这么风流潇洒，这不是有意在吸引别人的目光吗？不知道这样做是特工人员的大忌吗？

离开重庆到上海前，周鹤鸣就听中统局的一位主任介绍过齐纪忠的情况。主任对齐纪忠大加赞赏，说他是个头脑聪明经验丰富的俊才，又说他生在上海长在上海，对上海熟悉并且有众多人事关系，因此主任叮嘱周鹤鸣到上海后要多依靠齐纪忠，虚心向他学习。主任还说，特派员陈而立和齐纪忠是亲戚，二人关系密切，陈而立十分重视齐纪忠的意见。对此，希望周鹤鸣不要有什么想法。国难之际，唯才而用，举人不避嫌。

来上海后齐纪忠成为周鹤鸣的联络人及行动指挥者。多次接触后周鹤鸣越来越觉得，齐纪忠虽聪明，但有时会聪明过头，自信变成固执。还有，他太喜欢立功受奖，太爱表现自己。这种性格是极不利于做情报工作的！拿齐纪忠同共产党的年仅二十岁的情报人员郑铁山相比，相差太远了！

齐纪忠还有一个毛病，或者说是致命弱点，就是喜欢表现自己的英俊潇洒，虽然他并不英俊也更不懂得什么才是真正的潇洒。他尤其热衷于在年轻女性面前把自己装扮得风流倜傥。可是今天为什么也要如此装扮？忘了今天有什么重要任务吗？

以上的种种思虑，其实也只在周鹤鸣脑中一闪而过。他哪有时间多思考，此刻他心急如焚，只想上前提醒齐纪忠注意隐蔽，但是来不及了，也不可能了！

天啦，好不容易才等来这难得的机会，为了这机会，苹如妹妹忍受了多少痛苦经历了多少风险啊，千万千万不要因为点滴的疏忽而前功尽弃呀！

4

郑苹如哪会想到，眼看就要赢来的胜利，却要毁在她的直接领导齐纪忠的手里！

齐纪忠仍在人群里大摇大摆。今天是西方的节日，因此他认为他必须穿西装。他又自作聪明地认为，他越是穿戴得时髦，越不会被怀疑，这也符合"灯下黑"原理。

但是他忽视了一点，他的神情举止并没有与一身行头配套，不仅未能相得益彰，反而让人觉得不伦不类怪头怪脑。他告诉自己要镇静，但控制不住兴奋和紧张。他目光游离，东张西望，就如他穿的是一身偷来的高级西服。

更要命的失误还不在此。隔着商店的大玻璃，他看见丁默邨进商店后变得更加色迷迷，居然一把搂住了郑苹如的腰肢！而郑苹如则装作没有感觉的样子，只聚精会神地挑选衣服。齐纪忠的心里头像打翻了醋瓶子，莫名其妙地不满愤怒，完全忘记了他现在身在何处，他又是来执行什么特别任务的。他越是心里酸溜溜的，越是不停地伸长脖子朝大玻璃窗里边张望，而一只手，也情不自禁下意识地伸向腰间的手枪……

丁默邨是个什么角色？若说老狐狸生有三只眼睛三只鼻子，那么，丁默邨的眼睛鼻子比老狐狸多三只。齐纪忠的探头探脑和摸枪的动作帮了丁默邨的大忙，他立即嗅到了杀气。说时迟，那时快，他突然一掌推开郑苹如，兔子一般撒腿快跑，冲出商店的西侧门，奔向街对面，一头钻进汽车，向司机命令："快开！"

这一切来得太意外，太突然了！商店有东、西两座门，东为正门，西为侧门。按行动方案进行，丁默邨必然是随同郑苹如从正门走出，因此枪手埋伏于正门两侧，现在，这只猎物却从侧门溜跑了！一时之间，齐纪忠呆了，傻了，脑子里一片空白！而周鹤鸣这里暗叫一声"糟了"，急忙飞步追击，却已是鞭长莫及，"砰！砰！砰！"枪声惊天动地，但是，丁默邨借助人群的阻隔和防弹汽车的保护，竟侥幸地逃过一劫，捡了一条狗命。

枪声停了，大街上像炸了窝的蜂巢，受惊的人群四散逃离。齐纪忠终于从梦中醒来，并且重又变得聪明过人。他脑子里闪过的唯一念头便是保护自己，千万不可暴露身份，因此他立即混进乱哄哄的人群，不一会儿工夫便消失得无影无踪。

面对这突如其来的变故，郑苹如半天回不过神来。这是怎么了？怎么了？我的行动哪点儿出了错？商店老板脸色煞白，瞪直了眼睛望着她。她强作镇静走出店堂，这时才觉得两腿发软。齐先生他们哪里去了？我该怎么办？正在茫然无措之际，一辆黄包车来到她面前："小姐快上车！"未等她反应过来，车夫已把她猛地推进车，拉起车子奋力飞跑……

"车夫"就是周鹤鸣大哥！

见到了亲人，郑苹如的精神几乎全部崩溃，今天这是怎么了，怎么了呀？她想哭，她想杀了自己，她不能饶恕自己！多少天的忍辱负重，为的就是这一天啊！为什么，为什么功亏一篑？

海澄哥，我对不起你！郁华叔叔，我让你失望！为什么我手里没有一支枪，亲手毙了大汉奸？

"车夫"在前边一言不发，但是苹如感觉到了，鹤鸣大哥的两腿在颤抖，两手在颤抖，心也在痛苦地颤抖！他的眼睛在流火，胸膛在流血，他压抑着，压抑着一座渴望爆发的火山，为了保护一位比亲妹妹还亲的小妹妹的安全……

　　黄包车离开闹街，拐入一条胡同。出了胡同，眼前是一条行人稀少的大街，街边停着一辆吉姆轿车，只见一位年轻的司机，正拿着一块抹布在擦车。见黄包车迎面驶来，这青年司机喊道："三小姐，你看完戏了？老爷叫我在这儿候着接你！"没等郑苹如搭腔，"车夫"鹤鸣大哥便把她拉下黄包车推上了轿车。

　　轿车开动了，郑苹如才看清，司机是郑铁山！郑苹如终于忍不住了，"哇"地放声大哭……

　　郑铁山压低声音问道："郑姐，失手了吗？"

　　郑苹如更是泣不成声。

　　郑铁山安慰道："郑姐，不要难过，总有一天，新仇旧恨我们会一起报的！"接着又说："车后座有一件棉大衣，你快换上！等一会儿下车时，你装成是个病人。"

第十二章　义无反顾

1

吉姆轿车在广东路上行驶，一转弯，进入一条深深的弄堂。

郑苹如望见了一口水井，想起来"明井坊"三个字。她来过这里。

轿车在一座院门外停下，急急跑出来迎接"病人"的中年妇女，是郑苹如见过的杜夫人。她扶着郑苹如，说道："医生又给开药了吧？你慢点儿走！"

到了安全的地方了。郑苹如说不出话来，泪水夺眶而出。

杜夫人什么话也没问。苹如的泪水已告诉她，行动失败了。她对郑铁山说："铁山，给苹如打盆热水洗洗脸，我到厨房做晚饭。"

郑苹如抬眼，发现客厅的墙上多了一张照片。是一张嵌了黑镜框的照片，镜框下面的长桌上摆着一瓶白花。

照片是一位年近三十岁的女士头像，脸上挂着微笑，一双慈爱的眼睛正注视着郑苹如。

多么熟悉的笑容啊，郑苹如不止一次见过她！"铁山，这照片上的人，她不是支援抗日将士慈善义卖会的负责人茅丽英大姐吗？"

"是，就是茅丽英烈士。"

"她被杀害了？谁下的毒手？"

"'76号'。"

"又是'76号'？哪一天？"

"就在十二天前，历史会记住这个黑暗的日子，1939年12月12日。这一天，'76号'的第二行动队队长林之江，带着八个歹徒隐蔽在上海职业妇女俱乐部外面的弄堂里。晚上7点钟，俱乐部主任茅丽英忙完一天的工作，走出办公楼，在南京路和四川路路口被林之江枪杀，当时只是受了伤，伤在腹部……"

"抢救了吗？"

"歹徒们打完枪四散而逃，市民们忙把丽英大姐送到山东路仁济医院，医生们竭尽全力抢救，可是无力回天……"

"为什么？"

"林之江这个军统的叛徒太恶毒了！他被'76号'的特务们称为'毒弹专家'，他掌握了一套给子弹头浸泡和灌注毒液的绝招，一旦有人被他的毒子弹击中，就是轻伤也无法挽救了。就这样，丽英大姐在医院抢救了三天，12月15日与世长辞，年仅二十八岁。"

"又是一笔血债！"

"血债一定要用血来还！"

"铁山，我知道，茅丽英大姐是一名共产党员。"

"是，她是一名优秀的共产党员。她也是你们浙江人，老家在杭州。在她的幼年时代，父亲就病故了。母亲流落到上海，在启秀女子中学当洗衣扫地的勤杂工。丽英姐懂事后也帮母亲义务做活。她渴望知识，常常躲在教室外偷听学生们上课。学校老师们同情她，向校长进言，准许她在学校半工半读。中学毕业后她在东吴大学法律系学习了半年，因家庭太贫困而辍学就业，考进上海海关秘书科当打字员。六年后，1937年'七七'事变爆发，她于当月就辞去海关高薪水的工作，参加'海关救亡长征团'，千里奔波慰劳抗日将士。回上海后她在启秀女中当英语老师，去年5月正式加入共产党，担任职业妇女党支部委员。"

"丽英姐，安息吧！你是我郑苹如眼前的一盏灯塔！"

"郑姐，现在日本人和'76号'的汉奸们疯狂至极，你一定要百倍注意自己的安全！"

"我没有完成锄奸任务，我今日的重大过错，怎么才能弥补？"

"你不要自责，我想这不可能是你的过错。"

"那问题出在哪里呢？"

"我不在现场，不好帮你分析原因。但我相信你的领导人会总结经验教训的。"

"铁山，我问你一件事，可以吗？"

"你问。"

"你也像茅丽英大姐一样，是一名共产党员吗？"

"在你面前我不保密，我是共产党员，已经有四年党龄。"

"难怪，难怪你这样机智勇敢。"

"不，勇敢无畏者是你！"

"你今天协助我们的行动，是和我的领导人们事先商定好的？"

"不，我是得到我的领导同志的指示，让我暗中协助你们的行动。汽车是一位工厂厂长提供给我们的。"

"我的领导知道你们在协助我们不？"

"不知道。只有鹤鸣大哥知道这一切。"

"铁山，为什么你们甘当无名英雄？"

"因为国共两党已宣布合作抗日，两党是兄弟，我们有共同的敌人。"

"我也甘心当一个无名英雄，不管我死后，后人们怎样评价我。就算是误解我，甚至有人朝我身上泼脏水，我也义无反顾，决不后悔！"

"但是苹如姐，你一定要记住保护自己！只有保护好自己才能消灭敌人。"

2

精心布置的圣诞节行动失败了，陈站长的心情十分懊丧。齐纪忠虽然是他表弟，但是他也忍不住要对他大发其火了："纪忠你们是怎么搞的？那么周密的计划竟然叫你们给砸锅了，叫我怎样向上峰交代？"

齐纪忠捶胸顿足，一脸的委屈："表哥，责任不在我，真的不在我呀！"

"在谁？在可怜的，拿她的青春在前挡子弹的郑苹如？"

"我也没说怪她呀！"

"怪谁？你说，说呀！"

"可能问题出在周鹤鸣身上，一定是他太紧张不冷静，叫丁默邨闻出了味道……"

"不可能！不是我说你，你虽是周鹤鸣的直接领导，我看你在关键时刻远远不如他叫人放心！"

"好了表哥，我也不想为自己争辩了，争辩你也不相信！就算是我现场指挥不当吧，我愿将功补过！"

"将功补过？事情弄成了这个样子，你给我怎么补？"

"我想了一个晚上，已想出了方案。"

"什么方案？"

"解铃还须系铃人！"

"什么意思？"

"这解铃人仍是郑苹如，让她三进虎口！"

"你说什么？让她再进去？进去送死？"

"不，绝不会有生命危险，反而是一盘取胜高棋。"

"为什么？"

"你想想，昨天的行动，开枪者是谁？是郑苹如吗，不是。郑苹如的身份并未暴露。如果她继续进入'76号'，丁默邨就更不会怀疑她。相反，如果她从此销声匿迹了，敌人反而会怀疑她，你说，是这个道理吧？"

"你说，说下去！"

"如果郑苹如一如既往，走进'76号'，并且关心地询问丁默邨发生了什么事，为什么大衣突然不买了，为什么枪响，那么，姓丁的就会觉得此事与郑苹如无关，他只是偶然遇上了杀手——因为时刻都有人在寻找机会要干掉他呀，这一点他自己也并非没有自知之明。我们再造一造舆论，就说共党分子单枪匹马圣诞节除奸未遂，把事情全推在共产党身上，于情于理，丁默邨他都会信以为真的。"

"可是……"

"可是什么，表哥？"

"可是郑小姐这一头呢，她肯再冒风险吗？"

"我相信她会答应。"

"为什么？"

"因为她有强烈的爱国心。若没有强烈的爱国心，别说三进虎口，就是进一次也不可能。她有一位国民革命元老人物的父亲，她有一位反对日本发动侵略战争的母亲，她还有一位为国抗战的兄长。她自己，也敬仰民族英雄。我听他说过，她心目中的女杰是秋瑾，还听她说过，她的书房里张贴的是一张她自己的书法，抄录的是秋瑾的诗句——忍看图画移颜色，肯使江山付劫灰？拼将十万头颅血，须把乾坤力挽回！"

"唉，惭愧，惭愧呀……"

"表兄你不必犹豫，我现在问你一句话。"

"问什么？"

"你想想，昨天的行动失败，谁会比我们更难过？"

"谁？"

"当然是郑苹如了！她怎么可能甘心前功尽弃，因此我们只要再给她创造百分之一的机会……"

"不！不！不！"

"表哥你怎么了？你的脸色好可怕！"

"你给我听着！不是百分之百的机会和把握，百分之九十也不行，必须保证百分之百！"

"好好好特派员同志，我立即着手安排，你就把这事全权交给我办吧！"

3

齐纪忠约见郑苹如，动员她三入虎口。

郑苹如默不作声，但并没摇头拒绝。

齐纪忠心里一喜，看到了希望，滔滔不绝地开始了说服工作："苹如，现在全上海都传开了，说共产党圣诞节锄奸，计划虽未成功，但行动鼓舞人心，这说明什么？说明日本人和'76号'并没怀疑到我们头上，特别是没有怀疑你。有一件事，特别能证明我所说的这一点，那就是《中华日报》的报道。《中华日报》报道说，共产党为报复国民政府对共党分子茅丽瑛的惩处，居然利用佳节之际在闹市制造枪击事件，引起了广大市民不安，是可忍，孰不可忍？这报道报道得好呀！你想想，这《中华日报》是谁的报纸？是日本人和汪精卫政权的报纸，报社主笔是大汉奸文人胡兰成。这胡兰成都认为圣诞节行动是共产党在捣鬼，因此，丁默邨他怎么可能怀疑你呢？你再想想，汪精卫的人最恨谁，最防范谁？当然是共产党！若不，他们为何在'国旗'上都写着'反共，和平，建国'，并且把'反共'二字列在首位？有了共产党给你当挡箭牌，你尽管放心大胆继续与丁默邨摆迷魂阵，以期再寻机会。"

见郑苹如仍是无语，齐纪忠继续发挥他能言善辩的绝佳口才："我们不可退让，退让就是承认失败，让过去的一切努力一切痛苦一切屈辱一切期盼都付之东流，那样我们就不能原谅自己！这件事我也向陈站长请示过了，他表扬了你的勇敢，希望你继续努力，再接再厉。他分析的一番话特别言之有理，才打消了我的顾虑。本来我是坚决不主张让你再进'76号'的，但是特派员比我站得高，比我想得周到。他说，我们只可进不可退。如果让苹如小姐继续进入'76号'，敌人就不会怀疑她；相反，如果让苹如小姐从此不在'76号'露面，甚至让她隐蔽起来，那反而是害了她，敌人会立即怀疑她，到处捉拿她，并且也必然殃及她的父母。苹如，还是陈站长有斗争经验，考虑问题细致周到啊！"

渐渐地，齐纪忠看到了郑苹如的脸上也写满了秋瑾的诗句，他不觉心里一跳，乘胜追击："苹如，我还为你想好了两个万全之策。第一，'76号'的人最怕日本人，也最信日本人，因此你可以借日本人当保护伞。我想起一个人，日本宪兵队沪西分队队长横山，这家伙不是老想和你套近乎吗？你就先找他，让他陪你进'76号'，丁默邨就更不会对你产生半点疑心。第二个万全之策，你先给丁默邨打个电话，就说你这两天待在家里越想越后怕，不知道圣诞节为什么枪响，责怪他为什么突然丢下你不管，差点把你吓死了！先探探他的口气，若他那里没什么可疑之处，你更可放心大胆去行动。

"苹如，这次你再进'76号'之后，一定要表现得更加勇敢。你要主动靠近丁默邨，向他示好，麻痹他的神经。他要再叫你和他在同一个办公室，你就答应他，这样你就更容易掌握他的行踪，获得更多的引蛇出洞的机会。不要犹豫，不要彷徨，成大事者立大名，必须有卧薪尝胆的精神！"

周鹤鸣听说又要叫郑苹如再入虎口，立即要求单独面见陈而立。见面后，他直言相陈："陈站长，万万不可再叫郑苹如踏进'76号'半步！"

陈而立回答："这事无须你多言，我已交给纪忠同志，让他全权负责。"又说，"纪忠分析了形势，让郑苹如三入虎口，应当没有危险。"

"请问纪忠同志分析的依据是什么？"

"汪伪政府的中央机关报《中华日报》，报上说，西比利亚皮货店的枪击事件完全是共产党所为，说明日本人和'76号'并没怀疑到我们头上。"

"陈站长，难道这不是日本人和汉奸政府施放的烟雾弹吗？"

"此话怎讲？"

"我这里带来了租界内的一份抗日报纸《申报》，是今天刚出的报纸，也特意为前天发生的西比利亚皮货店枪击案发了一条新闻分析。"

"怎么讲的？"

"标题开宗明义，也深藏暗示。"

"喔？念给我听。"

"标题两句话，枪击汽车案，真相至今未明。"

"真相至今未明……《申报》这样写是何用意？"

"用意再明白不过了，《申报》这是在提醒我们，不要上了汉奸报纸《中华日报》的当！"

周鹤鸣的分析无疑是正确的，但是陈而立这时的头脑已失去了冷静。并非只是齐纪忠的鼓动影响了他，更是他觉得肩上压力太大，一心想早日完成上峰下达的任务，除掉作恶多端的奸贼丁默邨。所以，他听不进周鹤鸣的分析，认为《申报》的报道不过是就事论事而已，并未有什么暗示。因为报道里还有这样一段话："约在同时，有静安寺捕房副捕头别格斯，驾马达自行车巡逻到此。别氏恐伤行人，故未还击，枪手乃逸去。"这就说明，连租界巡捕房也认为枪击案真相不明。

见陈而立不愿改弦更张，周鹤鸣心有不甘，继续进言："陈站长，希望你再慎重考虑，难道就没有其他办法？"

"其他什么办法？"

"站长，郑苹如她不过是个弱女子呀，让一个弱女子承担这么重的风险，我们于心何忍？"

"国难当头，有什么办法呢？"

"国难当头，要你我这些七尺男儿干什么？"

"你什么意思？你在批评我和纪忠同志没尽心不称职吗？"

"请别误会，我，我是为我身为一个男子汉而惭愧……"周鹤鸣说着，热泪夺眶而出。

其实陈而立也在暗自落泪："鹤鸣，别难过了。我理解你的心情，我也知道苹如小姐的兄长是你最亲密的战友，按理说，我们应该千方百计保护好苹如，而不是一次次让她去冒风险……"

"站长，'76号'，那是个虎狼窝呀！"

"我不是不知道，这实在是无奈之举啊。我们的姐妹们，本应当受到最好的呵护，让她们像鲜花一样生活在春风阳光下，可是侵略者闯进了我们的家园，我们的国家在流血流泪……"陈而立再说不下去了，走出小屋，站在狭窄的天井里，抬头望一孔天空，"啊啊"地发出两声长啸。

4

齐纪忠的一条条"妙主意"，其实是一道道催命符，最终将郑苹如推到了绝境。

事后，陈而立也捶胸顿足，后悔只听了齐纪忠的片面分析，不该犯了特工工作之大忌，盲目自信，顾此失彼。要说"心理分析"，丁默邨这个"老军统"，他比齐纪忠更老道！《中华日报》的那篇报道是敌人抛出的诱饵，我陈而立好愚蠢，居然上钩了！

平安夜这天，丁默邨逃出西比利亚皮货，直奔重光堂。晴气庆胤质问为什么没把美女翻译带来，丁默邨把刚才发生的枪击事件一五一十报告给主子听。

晴气庆胤一声冷笑："好厉害的重庆分子，美人计差点玩到我的头上来了！赶快行动，抓住她！"

丁默邨一边点头一边献计："现在去抓不行，她肯定躲起来了。我有个妙计，叫她自投罗网！"

"什么妙计？"

"现在，我赶紧把胡兰成大主笔请来，让他在报上发一条假新闻，就说我们已认定今天的枪击事件是共党分子所为。有了这条新闻，鱼儿保证自动上钩！"

"为什么？说明白的！"

"我们在报上制造假消息，重庆的军统或者中统，看了一定高兴，庆幸我们并没怀疑到他们头上……"

"嗯嗯，明白明白的，这办法大大的好！"

郑苹如按照齐纪忠给出的"妙主意"，打电话给丁默邨探听虚实："喂，丁部长，我是郑苹如。平安夜那天发生了什么事？为什么你突然走了，为什么街上打枪？吓死我了，不敢再去上班……"

丁默邨回答："郑小姐，你不必害怕，那天只是小事一桩，一个共党分子自不量力，想制造混乱。我是为了你的安全才突然离开的，你千万别生气！这两天我正忙着布置人马抓共党分子，所以没顾上给你打电话，你快来上班吧，尽管放心，共党分子不敢动你一根毫毛！"

郑苹如放下电话，齐纪忠便得意地拍手："怎么样，我说得不错吧，他们根本没怀疑你，注意力在共产党身上！"

郑苹如又按齐纪忠的第二个"妙计"行动，到日本宪兵队沪西分队找到分队长横山。横山喜出望外，立即同意用摩托车护送郑苹如到"76号"上班，以免路上又遇上共党分子，又热情地向郑苹如献计说："为了更加保证你安全，我现在先给'76号'的涩谷准尉打个电话，让他在门口迎接我们！"

涩谷那边接到了电话，丁默邨得知后"嘿嘿嘿"摇头晃脑冷笑不止，立即命令吴四宝布下陷阱。

横山亲自驾车，前后还有摩托"护驾"，把郑苹如送到"76号"。涩谷已在二门内等候，见了横山，立正敬礼。横山说："人交给你了，别弄丢了！"扔下郑苹如扬长而去，上大洋房接待室喝茶去了。涩谷上前拉住郑苹如胳膊："郑小姐，请上军车！"

上军车？在"76号"的大院里行走，上军车干什么？郑苹如感到事情有些不妙，强作镇静地回答："涩谷准尉，汽车就不必了吧，我自己走到办公室……"

话音未落，从两边平房里涌出一伙特务，个个手里端着长枪、短枪。领头的便是"杀人魔王"吴四宝，还有"毒弹专家"、第二行动队队长林之江。郑苹如心里一声苦喊"上当了！"仍然镇静地问道："怎么了吴队长，为什么这样看我？"吴四宝"嗬嗬嗬"几声狂笑，接着骂道："小娘们，别再他妈的装腔作势了，老子们等候你多时了！"

特务们"呼啦啦"上军车，将郑苹如押往秘密牢房。

5

郑苹如掉进了陷阱，陈而立悔之晚矣，却又束手无策，他不知道郑苹如被关在哪里，就是知道了也不敢组织营救行动。齐纪忠更是变成了一只缩头龟。他们哪会想到，共产党却在秘密策划帮助周鹤鸣营救郑苹如。

周鹤鸣对郑铁山说："铁山，这次行动绝不能让齐纪忠知道，以免节外生枝。"

营救行动的指挥点在蜀乡公所，策划者和指挥者都是赵子辰。

从内线已得到准确消息：郑苹如被关押在忆定盘路（今江苏路）37号。这里是林之江的第二大队的队部，也是关押"重刑犯"的地方。苹如被关在第3号女牢。这是一个单人牢房，平房，牢房的隔壁是个棺材仓库。

特务机关里为什么还有棺材仓库？

这帮汉奸大发国难财，已经到了天良丧尽的地步。他们几乎天天都在抓人杀人，抓的不完全是抗日分子，更有许多普通市民。他们随便给被抓的人扣上一顶"抗日"帽子，关进黑牢后通知家属拿钱赎命。有许多人抓进来后被打死，就连家属要求收尸他们也得要钱，不仅索要收尸钱，还得收棺材钱，因为他们不准死者家属在棺材铺买棺材，只能买由"特工总部善事处"提供的棺材，不然死者家属办丧事也不得安宁。"善事处"并不自制棺材，他们全是用野蛮压价的手段从棺材铺买来的，再转手加高价卖给受害者。"善事处"就设在忆定盘路37号，棺材仓库里常年备有几副棺材，以备"急需"。

看管棺材仓库的人名叫"常村"，年近四十岁。他原是龙华寺里的和尚，法名"犁水"。他熟悉经书，会做法事，因此"76号"把他从龙华寺给抓进来，命他仍然身穿法衣，守护棺材仓库。

敌人做梦也不会想到，常村是一名共产党地下党员。就是他向党组织提供了郑苹如被关押的地点，并且请求党组织为他运进营救的工具。

在忆定盘路的西北方向，有一个苏州河的渡口，名叫"曹家渡"。在这片贫民区有一家苏北人经营的"仙安"棺材铺。"76号特工总部善事处"的大部分棺材都是在这儿定做的。棺材铺老板姓"黄"，和赵子辰是老熟人，因为蜀乡公所也从"仙安"买过棺材，每次价钱都给得公道。

前几日"特工总部善事处"又在仙安棺材铺订购了一口棺材，催着快交货。

6

仙安棺材铺的黑漆棺材很快便赶工做好了，黄老板带着四个脚夫，抬着棺材送到忆定盘路37号。

守门的特务大喝一声："站住！干什么的？"

黄老板忙上前递香烟："长官，你都看清楚了，我们是送'财'来了，我是'仙安'的黄老板。"

"棺材里装有什么东西吗？"

"有，有啊，哪能没有？"

"是啥？"

"灰包，给死人当枕头的灰包。你们善事处处长说过，每次送'财'来也必须搭上'包'，我们的行话叫它大钱包。"

"打开盖子看看！"

"哎，哎，马上打开！"

黄老板把棺材盖抬起一道缝，特务伸头朝里头瞄了一眼，发现棺材里的确只有一个灰包，便头一摆说："进去吧！"

棺材被抬进了库房。

棺材内，灰包下面有玄机，藏有几根钢钎和一把铁锤。

抬棺的四个脚夫中有两人是船工，另两人是周鹤鸣和郑铁山。

棺材仓库的隔壁就是关押郑苹如的牢房。亲人只隔一堵砖墙，却不能相见。鹤鸣和铁山相互望了一眼，千言万语只在无声中。

黄老板是一个多么好的平民百姓啊，他沉着应对，掩护共产党的行动。他要把戏演足，演得更逼真。他正在"善事处"处长面前苦苦求情："处长你再给加点钱吧，我这口'财'漆了两遍大漆，是上等柏木呀！"

处长听得不耐烦，回答说："好了好了，这次就这样，下次再给你补偿。快快，带你的脚夫走人！"

四个脚夫离开忆定盘路37号，肩扛木杠和绳子，向南行走不远，在十字路口东拐，便是愚园路。

愚园路到处都有"76号"的便衣特务在巡视。但是这些特务们却对四个脚夫不屑一顾。四个脚夫破衣烂衫，身上散发出汗臭味。周鹤鸣变成了个中年人，胡子拉碴，脚上的布鞋破了两个洞。郑铁山像个小叫花子，也不知从哪儿拣到了半块烧饼，边走边啃。

一直向东走，走到愚园路尽头，右手就是百乐门舞厅。过了舞厅，便进入公共租界。

不觉间，百乐门舞厅就在眼前。

意外情况突然发生：从舞厅内跑出两个人来，扭在一起厮打。两个人，一个秃头肥脸，身穿马褂；一个风流倜傥，西装革履。

西装革履者显然是喝醉了酒，脚步跟跟跄跄，和秃头交手，只有招架之势，没有还手之力。秃头揪住他的领带臭骂："他娘的，吃了豹子胆，敢跟老子抢舞女！"

周鹤鸣心里大吃一惊！你当挨打的人是谁？他是齐纪忠！

齐纪忠啊齐纪忠，我知道你喜欢玩花花公子那一套，可是百乐门这是什么地方，你为什么跑到这里跳舞？

被动挨揍的齐纪忠，突然发现了化妆成挑夫的周鹤鸣和郑铁山，顿时精神一振，对秃头吼叫道："老子一枪毙了你！"

秃头咧嘴冷笑："小赤佬，你就吹吧，你他妈的赤手空拳，拿什么毙掉老子？"边冷笑，边对齐纪忠狠踢一脚说："小赤佬，睁开眼睛看看你大爷是谁，说出来吓破你十个狗胆！老子是'76号'的黑老虎，你知道不？你竟敢跟老子争舞女，有几条小命？老子今天绝不会放过你，让你进'76号'尝尝皮鞭是什么滋味！"

糟了！"黑老虎"这个诨名周鹤鸣听说过，他是吴四宝的拜把兄弟，现在又是余爱珍最重用的贴身保镖，齐纪忠为什么要招惹了这个人？落在他手里，凶多吉少！

齐纪忠知道自己难以挣脱"黑老虎"之手，为了自保，他继续用暗语向周鹤鸣下达命令："我毙了你！我一定要毙了你这只黑老虎！"

之所以下达这样的指令，因为齐纪忠心里明白，周鹤鸣的身上肯定藏着"掌心雷"手枪。同时他也清楚，一旦开枪，危险便随之降在周鹤鸣身上。但是，为了保住自己，他顾不得他的部下了，把嗓门叫得更响："毙了你！老子坚定不移要毙掉你！"

周鹤鸣别无选择了，向郑铁山示意：快让那两位船工兄弟躲避，这里的事我俩来处理干净。

两位船工迅速离开。周鹤鸣向齐纪忠点了点头。

正盼着得救的齐纪忠会意，喜不自禁，猛一掌推开"黑老虎"，转身向着租界疾跑。

"往哪儿逃？""黑老虎"撒腿追赶。

说时迟那时快，只见一个二十岁出头的傻乎乎的叫花子突然挥舞手中的木杠子耍把戏，竟把"黑老虎"绊倒在地。"黑老虎"爬起身边骂边继续追人，还未待他追出十来步，怪事又出现了，只听得"咚"一声闷响，他就仰脸倒在了地上！就在这时，一个蓄着两撇小胡子的"76号"特务从百乐门舞厅走出，心生奇怪地跑到大哥"黑老虎"身边，不由"啊啊"惊叫，只见"黑老虎"已一命呜呼，从后脑勺里流出一摊黑血。

周鹤鸣、郑铁山没想到，营救郑苹如的行动今天才刚开始，却意外地先救了齐纪忠的一条命。

7

在忆定盘路37号内，共产党员常村，在秘密地进行着对抗日女英雄的营救行动。

关押郑苹如的3号牢房是青砖墙。房子是老房子，砖缝的连接不是水泥，而是石灰掺沙。地面潮湿，墙壁已斑斑驳驳。利用棺材仓库的掩护，常村用钢钎小心地把一块块青砖的砖缝给掏空。

营救方案的第二步是这样的：等把墙壁掏空一块，常村通知郑苹如做好越狱准备。这时，"仙安"棺材铺的黄老板又会带几个脚夫来"37号"，向"善事处"处长借棺材。借棺材的原因是：黄老板的一位苏北亲戚在苏州河跑船，突患疾病暴亡，身为棺材铺老板的老黄理当给亲戚送一口棺材，不巧现在铺子里没有现成的，只有两口没上过漆的白木棺，怎好给亲戚用？万求处长高抬贵手帮帮忙，先借一口棺材。等铺子里的两口白木棺上漆后，借一口还两口，若不放心先给处长交押金。

贪财如命的处长一定会答应这笔白赚的交易。脚夫们从"37号"抬走一口棺材，而郑苹如已在常村的安排下藏身了棺材里。

凿墙行动进展得很顺利，已经有几块砖完全松动，可以拆下来了。常村心中欣喜，在夜幕掩护下把砖拆掉，钻进牢房同郑苹如见面。

可是牢房里却空无一人！

狡诈的敌人，不停地给"重刑犯"换牢房，郑苹如早被转移了。从这天起常村再没见到过郑苹如的身影，他哪里知道，苹如已被转到"76号"，关在了暗无天日的死牢里。

苹如妹妹，我常村没尽到责任，对不起你呀！

第十三章　"掌心雷"手枪

1

"黑老虎"被打死，使吴四宝、佘爱珍两口子暴跳如雷。

"76号"内像炸了油锅，兔死狐悲，群丑狂嚣。

从"黑老虎"的后脑勺里取出的索命物，又是一粒"掌心雷"手枪的子弹头，与杀死冀墨清、鄢绍宽的子弹一模一样！丁默邨发疯了，集合76号所有要职人员召开紧急会议，命令立即重新追查"掌心雷"的线索。前两次的追查都毫无结果，这一回绝不可半途而废。把前两次被怀疑过的对象再查一遍，而前两次没被怀疑的人这次更要重点摸查，尤其要从内部及与内部有关联的人查起，不放过任何疑点！就是挖地三尺，把全上海翻它个底朝天，也要把这个神秘的枪手给我挖出来！行动不力者重罚！行动立功者重奖！

就在丁默邨召开紧急会议的当天晚上，鲁婉英无意之间在周鹤鸣的呢子大衣暗袋里发现了一只小手枪。

连续晴了几日，鲁婉英后悔没早点儿把周鹤鸣衣柜里的几件衣服拿到楼下天井里晾晒。今晚她决定把它们先取出来放在自己眼前。取出鹤鸣的呢子大衣时，她感觉到衣服里像是有一件什么小东西沉沉的。摸遍了里里外外没发现什么。再仔细摸，发现了一只暗口袋，从这暗袋里竟然掏出了一只手枪！

我的个妈呀！鲁婉英心里好不惊讶，但她不愿惊动鹤鸣，而是悄悄地去盘问郑铁山。

郑铁山竟毫不惊讶，神态自若地点头说："是呀，鹤鸣哥是得到了一支手枪呀！"

"啥时候得到的？"

"就昨天呀！鹤鸣哥还没来得及对你说？"

"在哪儿得到的？"

"在外滩。昨天我陪鹤鸣哥到南京路大新公司办事，路过外滩，迎面碰上一个犹太人。这个犹太人缠住我鹤鸣哥不放。"

"为啥？"

"他说他是从德国逃难到上海来的，现在身无分文，快要饿死了。他身边唯一的一件东西就是一只小小的手枪，是德国造，无声的，是防身的好东西……"

"他一定要卖给你鹤鸣哥，是吧？"

"就是这样，不买他就不松手，还给我俩跪下了！"

"花了多少钱？"

"鹤鸣哥掏出身上所有的钱，共计200元，全给他了。"

"哎呀，200元？太便宜了！"

"你还觉得便宜？"

"当然便宜，才200块，值！现在这世道，兵荒马乱，你鹤鸣哥是该有件防身的东西。"

"我还以为你要责怪他呢！"

"你想到哪里去了，我怎么会责怪你鹤鸣哥？"

吃晚饭时，鲁婉英告诉周鹤鸣，200块钱就买了把小手枪，拣了个大便宜。不过一定不要叫旁人知道，以免招惹麻烦。

周鹤鸣长长的一声叹息。

"鹤鸣，你怎么了？"

"婉英姐，你对我太好了！"

"傻话，我不对你好对谁好？"

"有时候我想，唉！"

"想啥？为何又要叹一声气？"

"有时候我想，我对你，没有你对我那么好。"

"瞎说！我说你对我好，那就是你对我好！我这辈子，遇上你，算是我最大的福气了！我还有啥不满足呢？我可不是那种忘恩负义，身在福中不知福的人！"

"婉英姐，假若我突然有一天，生一场大病，死了……"

"呸呸呸！更加胡说八道了！快喝口茶水漱漱口，把这句话吐掉了！"

"我只是说假若。"

"'假若'两个字也不许说，真要有了'假若'这两个字，我活着还有啥意思？从前，我活得人不人鬼不鬼的，有了你我才活得像个人！"

一番话，说得周鹤鸣也感慨万端："我了解你，了解你的内心……"

"有你说出这番话，我这一辈子，就知足了！鹤鸣，等到不打仗了，天下太平了，我给你多多地生孩子，生儿生女，都要长得像爸爸一样漂漂亮亮，千万别长成妈妈这样的丑八怪。到那时，我们带着一大帮儿女回你的四川老家，丑媳妇也得见公婆呀。你爹他不嫌我丑，你娘也不嫌我丑，你们一家人都宽宏大量。你出门去做事，我在家上奉老人下育儿女，做一个贤妻良母度光景……"

临睡前，鲁婉英突然想起一件要事："鹤鸣，你把手枪装在衣服口袋里，怕是不安全吧？"

周鹤鸣回答："我也这样想过，可是放哪里呢？——有了，放在铁山的杂物间吧，那里最好藏东西。"

鲁婉英摇头："那里也不是保险的地方。我想到了一个好地方！"

"哪里？"

"放到我首饰盒里，你说是不是最安全最保险？首饰盒的钥匙你也拿一把，用起来也方便。"

"太好了，就听你的。"

2

第二日，鹤鸣和铁山早早地出门去了。

佘爱珍突然来访。

"四姐，你可真是个稀客，今天刮的是什么风？"

佘爱珍随着鲁婉英上楼梯，眼珠子滴溜溜乱转，神秘兮兮地问道："七妹，你的白马王子在不在家？"

鲁婉英回答："不在，逛书店去了。"

佘爱珍忙把嘴巴凑到鲁婉英耳边说悄悄话："天啦，你就这么放心让他一个人出去？不怕被坏女人拐跑了？"

鲁婉英心里好骄傲，回答说："我那个男人不值钱，扔给别人别人也不要，哪像你们两口子，男人香，女人更是香得不得了！"

"七妹，你嘴巴可积点德，别乱说！"

"你一百个放心，什么话该说不该说，还要你四姐交代？上回那件事，你还没谢我哩！"

"哪件事？"

"装糊涂了吧？还要我把胡大文人的名字说出来？"

"行了！我今天不是带着礼物谢你来了？"

"真的？什么礼物？"

"快上楼，进了屋才能给你看。"

"该不是块金元宝吧？"

"比金元宝还稀罕！"

进了屋，插死了房门，佘爱珍从怀里掏出礼物，呈到鲁婉英面前。鲁婉英打眼一看：哟，也是一只小手枪！巧了，怎么跟鹤鸣买来的那一只一模一样？

佘爱珍落座，手捧小手枪说道："七妹，你知道我们的冀干爹是被谁打死的吗？"

"谁？"

"烂脚根。"

"荣炳根？"

"就是他，派他的手下人打了黑枪。"

"他为啥？"

"他眼红呀，不服气呀！从前我家四宝拜他当干爹，给他开车。后来拜了冀干爹，给冀干爹开车，他就记了仇。他的烟馆被冀干爹收了几家，他更恨。冀干爹成了日本人的红人，他眼红得鼻子都挤歪了！"

"想不到，是他杀了干爹……"

"你和你的白马王子也得当心，小心烂脚根的人拿你们开刀！"

"四姐，我们可得靠你和四宝来保护！"

"这还用你交代？我早就想送你一只手枪，给你的白马王子防身用。不是我舍不得送，是一直没有我满意的。你看这一只，终于让我十分可心了！这可不是中国枪，也不是日本造，它是只德国造，枪名叫'掌心雷'。别看它枪小，但它射得远，打得也准，不用退子弹，可以连发。还有一个好处，那就是它有消声设备，也就是说它是一只无声手枪。你说，这是不是我的宝贵礼物？想要不想要？说话呀！不想要我可就拿去送别的朋友了！"

"当然想要，谁说我不想要？"

"想要就拿着。"

"白送给我的？"

"我本来是想白送，谁要我俩是姐妹呢？可是……"

"'可是'的话你就别说了，我还不知道你这只铁公鸡？又给我要这套把戏，想赚我的钱是不是？"

"天地良心，你我姐妹，谁赚谁的？"

"你就会在我面前花言巧语！"

"七妹你听我把话说完，你真是冤枉死我了！我是花了大价钱，专为你买来的！"

"你花了多少钱？"

"四千。"

"四千？这么贵？"

"这是啥枪呀，当然贵！"

"这枪贩子是谁，也太贪心了吧？"

"七妹，别指桑骂槐哟，我可不是枪贩子哟！"

"你不是，一开口就要我四千，你当我是摇钱树呀？"

"七妹，你急什么，我的话还没说完哩！既然是我来给你送谢礼，那四千块钱当然不能叫你全出。这样，你出一半，余下一半算我送礼，这该可以吧？”

“两千？”

“两千，两千不贵吧？”

“还说不贵，这枪，两百块钱就能买到。”

“两百？七妹你在说梦话吧，两百块钱你到哪里买这么好的枪，你当是买废铁呀？”

“我的四姐，不瞒你说，我家鹤鸣还真的只花了两百元就买了一只，并且也是一只德国造，跟你这只一模一样！”

“哎哟哟，我的七妹越来越会吹牛了！笑死我了！”

“我就知道你不会相信，现在我就拿出来给你开开眼！”

“那你就拿出来呀！别给四姐我打肿脸充胖子！”

鲁婉英从柜子里取出首饰盒，打开来，取出手枪，得意地交给佘爱珍：“看吧，这是不是充胖子？”

佘爱珍“啊、啊”地赞叹，把两只手枪比过来又比过去，怎么比也看不出有什么区别，最后不得不叹息：“妈的，我又上当了，两百块钱的东西我花四千买来，还喜滋滋地跑来送礼呢！七妹，你把你的枪收好，我不多坐了，我要回去找沈翻译，是她卖给我的枪，小娘们，我问她为什么敢赚我的钱！”

鲁婉英也不挽留，只把灰心丧气的佘爱珍送到楼下。慌忙又回屋，赶紧把小手枪再藏好。今天佘爱珍来卖枪之事，她决定不告诉鹤鸣。对佘爱珍这个花心的美女蛇，鲁婉英不能不多存些戒心，尽量避免叫鹤鸣与她接触，也尽量避免在鹤鸣面前提到“佘爱珍”三个字。

3

一天时间又过去了。

第二天一早，周鹤鸣洗漱完毕准备出门，叫鲁婉英打开首饰盒为他取手枪，他要带在身边。周鹤鸣接过手枪，习惯地在手上掂了掂，突然脸色大变："昨天有人进过我们的房间吗？"

鲁婉英一愣："昨天？你怎么啦鹤鸣？"

"你快告诉我，昨天谁动了你的首饰盒？"

"首饰盒，首饰盒怎么了？"

"枪！"

"枪？"

"我们的枪被人调包了！这不是我们的那一只！"

"噢，噢，鹤鸣你别急，我想起来了！"事已至此，佘爱珍昨日下午来献枪的事，也不好再瞒着鹤鸣了。鲁婉英便把昨天的事一五一十告诉周鹤鸣，最后分析说："两支枪太一样了，一定是她拿错了，不要紧的，找她换回来就是。"

"这么说，她一定是把两只枪在手里倒来倒去比较过了？"

"是的，比来比去比不出差别。"

"糟糕，你上当了！"

"怎么，这是只假枪？"

"不仅是个假枪的问题，情况危急，你快下楼躲一躲，快！"

"怎么啦鹤鸣？"

周鹤鸣贴近窗台向楼下一望：来不及了！妙香楼的四周早已布满了"76号"的特务。他再次催促鲁婉英："你快躲！躲到你姑娘们的房间去！千万别出来！"说着，自己迈开大步走出去。

天井里也已站满持枪的特务，所有的枪口都对准了正一步步下楼的周鹤鸣。与周鹤鸣面对面，吴四宝正满脸冷笑，手枪里压满了子弹，摇头晃脑上楼。两人在二楼楼梯口相遇，突然，周鹤鸣一伸手，把枪口顶在了吴四宝的脑袋上，同时对着身后的鲁婉英高声喊："不要来！与你无关！"

枪口顶在吴四宝的脑门上，吴四宝鼻孔里却喷出冷气："哼哼，小子，别给老子来这一套，玩把戏你他妈的还嫩了点吧？你难道不知道，你手里的玩意儿是个哑巴，你他妈的想吓唬谁？识相一点，老老实实跟我走！"说着，一扬手，"啪"一声打飞周鹤鸣的手枪，周鹤鸣也借势，一纵身飞出栏杆，跳下一楼天井，惊得楼上楼下的妓女们失声尖叫。

吴四宝仍站在二楼楼梯口没动窝，因为天井里全是他的人，周鹤鸣插翅也难逃。一番博斗，终因寡不敌众，周鹤鸣被特务们五花大绑。他抬头，只见鲁婉英又要往下冲，便再次高喊："别来！与你无关！"

吴四宝身体一横，堵住鲁婉英的去路。

"四宝！你想干什么？"

"七妹子，别喊叫，喊叫对你没好处！看在你面子上，也看在你干姐爱珍的面子上，四哥我对你已是大加照顾了，让你和这小子抱在一起又睡了一夜。知道吗，就为了叫你俩再做一夜夫妻，我的弟兄们，已在你们屋外冻了大半夜了，你不要不知好歹！"

"你放开我家鹤鸣，你为什么抓他？"

"我劝你放聪明些，少他妈管闲事！"

"我就是要管！他是我丈夫我为啥不管？"

"他是你丈夫？哼哼，你别再自作多情做大梦了！你这叫啥？你这叫寡妇梦到鸡巴，一场空！"

"吴四宝！"

"七妹子，你睁大眼睛看看，看看这姓周的小子他是谁？可惜了你的一片痴情，被这小子给耍弄了！你以为他真的对你有情有义？狗屁！他妈的他是个大骗子——你别打岔！听四哥把话给你挑明白，他，姓周的，这小子是个重庆分子，你听清楚了吗？他虚情假意来糊弄你，目的是把你这妓院，当成他最安全的藏身之地，好掩护他的破坏行动，你知道不知道，我们的大恩人冀干爹，就是这小子给打死的！"

"啊？"

"啊，你也知道'啊'一声了？还有，鄢绍宽，我的把兄弟黑老虎，都是死在他的枪下，你该不该恨他？"

"他，他……"

"他什么他，他根本不可能爱上你，你也不端盆凉水照照你的脸！"

"你，你说的都是真的？"

"别再糊涂了我的七妹子！要说情意，你我之间才叫真情意，对不对？你想想，若不是我家佘爱珍聪明，想出了个献枪调包计，从他手枪里找到了杀人证据，不知道他还会哄骗你多久呢！七妹子，别不知好歹，你得好好感谢我和佘爱珍！楼下的听着，给我绑紧了，带人，走！"

周鹤鸣一言不发，被吴四宝押走了！

鲁婉英像掉了魂，赶到楼下，一屁股坐在地上号啕大哭。哭自己命苦，好不容易遇上一个知心知己的男人，却原是一场梦！他周鹤鸣是怎么的了呀，拿着安安身身的日子不好好过，为什么要去当枪手？天啦，我鲁婉英为何这般红颜薄命，往后的日子怎么过？……

4

几日来，鲁婉英时哭时笑，院子里的"先生"们都爱莫能助，始终在身边照顾她的只有郑铁山和"小桃红"陶春花两个人。

陶春花服侍鲁婉英的生活。郑铁山不断地劝慰鲁婉英。

郑铁山说："婉英姐，你不要听吴四宝胡说八道，他的话你也相信？他说什么鹤鸣哥对你虚情假意，这是在挑拨你们的感情！大姐你想想，鹤鸣哥若真的对你是假意，为什么吴四宝来抓他的时候他要保护你？他一次次催你躲起来，一次次大喊'与你无关'，是为什么？他在喊给你听，也是在喊给吴四宝这些魔鬼们听，他怕的是连累了你。"

郑铁山又说："鹤鸣哥才是个真正的男子汉，危难关头挺身而出，好汉做事好汉当，努力保护别人。吴四宝抓他的时候，我就在楼下厨屋里，几次我要冲出去救他，都被他的目光严厉制止了。现在想想，他是对的。如果我冲出去，也只能是被他们抓走，多一个人落难，于事无补，现在谁来照顾你？鲁姐，他这是在为我着想，也是在为你着想呀！"

陶春花也从旁劝说："好姐姐，你把心放宽些，千万别哭坏了身体。留得青山在，不怕没柴烧，往后的日子还长着哩！"

仔细回味郑铁山的一席话，一幕幕往事在鲁婉英眼前浮现。从第一次见到周鹤鸣，到他被抓走，多少事，点点滴滴，是真情还是假意，只有当事人自己体味最深。郑铁山说得没错，刚来妙香楼时，鹤鸣他是被动的，鲁婉英心里也自然清楚。但是鹤鸣确实是个堂堂正正的男人。就算他当初进妙香楼是另有所图，是为了在这里找个安全藏身之地，但是，他一个大学生，一个风华正茂年轻有为并且是一表人才的未婚男子，抛弃了他美好的一切，在妓院里存身，他是为什么呀？仅仅是为了完成他的上司、他的重庆国民政府交给他的任务？也是，也不全是。细心想想他的一举一动，越想越明白他是个有理想有抱负的人。他忍辱负重，这一切的一切，都证明鲁婉英遇上的男人，不是个轻飘飘的男人！要说是设圈套，我鲁婉英就没设套？我请他吃饭，不是我设下的套吗？

再想想郑铁山这个人，越想越觉得难得的可贵。他说的话，他办的事，哪里是仅有一手沏茶绝活的"小茶壶"？难道说，他也是重庆政府派下来的人？他到这里当杂工，也是为了掩护身份？他编故事说他在大街上一头撞上了周鹤鸣，又假装为难，但最终还是把鹤鸣请进了妙香楼，这一切的一切，都是经过策划，精心安排的？

何不找郑铁山当面问问？

同患难共命运之际，郑铁山也就不再隐瞒什么了。他回答说："鲁姐，你猜想得不错，当时，我说我巧遇鹤鸣哥，我说他逃婚到上海，等等，都是为了演戏给你看，请你体谅我们的无奈之举。对我们来说，为了报国，为了完成收集情报和除奸任务，我们这样做也是迫不得已。鲁姐，现在我完全视你为自己人，就把一切全告诉你。鹤鸣大哥，他家并非大地主，他的父亲是我亲舅舅，是位手艺高超的裁缝，在重庆城内开了一家服装店，他积德行善，受人尊敬。我也不是长工的儿子，我的爷爷是中医，在老家永川县城开药铺。我父亲是教书人，他供我读书读到初中毕业。没想到，他父亲被日本飞机炸死了，我爷爷悲痛成病也离开了人世。我到重庆投奔我舅舅，又遇上日本鬼子的飞机轰炸重庆，我舅妈和我小表妹，她们，她们还没跑到防空洞门口，她们全都，全都……我表妹的两只胳膊全都被炸得飞上了天呀……"

"铁山，你别说了！"

郑铁山擦干泪水，讲起鹤鸣大哥为民除害的壮举。"鲁姐，你听我一层层来剥开冀墨清的画皮。他是怎么发家的？靠的是坑蒙拐骗祸害老百姓。单说他与日本人勾结贩卖鸦片这件事，就是罪恶滔天！贩鸦片，毒害的是中国人的身体，赚的钱又拿给日本人补充军费屠杀中国人，他有罪没罪？他充当"76号"的后台老板，他是个十足的卖国贼！再想想，你在他家当佣人，吃的是什么苦受的是什么罪？他两口子收你为干女儿，把妙香楼交给你，同样是拿你当奴隶为他们赚钱。你哪里是他们的'干女儿'，而是他们家的牛马。鹤鸣大哥毙了他，为民除一大害，人人拍手称快，都夸鹤鸣大哥是英雄，你也应当高兴啊！

"再来说说佘爱珍这个女汉奸是怎样害你的。她搜刮民财贪得无厌，连你这里的钱她也一骗再骗！她一口一声喊你'七妹'，但真把你当姐妹了吗？她要弄你，也歧视你，认为她才是人上人，而你是个下九流。可是我不这样认为，你今天的境况不是你自己造成的，包括这院子里的大多数卖身的人，都是被这个社会逼到这一步的。但是她佘爱珍不同，她是个自甘堕落的人渣！她和她的丈夫男盗女娼，连妓女也不如！陶春花想不明白，她曾经问我，日本鬼子为什么重用这号人？我告诉她，因为日本鬼子本来就是人类的垃圾，他们不依靠这号人帮他们为非作歹，又能依靠什么人？仅从这点来看，日本鬼子也必然要灭亡！人类垃圾若不被扫除干净，天理也难容！"

"铁山，好兄弟，我明白了，从今后我听你的，你要帮助我呀！"

"鲁姐，我帮你，也就是帮助鹤鸣哥和我自己。"

"好兄弟，你说，下一步我该怎么办？"

"你去找佘爱珍，一口咬定手枪是刚刚买的，叫他们放人！"

5

鲁婉英开始为救出周鹤鸣而奔走。

她知道吴四宝和佘爱珍在愚园路的住地，她一天一次，每晚都到愚园路，找佘爱珍要人。起初，佘爱珍还虚言应付几句，到后来，干脆闭门不见，并吩咐特务对鲁婉英进行威吓。

鲁婉英决定豁出去了，她要到"76号"，在铁门外喊冤，大骂吴四宝、佘爱珍两口子栽赃陷害她的丈夫。郑铁山急忙劝阻，说道："大姐，你这样去只能吃亏，我们还必须先在佘爱珍身上继续下功夫。我想好了一个办法，让她佘爱珍自己来妙香楼找你。"

"什么办法？"

郑铁山去买了几个生煎馒头，用《中华日报》当包装，叮嘱陶春花扮作馒头铺的送货人，把这报纸同馒头送到佘爱珍家，亲手交给佘爱珍，就说是一个名叫"鲁七妹"的买主委托叫送货上门的。若第一次送见不着佘爱珍本人，那就接着送，仍然用《中华日报》当包装。

鲁婉英不解："入口的馒头，为什么拿报纸包装？报纸一包，她还能吃？"

郑铁山回答："姐，你不是说过，佘爱珍最爱吃'沈大成'点心店的生煎馒头吗？我们给她送去，不是叫她吃，而是叫她看。"

"看《中华日报》？"

"对。这《中华日报》是谁在办？"

"是胡兰成呀！"

"胡兰成和佘爱珍的关系，假如被吴四宝得知……"

"我明白了！"

佘爱珍当晚收到用《中华日报》包装的馒头，心里直冒凉气。如果她和胡兰成的事被吴四宝知道了，胡兰成必会死得很难看。这可不是闹着玩的，无论如何也要稳住鲁婉英，不能叫她把事情捅出去！她一夜睡不安稳，第二天一早，先不到"76号"，而是直奔妙香楼。一进屋，就扭动着水蛇腰，一把抓住鲁婉英的手，一声声"七妹子"喊得亲热："哎哟七妹子，几日不见我可想死你了，你咋瘦成了这样子？凡事想开些，还有你四姐姐在哩！你看你多客气，还专门叫人给我送馒头送报纸，你的这份心意，我还能不心知肚明，我姐妹俩是谁跟谁呀？"

佘爱珍又装腔作势为自己辩解："七妹子，我对不住你，是我害得你们恩爱夫妻俩分离，就像天河隔开了牛郎织女，但我不是故意的！怪只怪我粗心大意，一番好心来给你送礼物，临走时咋就拿错了枪？你说你不买，我又舍不得白扔我的四千块钱，回'76号'后我就把那手枪退还给沈耕梅。谁想到她沈耕梅多事，也不知道她为啥，要把那枪交给日本人检查。日本人一检查，查出枪里装的还有子弹，那子弹又与打死冀干爹的子弹一模一样，你说你的周鹤鸣倒霉不倒霉？"

鲁婉英叮嘱自己，在佘爱珍面前千万莫哭！但是，一听佘爱珍道出"周鹤鸣"三个字，止不住的泪水还是哗哗流出来了："我家鹤鸣是无辜遭冤枉的！我家鹤鸣刚刚从犹太人手里买回一支防身枪，他怎知枪里的子弹跟你们要查的子弹是一样的？说不定是那个犹太人栽赃陷害呢？"

"七妹，你看这事，我也替你说不清呀！"

"那我就去见你家吴四宝，有话我跟他当面说！"

"好我的七妹，你莫急，听我把话对你说明白。你找吴四宝有啥用呢？他也是奉命行事，日本人和丁默邨、李士群叫他干啥他就干啥。这件事，还是你我姊妹之间想想有啥办法，叫你家鹤鸣少受点罪。"

"我就得靠你了，你要不为我想办法，我只好去找吴四宝！"

"办法总是人想的，活人还能叫尿憋死？你不要太过焦虑，你的鹤鸣他人还在，生还的希望还是有的……"

"我要进去看看他！一定要见着他的活人！"

"七妹，别伤心了，哭坏了身体四姐我心疼不心疼？我这就回去找丁默邨、李士群，替你们辩解。我就按你的话说，说那手枪和子弹都是才买来的，枪杀事件与你家周鹤鸣无关。我的辩解求情若成功了，叫他们相信了，七妹你也别谢我，这是姐妹们之间应该互相帮忙的事。我若辩解也不成功，求情也不成功呢，七妹，到那时，不怨天不怨地，也不怨你不怨我，那只能怨老天爷了！至于说你现在想进去见见周鹤鸣，这条要求，我会求丁默邨、李士群答应的，但你不能急，耐心等我的消息。"

第十四章　铁窗内外

1

郑苹如被转押在"76号"地下室牢房，由"母大虫"佘爱珍负责拷打审问。

佘爱珍就喜欢审问女"犯人"。她的手段多多，阴险毒辣。第一次对郑苹如"过堂"，她就动用了"点香"刑法，命令两个打手把郑苹如的上衣扒光，用香烟头烧她的胸脯……

"说！谁是你的领导人和联络人？"

尽管皮肉被烧得焦煳，血迹斑斑，但郑苹如拼死也要保护组织秘密，一口咬定"西比利亚皮装店"的枪击事件与政治无关，纯系郑苹如个人的报仇行为。

"报仇？丁主任与你何仇？"

"他人面兽心，表面上是招收我当他的日语翻译，骨子里却包藏贼心！"

"什么贼心？"

"原来他是想把我当作他讨好日本人的礼物，送给晴气庆胤！"

"你胡说八道！烟头！再给我烧！烧她的奶头！"

"姓佘的，你就是烧死我，也烧不掉铁的事实！不信你去问问丁默邨，为什么叫我一个小小的翻译陪他去参加宴会？赴宴喝酒，用得着翻译陪同吗？"

"就算你是为了报私仇，说，藏在皮货店门外的杀手是谁？"

"是我雇的青帮刺客！"

"青帮？几个刺客？"

"一个。"

"姓啥？叫啥？"

"姓'张'，名叫'张国震'。"

"放你娘的狗屁！张国震是我家四宝的弟兄，他能帮你杀人？"

"天底下同名同姓的人多的是！"

"他家住哪里？"

"不知道。"

"不知道？不知道你俩怎么联系？"

"按你们青帮黑道上的规矩，在他指定的地点联系。"

"在哪里？"

"兆丰公园。"

"兆丰公园的什么地点？"

"人工湖，湖边第二棵柳树下。"

"他多大年纪？长什么模样？"

"跟你家吴四宝一样大，长得也一样！"

"给我打！打死这个小妖精！"

2

就在郑苹如一次次受苦刑的时候，她敬爱的父亲郑钺老先生，正在受疾病的折磨。

女儿被捕之后，父亲才知道，年纪轻轻的好女儿，原来瞒着父母，在三年多的时间里，为了抗日，不知冒过多少次风险，做了多少她身为一个中国女儿应该做的事。他为此而自豪，为此而安慰。知子莫如父，他明白，女儿此一去就再也不能回还，她的生命已不再属于她自己，她的鲜血将为苦难的中国流尽。想到自己已年迈体衰，不能助女儿一臂之力，而女儿为了免除父母的担忧，多少苦多少难都独自一人承担！好女儿，你是怎样一步步走过来的呀！你今年毕竟还不满二十一岁呀！你在刀丛里寻找着光明，你在狼穴里忍受着屈辱，你所做的一切的一切，爸爸理解你，妈妈理解你，你的其他亲人们理解吗？你的祖国理解吗？

"死去元知万事空，但悲不见九州同。"人生是多么短暂，而短暂的人生又有多少无奈，多少遗恨啊！孙逸仙先生走了，黄克强先生走了，宋教仁先生也走了！他们都走得太早，中山先生走的时候才只有五十九岁！如果他多活二十年，或者，苍天有眼，只多给他十年的生命，中国的现在会是什么样子？大好的革命形势会毁于一旦，日本强盗会乘虚而入并越来越猖狂吗？"革命尚未成功，同志仍须努力"，中山先生，我尊敬的师长，你的英灵难安啊！你富国强民的理想何日才能实现？为了这理想，我把儿子送往抗日前线，现在他身负重伤无消息，而眼前我又将献出我的花季年华的女儿。我的多灾多难的中国啊，你还要我为你献出什么，你才能觉醒，才能挺立于东方？你回答我，回答我呀！

郑钺叮嘱妻子："华君，花子，我记住你的中国名字'郑华君'，同样我也记住你的日本名字'木村花子'。等战争结束，如果你有幸回日本，你要把你看到的一切，经历的一切，原原本本地告诉你日本的亲人们！我请他们记住，日本的屠刀，欠下了中国多少血债，也残害了多少有良知的日本人！"

3

胡兰成突然出现在江苏高等法院二分院，向首席检察长郑钺亮出"中央宣传部次长、《中华日报》主笔"的名片。

"郑检察官，很高兴见到你，我们是浙江老乡。"

"我也确听说过浙江出了个'大文人'胡兰成，能把你发迹的经历讲给老夫听听吗？"

胡兰成想不到郑钺会给他来这么一个下马威。他当然知道，他的发迹浸透了污秽之气。他是浙江嵊县人，但是有相当长一段时间他不承认自己的出生地，而是赌咒发誓说他生于奉化。因为蒋介石委员长老家在奉化，他与委员长是同乡，脸上多么有光彩！而自从他投靠汪精卫后，他就又"回归"嵊县了。

胡兰成的第一任妻子名叫"唐玉凤"，出生于农家，生有一儿一女。此时胡兰成在外地小学教书，他热衷于在年轻女老师们面前晃来晃去，言之凿凿地说他尚未婚配。不料他妻子突然有一天抱着孩子来学校看望他，他气急败坏，把妻子撵出门。

唐玉凤受尽屈辱，又因女儿夭折而悲伤成病，不久去世。胡兰成在小学校教书的日子中断，到杭州一家邮局当邮务工，没干多久被开除。身无分文，他住进了表哥的同学斯颂德家。斯家管他吃住，他却动了歪心思，不仅调戏斯颂德十六岁的妹妹斯雅珊，而且调戏斯颂德的庶母（时年二十三岁）范秀美。

胡兰成后来到广西南宁第一中学教书，盯上了年轻女老师李文源。厚颜无耻的胡兰成借给人"打赌"为名，突然袭击李文源，抱住她就亲嘴。此事引起校方和学生及家长们的强烈不满，胡兰成不得不离开南宁到百色，不久第二次结婚，妻子名叫"全慧文"，婚后也生育了一儿一女。

胡兰成早就巴望在政界出人头地，他有幸经人介绍为《柳州日报》当兼职编辑，给该报写文章大力歌颂蒋介石。可惜蒋介石从没看到过他的颂文，他是白费心机了。终于时来运转，有人介绍他给汪精卫属下的《中华日报》写稿。不久他就成为该报编辑。日军占领上海后《中华日报》停刊，胡兰成随社长林柏生一起到香港继续办汪氏报纸，报名《南华日报》。1938年12月29日汪精卫在越南河内发表"艳电"公开投日，胡兰成感到一鸣惊人的时机到了，连夜写出《战难，和亦不易》的长文，为"艳电"鼓与呼。第二天，汪精卫的"艳电"在《南华日报》发表，与之相呼应的重头政论"奇文"便是胡兰成（笔名"流沙"）的《战难，和亦不易》。

汪精卫对胡兰成这颗"政治新星"大加重用。胡兰成重返上海复办《中华日报》，身价百倍，因此把妻子全慧文的身份降为做家务带孩子的"老妈子"，娶了个比自己小十几岁的名叫"应英娣"的舞女为妾，暗中又与吴四宝的老婆佘爱珍苟且，如漆似胶，丑态百出。

胡兰成知道，如果在郑钺面前卖弄口才大讲汉奸理论，只能自取其辱。干脆什么弯子也不绕，直接抛出诱饵："郑检察长，我是受人之托，向你来转告，若想叫'76号'放了你女儿，也不是没有商量余地的。"

"条件是什么？"

"条件很优惠！首先，请你代替李士群，出任'法院同仁会'会长，士群非常乐意让贤于你……"

"接着呢？"

"接着请你准备到南京任职。"

"南京？"

　　"汪主席领导的新国民政府马上就要正式还都南京了，准备任命你为新政府最高法院院长……"

　　"胡大文人，我有一事不明，你能回答吗？"

　　"老前辈请赐教！"

　　"我听说你们'新政府'的国旗，加了一条猪尾巴？"

　　"郑检察官真会说笑话，那不是猪尾巴，而是一条由三个三角形组成的边旗。'猪尾巴'之说，完全是共产党的污蔑之词！"

　　"就按你的说法，姑且称它为'边旗'。加这条不伦不类的三个三角形，是何用意？"

　　"关于这个问题，晚生愿向你做宣传说明。加一条边旗，是为了适应国际国内形势，表明新政府的立场，因此在边旗上写了六个大字——反共，和平，建国！"

　　"如此说来，这条猪尾巴是'意义重大'了？可是你听过一首新民谣吗？——国旗竟有'犇'，例子确无前，贻笑全世界，遗臭万千年！"

　　"我再纠正一遍，是边旗，边旗！"

　　"边旗也罢，猪尾巴也罢，听说你们的汪主席起初也不愿加上它。他的如意算盘是，原封不动地盗用国民政府的青天白日国旗，以标榜他是'正统'的，但是你们的日本主子非逼他加一条猪尾巴，他哪敢不依？做奴才做到了如此地步，请问胡大主笔，还有什么可值得洋洋得意的？"

　　胡兰成被问得脸红脖子粗，但又不便发作。"郑老前辈，关于和平建国的宗旨，《中华日报》上发表过许多社评文章，道理讲得极为深刻。今日主和，在求国家独立生存。察国内外情势，宜和不宜于战。而吾中国之人，亦应有自知之明，必不能战胜日本。我们必须反对一种论调，这种论调就是当今所谓主战派，试问一个刚刚图谋强盛的中国，来与已经强盛的日本为敌，战的结果会怎么样，这不是以国家及民族利益为儿戏吗？"

"胡先生请住口，不要脏了我的耳朵！"

胡兰成终于忍不住了："我劝你要三思，因为你女儿的性命掌握在日本人手里！"

"做父亲的我，绝不背叛女儿！"

"告辞了！"胡兰成灰溜溜地落荒而逃。

4

郑华君走进日本驻上海"领事馆"，要与总领事见面。狡诈的总领事避而不见，指使书记官清水董三出面应付木村花子。

清水董三自诩为"日本文人"，他的"聪明"，他的"儒雅"堪与《中华日报》主笔胡兰成相比，因此胡兰成赞他是"终生知己"，他也夸胡兰成是"儒雅奇才"。

清水"彬彬有礼"，请郑华君入座，又叫人"上茶"。然后，打开话匣子，对着郑华君谈天说地。先说天气：今天的天气不错，最高温度9摄氏度，最低温度也不低于零度，是1摄氏度。接着说季节：按中国的农历历法推算，现在的节气大概在小寒与大寒之间吧？己卯年，也就是兔年，就要过去，庚辰年，也就是龙年，就要到来。噢，眼看就是1940年的春节了。我来到中国，从满洲到华北，又从华北到上海，前后过了七八个春节了呀！中国人说得好呀，每逢佳节倍思亲，我在异国他乡，能不思念我的家人吗？可是，我们不远万里来中国是为了什么？为了帮助中国建立大东亚共荣圈，为此，我们受一些辛苦也在所不辞。

接着，清水董三不容郑华君插言，大讲日本"皇民化"的"辉煌历史"和"重要意义"。他说："明治维新，幕府政府被推翻，重新确立天皇制度，日本民众也就从此被确立为天之骄民，无往而不胜。明治天皇顺应天意，以军事强国，先求日本本土之强盛，然后施恩于东亚各国，建立共荣圈。1894年，日、中两国一场'甲午战争'，我大日本帝国大获全胜，台湾、澎湖归于我手。1904年，日俄战争，日本皇军把中国的满洲从俄国人手里夺过来，成为"共荣"基地。1910年，朝鲜半岛又全部归入大东亚版图。1915年，袁世凯同我日本签订'二十一条'，中国有更多土地"荣幸"地进入共荣圈。自此之后，日本皇军更是节节胜利，无往不前。这是为什么？这是天意！这是天皇要我们这些日本皇民解救东亚，为东亚民众造福！木村花子，你身为日本籍女士，你不为你的帝国感到荣耀吗？你不该为建立大东亚共荣圈做出贡献吗？"

郑华君再也听不下去，冷冷地质问道："清水先生，我有一事不明，既然是为了'造福'东亚，为什么你们烧杀奸淫？为什么在南京制造惨绝人寰的大屠杀，让30万手无寸铁的妇女、儿童、老人死于你们的屠刀下？"

清水董三立即撕下"斯文"外衣，拍着桌子回答："胡说！你身为日本人，为什么也替支那人宣传？"

郑华君忍住心中怒火，不想与清水争辩，也不想再听清水饶舌，她说道："你们无故抓了我的女儿郑苹如，我以一个日本国民的身份，强烈要求，立即释放我的女儿！"

清水董三又摆出一副下三烂的嘴脸："你女儿犯了什么罪我不知道！堂堂日本领事馆也管不了这些事，要找你去找重光堂吧！卫兵，送客！"

5

找重光堂就找重光堂！为了营救女儿，你"重光堂"就算是刀山火海，郑华君也要闯一闯!

"重光堂"最高长官，被称为"中国通"的晴气庆胤与领事馆总领事不一样，他不仅不回避木村花子，反而对她的到来求之不得。她早就想见见这位东京的名门闺秀，看看她长的是什么美模样，不然，怎会生出一个倾国倾城的女儿?

一见到木村花子，晴气心里暗暗称奇：啊呀呀，花子果然是一枝樱花，虽已年过半百，并且面色苦愁，但仍掩不住她的端庄秀丽。见到花子，晴气就更加为郑苹如惋惜：为什么她是一个重庆分子呢，又为什么要发生圣诞节的枪击事件呢? 若不然，郑苹如就是重光堂之家的自己人，今天，站在我晴气面前的木村花子，就是另一番情形了!

"请坐请坐，喝茶喝茶! 木村花子女士，见到你我很高兴，欢迎欢迎! 你一定是为你女儿的事来找我的，对吧?"

郑华君回答："我女儿无故被你们关进黑牢严刑拷打，我要求你们放了她!"

晴气长吁短叹，回答说："唉，我也很同情她呀，我比你还喜欢她，还想救她一命，但是她罪孽深重，要救她，难呀!"

"请问晴气先生，我的女儿何罪之有?"

"她身为日本母亲的女儿，不支持大日本帝国的圣战，反帮助抗日分子与我们作对，她没罪吗?"

"苹如是我女儿，但她同时又是一个中国人，是中国人民的女儿，她为她的国家不受凌辱而做了一点她应该做的事，这算什么罪?"

"木村花子女士，关于这个问题，我们不要争论好不好? 中国有句俗语，叫着什么了? 噢，记起来了，叫作'话不投机半句多，酒逢知己千杯少'。花子女士，我希望我们之间应当发展为'千杯少'的关系，而不是水火不容的'半句多'。你坐，用茶，听我慢慢把话说完。你女儿虽然有深重的罪孽，但我仍想救她一命。不为别的，看在她是你女儿的分上，我也该救她一命。但是，这件事确实有许多牵制，叫我晴气一筹莫展，叫我日夜发愁呀！"

"晴气先生，请你把话说明白。"

"唉，我真的是爱莫能助呀！因为，她这次谋图暗杀的人，并非什么小人物，而是汪兆铭先生的政府要员丁默邨丁部长，案情重大，汪兆铭那里也十分恼怒，必欲置案犯于死地。汪先生政府的事，我不便干预。"

"晴气先生你太客气了吧？汪精卫的政府是谁的傀儡政府，他敢违背主子的旨意吗？"

"花子女士，你这话对汪先生有失恭敬，汪先生的政府是主权独立的、愿意与日本亲善合作的政府，理当受到我们的尊重！不过你也不必失望，中国有句俗语，叫作'事在人为'，就看我们为不为了！"

"晴气先生，请再把话说明。"

"那好，我就直话直说了。要想恢复你女儿的自由也很容易，靠你帮助我一起救她。我可以向汪兆铭先生和'76号'求情，让他们网开一面，同意你去看望你女儿。但是，你必须配合我，劝你女儿自首，彻彻底底，一字不漏地交代出她的同案犯，她的幕后指挥者、策划者。然后写一份悔过书，并在中文报纸和日文报纸上公开发表声明，宣誓支持建立大东亚共荣圈的圣战行动。花子女士，若能做到这些，苹如小姐不仅能获释，还能受到重用！我向你保证，到那时我把她接到我的重光堂，让她在我的身边当秘书，而你幸福美满的晚年也得到了保证，这样的事何乐而不为呢？"

郑华君什么话也不想说了，起身告辞。她明白了，在双手沾满鲜血的战争狂面前，是没有什么道理可讲的。

晴气庆胤殷勤地赶出去送客："花子女士，你考虑考虑，一定要三思而行！我立即就通知'76号'，让他们为你去探监提供方便，允许你们母女二人单独交谈。花子女士，中国有句成语说得好，'机不可失，时不再来'，你可要把握好机会呀！你等等花子女士！我派汽车送你回家！"

"谢谢你的'好意'，不必了！"

晴气庆胤当然巴望他的如意算盘能实现，到那时，郑苹如就成了他的秘书了。但是，想不到木村花子母女却没能叫他的梦想成真。为此他耿耿于怀，好不失落。直到日本宣布投降，他躲过惩罚跑回日本后，还在"回忆录"里写到这件事："妖艳的重庆白蛇、蓝衣社女间谍郑苹如最终也未能逃脱被送上祭坛的命运。我不知为什么，很想救她，哪怕是免她一死也好。我也深知她罪孽深重，可总想救她一下。我之所以产生这种心情，也许因为她是日华的混血儿吧，在她身上流着日本人的血。她虽死有余辜，但为了她那位日本籍的母亲，我也想请求饶她一命。我与李士群商量，设法寻求一条可免她一死的活路。但是，李士群哭丧着脸说：'其实，我也想尽了各种办法，但都行不通。丁默邨怎么说也不答应，汪兆铭先生也下达了关于执行死刑的命令。我已是无能为力了，要是你能给汪兆铭先生打个招呼，或许会有好处。'我虽然可怜她，但一想到汪兆铭政府会发生动摇，也只得无能为力了。"

当然，晴气的这一派谎言只能哄骗他自己。说什么他想救郑苹如一命而没救成，事实是，正是他这个"太上皇"向'76号'下达了死命令：郑苹如招认并反省，交重光堂亲自处理，否则格杀勿论！

晴气庆胤在他的文章中也写了几段真话："郑苹如巧妙地钻进了日本军内部。南京的中国军总司令部二课的一位参谋和上海第十三军司令部的一位年轻大尉参谋，都被她欺骗。她'提供'的重庆情报和蓝衣社情报以及抗日游击队动向的情报等，正是当地日军求之不得的。两位单纯的参谋不问情由地轻信了她，做梦也没想到她以这些来历不明的假情报为诱饵，换取了日本军宝贵的最高机密情报。"

仅从晴气对郑苹如的这些"揭发材料"之中也不难看出，郑苹如为抗日救国所做的工作，远不只是深入虎穴除奸。她的贡献，还有许多没被记载，她是一位真正的无名英雄。

可叹的是，连日本特务头子也认定郑苹如是"蓝衣社女间谍"并惊叹她的战绩，但是郑苹如的直接联络人却竭力抹杀她的作用甚至昧着良心朝她身上泼脏水，怎不令后来人们越想越心灵难以平静？

第十五章　寒冷的春天

1

胡兰成在郑钺面前碰了一鼻子灰，越想心里越觉得窝囊，因此他决定亲自见见郑苹如，从她身上开刀取胜，赢回脸面。

郑苹如被带进审讯室，胡兰成摆出"怜香惜玉"的神情，起身迎接："郑小姐，受苦了！是谁下手这么狠，打成了这个样子？"

接着胡兰成介绍自己的身份："我是胡兰成，《中华日报》的主笔。身为一个读书人，我反对使用刑法，特别反对对一时迷途之人动刑。"

郑苹如用沉默作回答。

胡兰成不相信他说动不了面前这个尚不满二十一周岁的女大学生，装出痛心万分的样子："郑小姐，悬崖勒马，为时未晚，我在这里提前向你发出邀请，如果你同意恢复自由，那就请你到我报馆当记者。"

郑苹如仍是一言不发。

胡兰成并不着急，他心中早已一遍遍打好了腹稿："郑小姐，你在西比利亚皮货店的那场戏演得精彩，令我胡某钦佩！身为文人，兰成我时时产生创作的冲动，想把你的这段故事再现，用小说的形式写出来。但是，凭着我善良的愿望，我要把这段故事彻底改写，惟其如此，才会有美妙的结局，才是一篇传世的美文！"

郑苹如的眼睛望着窗外的一块天空。她被关在地牢里，已久久不见蓝天了。

见郑苹如始终不搭腔，站在胡兰成身边的佘爱珍不耐烦了："胡部长，快把你的美文小说讲给她听，她愿不愿按你的指引去做，就看她想不想保命！"

"佘处长，请你少安勿躁，我相信，郑小姐听了我构思的小说，定然会茅塞顿开！"

"那你就快说吧，我在外头等着，皮鞭也在等着！"

佘爱珍出去了，胡兰成靠近郑苹如两步，脸上现出甜腻腻的笑容："郑小姐，青春多宝贵呀，一朵刚刚开放的花朵，谁忍心看她顷刻间凋零？政治不属于美女，爱情高于一切。请听我为你改写的故事吧！故事理所应当是这样发展的——一位年轻漂亮的女大学生，受了重庆分子的妖言蛊惑，叫她拿生命做儿戏，接近一位中央政府的社会部部长。这位部长从事和平建国事业，令人尊敬。重庆分子指使这位女大学生参与暗杀部长的行动。他们叫女大学生领着部长进商店购物，重庆分子的杀手就布置在商店门外。但是，女大学生终于在关键时刻改变了主意，决定再不替重庆分子卖命！因为她知道，部长是非常非常爱她的，她也应该投桃报李！爱情是高于一切的，让重庆分子见鬼去吧！爱情才是千古绝唱，爱是不问年龄差距也不问理由的……"

无论胡兰成怎样把口舌费尽，郑苹如仍是一言不发。佘爱珍在门外已等得不耐烦了，一头冲进来对胡兰成吼叫："别给她啰里啰唆讲才子佳人小说了！来人！给老娘鞭子伺候！"

2

暗无天日的地牢里走进一位少妇。她眼前是一片漆黑，止不住呼唤道："苹如妹妹，你在哪里？"

"逸君姐，你怎么来了？"郑苹如拖着铁镣迎向唐逸君。

"妹子，你怎么被打成这样？"

"别为我难过逸君姐，他们为什么让你来看我？"

"是他们逼我进来的，叫我劝劝你……"

"劝我什么？"

"妹子，你放心，我是绝不会听他们那一套的。我答应他们，是为了借机进来看看你，我想你，你要挺住呀！"

"你家熊先生他好吗？"

"别提，别提他了……"

"请你代我向他问候，希望他早日重返抗日前线，多多立功！"

"妹子，你别提他了！我羡慕你，真的。无论是生还是死，你都令我羡慕和敬佩。这是我的心里话，你相信吗？"

"逸君大姐，谢谢你……"

"苹如，我要告诉你一个不幸的消息，你哥哥的战友周鹤鸣，他……"

"他怎么了？"

"他也被抓了，同样也被关在这'76号'的黑牢里。"

受尽酷刑的郑苹如从未掉过眼泪，但是此刻，得知鹤鸣大哥也被捕了，不禁潸然泪下。

唐逸君忙说："妹子，日本人叫我来劝你投降，我乘机会来看你一眼，也顺便告诉你周鹤鸣的消息。他被打得好惨，血肉模糊，可是他就是不低头！他才是真正的男人啊！"

苹如并不知道熊剑东已成为日本人的一条狗，因此对今日唐逸君的出现感到不解，于是又问一遍："逸君姐，熊先生好吗，他重返抗日前线了吗？"

"苹如，真的别提他了，永远别提他了！"

有什么样的背叛，能比熊剑东这条癞皮狗的背叛更无耻更令人发指？熊剑东后来也知道了，妻子为救他而忍受屈辱，被丁默邨、李士群、周佛海这三个人都欺辱过，但是他现在却同这三个恶魔称兄道弟沆瀣一气，不以为耻反以为荣。

唐逸君也看过《良友》画报于"七七"事变的当月出版的那一期"抗日专号"，知道这一期的封面人物是郑苹如。她当然也理解编辑们的用意——战争，让女人走开！这不是一句普通的口号，而是一个民族一个国家自强自立自信，充满阳刚之气的宣言！可是看看今日之中国，积贫积弱，到了病入膏肓的地步。豺狼乘机来犯，有多少母亲和姐妹在为苦难的中国挡子弹，可是那些被吓软了四肢的伪男人们在做什么？

"唉！"唐逸君一声叹息，自言自语说道，"说什么战争让女人走开，谁料到却是在让女人流血又流泪啊！"

苹如已彻底明白了，汉奸队伍里又多了一个熊剑东。多么悲哀啊，我能对逸君说些什么呢？

沉默良久，苹如终于开口："逸君姐，别难过也别失望，汉奸走狗可耻，十恶不赦，但是他们不能代表中国人。中国实在太贫弱了，可是希望仍然扛在中国男子汉们的肩上！你读过咱中国铁军八百壮士誓死坚守四行仓库的连续报道吗？"

"读过读过，一篇一篇含着热泪读！"

"逸君姐，我告诉你吧，我身在这牢房里，仍然天天在唱这支歌，在心里无声地唱，用我的生命歌唱……"

歌声仿佛在耳边响起，字字含泪，声声在呐喊！

中国不会亡，

中国不会亡，

你看那民族英雄谢团长；

中国一定强，

中国一定强，

你看那八百壮士孤军奋守东战场！

四面都是炮火，

四面都是豺狼，

宁愿死，不退让，

宁愿死，不投降，

我们的国旗在炮火中飘荡！飘荡！

歌声在心里响过几遍，唐逸君和郑苹如又陷入深思，相对无语。

眼见限定的探监时间就快结束了，唐逸君终于下决心，向郑苹如透露一些消息，开口说道："苹如，你最早是被关在忆定盘路37号，是吧？"

郑苹如应道："是的，37号。"

"妹子，你可能不知道，你关在那里时，你牢房的隔壁屋子是棺材仓库，守棺材的人是个和尚。后来，'37号'的人发现那棺材仓库和关你的牢房之间出了问题。"

"什么问题！"

"有几块砖被撬松了。'37号'的人就怀疑有人想劫狱，并且认定守棺材的和尚最可疑。"

"啊？"

"他们立即抓了和尚，用尽刑具拷打，和尚咬紧牙关，临死也没吐半个字……"

"他叫什么名字？"

"不知道。我哪敢细问。这事'76号'的人也马上知道了，他们就怀疑上了另外两个人。"

"哪两个？"

"两个脚夫，一个二十多岁，一个和你年龄相仿，二十出头。他俩送棺材进过'37号'。"

"为什么怀疑他俩？"

"就在他俩送棺材那天，百乐门舞厅门外也出了事。吴四宝的一个诨名叫'黑老虎'的兄弟被两个脚夫给打死了，用的是无声手枪。有一个'76号'的人，当时远远地见到过这两个脚夫。"

"'76号'的人有什么行动？"

"他们当然不会善罢甘休，乱抓了好多人，也枉杀了好多人。现在他们抓到了周鹤鸣，就把周鹤鸣视作了百分之百的嫌疑人。可是周鹤鸣到底是个顶天立地的男子汉，老虎凳竹签子都奈何不了他！"

"我知道了，我心里什么都知道了！"

"苹如，我该走了，你要保重啊！"

3

苹如的母亲郑华君也走进了黑暗的牢房。

敌人允许郑华君探监，条件是她必须劝说女儿投降。郑华君心里自有主张，生离死别，她不能放过与女儿最后见面的机会。

母女二人在黑漆漆冷冰冰的地牢里相见，肝肠寸断，抱头痛哭……

"妈，他们为何同意你探监？"

"苹如，你放心，妈心里一切都明白。"

"妈，爸爸好吗？"

"爸好，爸嘱你保重身体。"

母亲不忍心把丈夫的真实情况告诉女儿。敌人派巧舌如簧的汉奸文人胡兰成出面劝丈夫投降，目的未达到。敌人不死心，日本高官亲自出马，又是引诱又是威胁。老夫妇二人商议，让丈夫离开上海，或到重庆，或到苏北。可叹丈夫因为女儿伤心身体极度虚弱，加上敌人戒备森严，丈夫现在寸步难行。

"妈，弟弟妹妹也好吗？"

"他们都好，你不要牵挂。"

"妈，你能不能想办法再来看我一次？"

"我想办法！你需要妈妈把什么东西带给你，快说。"

"你把我海澄哥那年从部队回上海时，给我买的那件天蓝色呢子大衣带来。还有鹤鸣大哥送给我的绿松石项链，也一并带来。再有，一条纯白色的围巾，一套干净的内衣，一盒化妆品，一瓶香水。妈妈，我要给自己化好妆，质本洁来还洁去……"

"女儿呀！我的好女儿！总有一天，我会告诉我的那些热爱和平反对战争的日本亲友们，我，日文名字叫'木村花子'，中文名字叫'郑华君'，我的女儿郑苹如，她不仅是中国人民的好女儿，也是日本人民的好女儿！"

"我还有一件事托付妈妈。"

"说吧，孩子。"

"鹤鸣大哥也被抓进来了……"

"我已听说了……"

"他也必定会为国捐躯。我听郑铁山说过，四川人恋故乡，入土为安。铁山一定会想办法，送鹤鸣大哥的灵柩回家的。"

"但愿回乡之路顺利……"

"妈，我无以报答鹤鸣大哥，我把我这只普普通通的发卡交给你，你，你交给铁山，让我，让我这支发卡，作鹤鸣大哥的，作鹤鸣大哥的陪葬物……"

"苹如，不哭，不哭……"

"妈，我不哭，你也别难过！"

"是，妈也不哭……"

"妈，你转告铁山，说我感激他问候他，望他多保重，好好活着！只有好好活着，才能年年清明，去给鹤鸣大哥扫墓……"

"苹如我的好女儿，别哭了别哭了……"

"妈，我俩一起唱支歌好吗，在心里无声地合唱。"

"你想唱哪支歌？"

"还记得我小时候，你教我唱的日本歌谣《樱花》吗？我好喜欢这支歌！"

"苹如，你就是一朵花！是中国的红梅花，也是日本的樱花！"

母女二人紧紧抱在一起，歌声无声似有声，飞出黑牢，在天地间回响：

　　樱花啊！樱花啊！

　　暮春时节天将晓，

　　霞光照眼花英笑，

万里长空白云起，

美丽芬芳任风飘……

4

1940年，2月7日，农历己卯年除夕。

天气出奇的冷，阴风惨惨，像是要钻透每个人的骨髓，吹干每个人身体内的血液。

正午时分刚过，黑云更是布满了天空，那低垂的天，仿佛就要坍下来！

牢门被咯咯吱吱拉开了，林之江出现在门口，一脸奸笑，阴阳怪气说道："郑苹如，郑大小姐，我这里恭喜你了，今天是大年三十，皇军命令我，放你出去，白相白相！"

郑苹如心里明白，与亲人们永别的日子到了。

"你先出去，我要换衣服，化妆。"

"哼，都什么时候了还化妆？等会儿出去，慢慢对着土地爷化吧！"

"少废话，出去！"

"出去就出去，死到临头你打扮给谁看？"

郑苹如关了牢门，从容不迫化妆，苍白的脸颊又显出了红润。穿好大衣，系好围巾，再在身上洒一洒香水。最后，她把生日项链挂在胸前，检查每一个链扣是否牢靠。定一定神，她心里说道：亲人们，别了！

走出牢门，郑苹如第一眼见到的是两个幽灵一样的日本军官，一个是"76号"的"太上皇"涩谷，一个是日本宪兵队沪西分队队长横山。她明白了，她是日本"皇军"眼中的要犯，因此，今天他们要亲手除掉她年轻的生命。

林之江把郑苹如推上日本军车，全副武装的特务随之一拥而上，前后左右用枪口对准郑苹如。接着，凶神恶煞的涩谷和横山坐进了驾驶室。

军车不敢经过租界区，害怕有人劫车，只在"沪西歹土"地带兜圈子，忆定盘路，愚园路，极司菲尔路，最后，来到距徐家汇火车站大约两三里的一片荒郊野地。这里，早已挖好一个深深的大坑。

寒风中，郑苹如一步步走向大坑，抬头望一眼天空。天空乌云密布，不见一线云缝，该是有一场暴风雪就要来临了。

"站住！"涩谷在郑苹如身后用日语吼叫道，"你的，还有什么话要说？"

郑苹如的目光仍对着苍天，用中国话喃喃自语："明天就是新年了！"

"什么？你说什么？用日文再说一遍！"

有什么话，值得对这些人性丧尽的"皇军"可说呢？面对受难的中华大地，郑苹如突然想起郁达夫叔叔作品中的那几句话，于是在心里放声高喊：祖国呀祖国！你快富起来！强起来吧！

"你刚才说什么？再说一遍！"涩谷又一声鬼哭狼号。

郑苹如镇定地回答："打得准一点，别把我弄得一塌糊涂。"

这便是郑苹如留给人间的最后一句话，说得多么平静。

横山歇斯底里地向林之江吼叫："还愣着干什么？开枪！开枪呀！"

林之江举起枪，两手不住颤抖……

"笨蛋！"横山和涩谷一起端起冲锋枪，比赛杀人，连开数枪。

一只美丽的白天鹅，倒在了大地的怀抱。那血，那年轻的、纯洁的，像火一般在燃烧的鲜血，一滴滴，一点点，融化了冻土里的冰凌，又同冰凌凝结在一起，埋藏于土壤的深处，等待着，等待着春暖花开的日子到来，去滋润万物的生长……

一个日本军曹胸挂照相机，对着郑苹如的遗体，从各个角度拍照。因为晴气庆胤下了命令，执行死刑后必须把郑苹如尸体的照片拿给他"欣赏"，以解他对一个有日本血统却反对"大日本皇军圣战"的女子的"充满了困惑"的仇恨。

横山走近，向尸体望几眼，发现郑苹如脖子上戴有一条项链，是只有中国才有的绿松石项链，便命令林之江跳下坑，把项链取下来交给他。可是林之江无论怎么费力，那项链就是解不开取不下。突然一阵狂风刮起，直扑横山，沙石如箭射进他眼睛。他吓得两腿发软，慌忙命令林之江作罢，又命令特务们快埋人，埋得越隐蔽越好，别叫人发现郑苹如的遗体。

第十六章　一江春水向北流

1

又一包生煎馒头送到愚园路佘爱珍家里，包装纸仍是《中华日报》。佘爱珍心里狠狠地骂道："妈的，这可怎么办？"

佘爱珍心急火燎去见情夫胡兰成，把鲁婉英用《中华日报》包生煎馒头的事——道来。平常在众人面前总是装出一副儒雅文人模样的胡兰成，在情妇面前无须演戏，露出流氓无赖的真面目，破口大骂鲁老七。然后他给佘爱珍出主意说，他娘的，姓鲁的这个婊子头，她明知道你救不了她白马王子的小命，可是她怎么这般要挟你呢？她只不过是想在姓周的小子见阎王爷之前，再见他一面。哼，这个鲁老七，倒还是他娘的有情有义啊！

佘爱珍说："有情义无情义与你何干？你快放个屁，这事咋办？"

胡兰成说："我的爱珍，你慌个什么呢？她叫你吃报纸包馒头，你就不会一报还一报，在纸上画他娘个烧饼给她吃？"

佘爱珍问："咋样给她画饼充饥？"

胡兰成答："你去丁默邨面前说几句话，叫丁默邨点头同意，安排鲁老七同姓周的见见面。见见面咱怕他们什么呢？他俩的小命都捏在我们手掌心里。"

佘爱珍说："太便宜姓鲁的婆娘了。"

胡兰成说："你不便宜她，你家那个蠢夫会便宜我胡某？"

佘爱珍突然抹眼泪，说道："我的'胡某'，爱珍我把心肝都掏给你吃尽了，你今后可别再玩其他女人了！"

胡兰成暗自一笑，把佘爱珍搂在怀里，甜言蜜语安慰了一番。

佘爱珍按胡兰成的授意拜见丁默邨，献言道："丁主任，我看周鹤鸣这个人，是个可用之材。妙香楼的鲁婉英和他柔情难断，我们何不妨把鲁婉英弄来探监，叫她替我们劝说周鹤鸣投靠我们？"

说完这话，佘爱珍把眼睛盯着丁默邨的猴子脸，生怕他不答应。

丁默邨的回答却出人意料的爽快："行啊！周鹤鸣是个神枪手，若能劝得他归顺，你佘爱珍又立一大功！"

佘爱珍来到妙香楼，拍着巴掌说："七妹，四姐是特意报喜来了！我费尽了口舌，还替你送了几次厚礼，才总算求得丁主任点头，同意你去看望你的心上人了！"

不料鲁婉英却是不领情，一脸的冷冰冰："算了，我改变主意了，不想去探监了！"

"哟，这是为啥，七妹？"

"我光是去看一眼有啥用？反倒惹得我们两口子都伤心，倒不如不见面。"

"那，你想咋办？"

"我倒是有想法，就怕四姐你做不了主。"

"你说，说出来听听！"

"你们想不想叫我家鹤鸣跟着你们干？"

"想呀！他若能投'76号'，我俩不更是亲姐妹？"

"我家鹤鸣若入了'76号'，你能不能替我求求四宝，给我家鹤鸣一个分队长当当？"

"行行行，我们姊妹之间，这事还不好说？"

"那我就去好好劝说我家鹤鸣。"

"那好呀，那就去探监呀！"

"探监不行，探监我不去。"

"不探监你怎能跟他见面？"

"探监见面，那叫啥样的见面？被你们拿枪看着我俩，叫我俩咋说私房话？你说，劝人回心转意，是三言两语的工夫吗？"

"那你的意思？"

"真想劝他回头，你们就莫再对他动刑，去了他的脚镣手铐……"

"这个不难，我现在就可做主！"

"再给我一个房间，做我俩的洞房……"

"啥呀？"

"四姐别急，听七妹把话说完。我说洞房，是在你们'76号'设一间单独的牢房，把我和我家鹤鸣关在一起……"

"七妹，你想得好浪漫哟！"

"我就猜到你不同意！你这个人，一点儿也不诚心！"

"不是我不同意，这么大的事我可当不了家！"

"那就只当我没说！"

"七妹，你也别生气，我这就回去向上峰请示，说服他们同意你的要求，好不好？若说服不通，下一回，你可千万千万别怪罪我了！谢谢你的生煎馒头，四姐我吃不下了！"

气急败坏的佘爱珍又向情夫讨主意，说，臭娘们鲁婉英异想天开，要求把牢房变洞房……

没等佘爱珍说完，胡兰成便拍手大笑，然后说道，什么他妈的洞房？洞房也是他们的牢房，牢房也就是他们的洞房！我来出面给丁默邨打个招呼，满足鲁婆娘的要求，就挑一间牢房当洞房，让她和姓周的在这奈河桥边的洞房见面。

胡兰成把鲁婉英的请求告诉丁默邨，丁默邨也是晃着脑袋大笑，笑得讥讽又淫荡，说道："哈哈哈，都说婊子无情，没想到鲁老七竟这么痴情啊，哈哈哈！"胡兰成说："我们正好利用她这一点，就给她布置一间'洞房'，让她见姓周的，劝说姓周的投降我们！"丁默邨说："说实话，周鹤鸣还真是一个情报奇才，万里挑一的神枪手，日本人也叫我想办法把他弄过来，不然他早没命了。也许鲁婉英真能帮上大忙，哪个人不贪图富贵荣华？牢房变洞房，太容易了，我立即命令，把周鹤鸣从地下黑牢转到地上普通犯人牢房，暂时卸了他的脚镣手铐。"胡兰成补充说："把牢房真的弄成个洞房的模样，置一张木板床，床上放两个枕头……"

"哈哈哈！哈哈哈！"两个汉奸面对面大笑，笑得前仰后合。

佘爱珍的一颗悬着的心回到了肚子里：太好了，不用再吃"生煎馒头"了！

2

在"洞房"里，周鹤鸣见到鲁婉英，心里好不诧异："婉英姐，他们这是在唱什么戏？为什么卸了我的重镣把我俩一起关进这样的房间？"

鲁婉英喊一声"鹤鸣"，半天说不出话来……

终于擦干了泪水，鲁婉英向周鹤鸣讲述了这些日子来她与佘爱珍的斗智斗勇。周鹤鸣明白了，婉英是想在他告别人生之前，再陪在他身边一两天。

"婉英姐，难得你的一片苦心啊！"患难之时重逢，周鹤鸣也把自己的心里话倾诉给鲁婉英："婉英姐，在我生命的最后时刻，又能见到你，感谢上帝给了我这次机会，不然我临死之前也不能向你表达歉意。姐，我曾经对不起你，虚情假意应付你。组织上这样安排，我不得不服从。我是一名中国军人，军人以服从命令为天职。可是我的心里在流泪。我觉得我牺牲的东西太多太多了！国家遭此大难，百姓的日子太难熬了，我不能不为国家效力！进入妙香楼，我与铁山弟表演双簧，演给你看。说实话，我恨过你，恨你毁了我的青春和爱情。但是后来，我渐渐了解了你，知道了你的经历和痛苦，读懂了你的内心世界。今天你又用这样的方式来看我，我更感到有愧于你！"

鲁婉英忙回答："鹤鸣，快别这么说，难得你今天把这些话都说给我听！要说虚情假意，我也曾同你一个样。我当初骗你进妙香楼，也没指望过我俩能长久，我只是想拿钱养一个白相人，替我挣挣面子。谁知我迎进来的是一位英雄儿男！你所做的一切一切，我都亲眼见了，亲身经历了，我鲁婉英多么有幸啊！我自小在青楼长大，我就是一块玉石，也被染缸染脏了啊，何况我不是玉石，只是一块石头。自从认识了你，还有铁山小弟，我活得才有了人样。鹤鸣，你为了救国，连命都不顾了，老天爷为啥这样可怜我眷顾我，让我能和你这样的人有一段缘分？鹤鸣，我感谢你都来不及啊！"

鲁婉英泪如雨下，一滴滴洒在周鹤鸣的胸前……

"鹤鸣，郑苹如小姐的壮举，铁山都告诉我了。想想苹如，比比我自己，我才更明白，一个人应当怎样活在这世界上……"

"苹如的哥哥嘱托我保护他的家人，可是我……"

"鹤鸣……"

"我好恨，恨我不能像海澄一样，真刀真枪上战场！"

"别这么想鹤鸣，谁能说你不是英雄战士？"

"日本人屠杀了苹如，他们杀害的不仅是中国人的女儿，也杀死了日本人的女儿！苹如是中国母亲的骄傲，也是日本母亲的骄傲！那些连禽兽都不如的日本法西斯分子，在郑苹如烈士的面前，应当无地自容！"

第二天，一大清早佘爱珍就来敲门。鲁婉英责怪道："四姐，你咋这样不讲人情，这么早就来拆散鸳鸯！"

佘爱珍说："别尽顾着卿卿我我，把大事忘了！"

鲁婉英把嘴一噘："四姐你也太性急了吧？再等一天，明天我给你回话。"

3

次日一早，鲁婉英准备走出牢中的"洞房"。诀别的时刻就在眼前，她突然双膝落地，跪在鹤鸣面前。

"婉英，这是怎么了？快起来！"

"鹤鸣，你是我的天神，请你受我三拜！"

"婉英，你是一个好人，我谢谢你，真心感谢！"

"鹤鸣，到了这时候，有件事我要告诉你……"

"姐，什么事你说！"

"鹤鸣，我们俩已经有了小生命了！"

"啊？真的吗？"

"真的，我请医生看过了，怀上已有一个多月了。鹤鸣，你放心去吧，孩子不管是男是女，我都为他取名叫'周小鹤'……"

回到妙香楼，鲁婉英急忙筹钱，与郑铁山商议安排周鹤鸣的后事。

到这时，丁默邨和胡兰成才明白，他们被鲁婉英给耍了！什么牢房变洞房，什么牢房浪漫，什么在"洞房"里从容耐心地劝周鹤鸣投向日本皇军，全是谎言，她的真实目的是从容地与周鹤鸣诀别，在死神面前一吐衷肠！胡兰成摇头晃脑叹息，想不到想不到，鲁婉英这个丑婆娘如此多情，在牢房里演了一出《玉堂春》！

"去他娘的个玉堂春！我马上报告日本人，立即杀掉周鹤鸣！"

丁默邨本来决定用对付郑苹如的办法对付周鹤鸣，枪杀后埋进大坑，让他的亲属死不见尸。但是佘爱珍忙向他献计："不！叫鲁婉英来收尸，趁机大敲她一杠子！"

丁默邨连连点头："是呀是呀，这样的银子不要白不要！"

周鹤鸣牺牲的地点也是在沪西的一片野地里。子弹打穿了他的胸膛，但是他的面容平静，嘴唇边还似乎藏着浅浅的微笑。当天，郑铁山便陪着鲁婉英前来收尸。铁山立在鹤鸣哥遗体前，观察周围环境。南边是一片桃林，北边有一潭芦苇荡。向东远眺，隐隐约约可望见徐家汇火车站的影子。西边，也有一座围满芦苇的水塘，连着大片的麦地。水塘边有一棵大树，像是一棵槐树，满树的枝丫指着天空，在乍暖还寒的初春季节，孕育着新的生机。郑铁山心里在说：也许，苹如姐姐也是倒在了这里，她的一腔碧血和鹤鸣哥的鲜血就洒在一处，那一棵老槐树应记得这一切。

鲁婉英将鹤鸣的灵柩送到了蜀乡公所，抚棺长哭。多少往事，一幕幕又涌现在眼前。她想为鹤鸣写一副挽联，但是任何语言也难以表达心中的哀思，不禁便想起鹤鸣曾教她背诵的唐诗，不由得肝肠寸断，提笔写下，就算是送给亲人的挽联："君问归期未有期，巴山夜雨涨秋池，何当共剪西窗烛，却话巴山夜雨时。"

一件特别的陪葬物久久被鲁婉英捧在手心，是郑苹如烈士留下的发卡。一只普通得不能再普通的发卡，却比任何珠宝都贵重！她用丝帕包好这只发卡，放进鹤鸣的棺木内。

春寒料峭薄云天，在十六铺轮船码头，鲁婉英为郑铁山送行。铁山要护送鹤鸣大哥的灵柩回故乡，然后他将从重庆到西安，再从西安奔赴延安。就要分手了，郑铁山取出一件礼物送给鲁婉英：一枚精致的玉观音项坠。鲁婉英忙说："铁山弟，这么贵重的礼物我怎么能收？"郑铁山答："收下吧，愿观音菩萨保佑你们母子平安。大姐，黑暗总会过去的，我们后会有期！"

鲁婉英也叮嘱郑铁山一路走好。她说："铁山，你放心，再大的难处，为了我肚子里的孩子，我也要咬牙撑下去。你走后，'76号'是不会轻易放过我的，我想好了，趁早离开妙香楼，躲开他们的暗害。铁山啊，不管你走到哪里，记住你这个不争气的婉英姐姐啊！"

"婉英姐，别哭！我们一定还会再见面！

"铁山弟保重啊！记住苹如的嘱咐，好好地活着！"

汽笛一声接一声。滔滔黄浦江，一江春水向北流，然后掉头东去，与长江汇合，一往直前奔大海。鲁婉英久久伫立于码头目送周鹤鸣的灵柩远去，但只见轮船船尾，那两道被切开的白浪，像是两匹飘动的白绫，不停地，在为浦江擦拭着滚滚的泪花……

4

1940年夏天，佘爱珍借着到理发店做头发为由头，在公共租界内演出了一场闹剧，又为日本人立了一大功，也为齐纪忠迅速成为"76号"的成员开启了一扇"方便之门"。

愚园路是汉奸们的天堂。这里的日本宪兵多，汉奸特务多，可就是高级商店不多。为此，佘爱珍早就感到不方便也不舒心。从愚园路往东走，其实并没隔多远的路程，便是公共租界的静安寺地段，那里才真正称得上是"十里洋场"的繁华商业区。佘爱珍购物，照相，做头发，当然要选择静安寺地段。但是，每来一次，心里就要窝一肚子火。因为是租界地，进入不方便，汽车不许进。保镖不许进。身上带的枪支更不许进。

日本人和"76号"的特务们早就对租界的这种规定恨得咬牙切齿，因为这样一来，不仅购物玩要不方便，进租界"执行任务"更不方便。佘爱珍早就在谋划，要改变这种现状，要为日本人立一个大大的功劳。

这一天，她到静安理发店做头发，蓄谋已久的行动开始实施了。

以往，她到静安寺地段"白相"，其场面总是不亚于皇后出宫，"仪仗队"要拉成长线。前有一部军车开道，后有一部防弹轿车当"龙椅"。"护驾"的保镖至少四人，上下全副武装。虽然车辆只能停在租界外，保镖们也都只能在解除武装后方可继续护驾，但她不厌其烦，要的就是这个派头。今日却一反常态，只带一部福特轿车，保镖也是单枪匹马，但是进租界的办法却是迅猛快速。她吩咐司机也带上手枪，并命令他：到了租界别停车，给我加大油门冲过去，出了事我担着！

今日担负巡捕房巡监任务的是英国警官杰克逊，此人一贯自诩恪尽职守，不想今日遇上了麻烦。

佘爱珍的轿车沿着极司菲尔路向南，发疯一般地开过来了！巡警示意停车，那车反而加速，"呼"一声就冲进租界！杰克逊大吃一惊，慌忙带领巡警追赶拦截。福特轿车在百乐门大舞厅门前戛然停下，优哉游哉地等候着巡警追来。巡警赶到，要求司机和保镖交出武器。司机拔出手枪，说一声"交"，话音未落，子弹便飞出，一名印度巡警应声倒地毙命！

杰克逊指挥还击，一场枪战展开，枪声如鞭炮声噼啪作响，吓得游人四散躲避。待枪声停歇，只见司机和保镖全被打死，巡捕房的人也一死二伤。杰克逊钻进轿车搜查，发现一名衣着时髦的妇女屁股朝天蜷缩在后车厢。拉下车，杰克逊不由两眼发愣：这女人他认识，是日本人的大红人、"76号"的"大师母"！杰克逊情知来者不善，但他也不示弱，照章办事，把佘爱珍关进了巡捕房。佘爱珍只想开怀大笑，她要的就是这个效果！死一个司机加一个保镖算得了什么呢？

"76号"那边闻讯，严阵以待的人马立即出发，大造声势。林之江大吼一声，带领几十个特务，分乘两辆日本大卡车，车顶上各架有一挺日本造的92式重型机枪，一路呼啸，一路对天鸣枪，其气势犹如飞蝗扑食。

租界内，巡捕房立即调动警力布防。但为时已晚，林之江的人马已经冲进租界，在百乐门商场前摆开阵势，以两辆日本大卡车作掩体，长枪短枪轻重机枪全部推弹上膛，眼看一场血战就要爆发！

英国警方万没想到日本人和"76号"会如此大动干戈，看来这不是一般的偶然事件。杰克逊命令他的巡警们坚守阵地，但决不可轻举妄动，更不许先开枪，如若有谁"擦枪走火"，必将受到严厉处罚！

一场紧锣密鼓的外交活动在进行之中。英方与日方紧急磋商，希望把大事化小，小事化了。日方当然不会错过这个讨价还价的机会，提出今后日本人和汪精卫政权的军政人员进入租界的种种优惠条件，例如军车不接收检查，武器可带入，针对华人的搜捕行动租界警方不得干预，等等，英方基本都点头接受。这样，日方也做出让步姿态，首先让"受害人"佘爱珍的丈夫吴四宝出面，以警卫大队长的名义，命令他的部下林之江把人马和军车全撤出租界，暂在爱义文路（今北京西路）路口布阵，仍然严阵以待，枪口对准租界。然后，"76号"内的日军军官涩谷准尉登台亮相，代表"大日本帝国"耀武扬威进入租界，迎接"巾帼英雄"凯旋。

佘爱珍立了大功，"76号"连摆三日酒宴庆祝。胡兰成也特意从南京赶回上海贺功。若干年后，胡兰成还在一篇题为《良时燕婉》的"妙文"里写到佘爱珍的这一"功勋"：

"吴太太有一次真惊险。租界巡捕因误会冲突，向她的坐车开排枪射击，她随带的一个学生子保镖中弹而死，而她竟安然无恙。……吴太太那天是出去看医生，还做头发。车子开到静安寺路大西路口，那里有英租界的巡捕堆叠沙袋为堡垒，盘查往来行人，上来喝令停车，要查手枪护照。吴太太叫保镖把枪交出，等回不怕捕房不送还。保镖不肯，说先生派我跟师娘为何事，枪被缴去，还有面子？正在争持，岂知那巡捕手里的枪就一声响，打着了保镖。吴太太看得分明，他倒是走火，并非存心。说时迟，那时快，保镖只叫得一声师娘，'叭'的还过去一枪，那巡捕就倒在车轮边马路上死了，保镖是死在车上前座。当即别的巡捕都赶来向着汽车开枪，随后捕房出动应援的大队也赶到，一时枪弹如雨。

　　"……这时却听见英国巡捕的一个头脑在说，车里是个妇人呢，想必已经死了，命令停止射击，他走近来看，却见是吴太太好好地坐在车里。当下正欲说话，却见沪西那边尘头起处，'76号'的大队人马赶来，是刚才有人看见回去报告，林之江一班狠将听说大嫂被人欺负，连机关枪都背下来，这边巡捕一见也紧张起来，两边展开阵势，要放排枪机关枪冲杀。吴太太赶快下得车来，扬手向自己人那边叫：'不可开枪，不然乱枪真要打死我了。你们把枪都缴给巡捕，这不是动打手的事，有外交可以讲。'众人依言，簇拥着吴太太回来。

　　"四宝一见妻子无事回家来，赶快叫人去普善山庄施棺材两百具，一面在堂前点香烛谢神佛祖宗荫佑。一时四亲八眷，弟兄淘里与学生子都赶来慰问，看见吴太太的坐车弹痕如蜂巢，人竟会无恙，大家惊奇不置。……吴太太且是不要休息，她两大碗饭一吃，只顾说刚才的情景。她的精神又好，说话的声音又响。她是正当人生得意的极盛期，便怎样的惊险也都成了是能干，是庆幸，得千人赞叹，万人倾听。

　　"然后捕房亦派人来慰问。吴太太到工部局向那英国人政治部长大闹，必要工部局赔偿汽车，保镖与那巡捕一命对一命死了，但是保镖的出丧要在租界通过，由捕房致祭，以为谢罪。工部局只可一一答应，从此'76号'的人可以带武器过租界了。"

胡兰成的笔真是可以"口吐莲花"，把佘爱珍吹得多么神乎其神！其实，他洋洋洒洒写了这么多，最让他得意忘形的则是最后两句话："工部局只可一一答应，从此'76号'的人可以带武器过租界了。"

5

租界再也不对"76号"特务们的进进出出进行盘查，汉奸们的行动更加肆无忌惮。中统、军统在租界内的秘密机关惨遭破坏，一批又一批"重庆分子"被枪杀。

齐纪忠也未能逃脱。但是这个变色龙变得奇快，一被抓进"76号"便马上屈膝求饶："别动刑别动刑，我愿意投奔你们，参加亲日反共和平建国运动！"

齐纪忠主动求见丁默邨，一见面便满脸堆笑献媚："丁部长，您还记得圣诞节前一天的西比利亚皮货店枪击事件吗？"

"记得呀，提这事干什么？"

"那您一定记得，重庆方面的一个枪手，在商店的玻璃窗外不停地朝里头张望，终于引起您的注意……"

"嗯，这个人……"

"这个人就是我呀！"

"是你？"

"是我，我那是在有意提醒你，让你快脱离险境！"

"真的？"

"真的真的，有半句谎言天打五雷轰！"

啪！啪！啪！丁默邨甩给了齐纪忠三个大嘴巴子。

齐纪忠捂住脸自认倒霉，想不到拍马屁拍到了马腿上。

丁默邨突然"嘿嘿"尖笑："齐老弟，我打你三耳光，是对你的奖赏，特别的奖赏！"

齐纪忠受宠若惊："丁部长，您打得好！我愿为您效犬马之劳！"

为了拍新主子的马屁，齐纪忠使出浑身解数，到处搜刮钱财，在广东路和江西路路口开办了一家"东南商业储蓄银行"，以帮助丁默邨、李士群发财。他让丁、李二人都吃干股，聘他们为白白拿钱的董事，而他自己则当董事会的秘书，到处搜刮民脂民膏。不久，他又成立了一家"五福公司"，公司的成员之中仍离不了丁、李二主子，以此公司为走私基地，同时也成为搜集共党和重庆分子情报的情报站。

为了更多的立功领赏，齐纪忠向丁默邨告发：四马路会乐里妙香楼，有一个叫"小茶壶"的人，我怀疑他是个共党分子。如果他不是共党分子，那他也必定无疑是个抗日分子，因为中统特工周鹤鸣和皇军作对，在妙香楼隐蔽，我分析有这个"小茶壶"帮忙。抓住这个"小茶壶"并不难，手到擒来。丁默邨即令齐纪忠快去抓人。齐纪忠说："丁主任，我去不合适，这家伙认识我，我去怕打草惊蛇，另派人去，见到那个提铁壶的人就抓，准没错！"

人被抓来了，是个五十多岁的老者，声声大呼冤枉。他说，我上有八十多岁的老父老母，下有一大家子人张着嘴靠我养活，好不容易找到这份提茶壶的活路，不知为何要抓我来这里？丁默邨心中生疑，这老头哪像共党，再说他这么大年纪，也不该叫"小茶壶"呀？齐纪忠唯恐丁默邨骂他无能，便一口咬定此人就是共党，"小茶壶"是他年轻时的名字。就这样，一位无辜的老人，被"76号"枪杀了。

第十七章　旷野枪声与古寺钟声

1

1945年秋天，在重庆白公馆看守所，军统局总务处处长沈醉少将第一次从在押犯人周佛海口里听说郑苹如和周鹤鸣的名字，立即四处查寻这两位抗日烈士的生平事迹，但中统上海专员办事处的一个主管在回答上峰的查询时却竭力贬低烈士的功绩，说什么周鹤鸣与一共党分子有牵连，而郑苹如不过是个"运用人员"。

说这番话的人不是别人，他就是当年郑苹如的直接领导者、单线联络人齐纪忠。

日本鬼子投降了，汉奸政权垮台了，齐纪忠的身份也随之马上变了，变成了一个"曾经打入汪伪特工内部作秘密斗争"的中统"有功"人员，变成了中统的"一方诸侯"。

齐纪忠的确是聪明过人，日本投降，当别人还不知道时，他已从"美国之音"广播里先得到消息，立即停下"五福公司"生意，邀集几个人，架起无线电收发报机，与重庆联系，报告说：我等几名忠于党国的中统战士，克服千难万阻，现在在敌人心脏，秘密成立了"中统局驻沪专员办事处"。我们的新的组织诞生了！新的工作开始了！中统局复电予以勉励。确认齐纪忠为办事处负责人。聪明绝顶的齐纪忠，为自己取了个响亮的代名：袁青白。青白，取意于国民党党旗的"青天白日"，以此表达齐纪忠对党国原本是无限"忠诚"的。

　　日本投降了！抗战胜利了！上海市民敲锣打鼓拥上街头欢呼，多少人相拥而哭啊！这是辛酸的泪，也是欢喜的泪！但是不久，人们又失望了，还没能展开几日笑颜，内战的阴云便层层密布，而成批的"接收大员"却飞蝗似的涌入上海。哪里是在"接收"，他们在"劫"收，大发胜利财！

　　"接收忙，接收忙，接收大员肥满肠"，新民谣所痛骂的"接收大员"中就包括齐纪忠。他设在巨泼莱斯路201号洋房内的"办事处"挂羊头卖狗肉，其实就是一个"劫收处"。劫楼房，劫汽车，劫金银珠宝，财源滚滚而来。为了劫财的需要，他招兵买马，把一帮汉奸和地痞流氓都吸收为他的"弟兄"，变成了第二个"吴四宝"。

　　据齐纪忠的"中统局驻沪办事处"主任秘书陶蔚然后来回忆，齐纪忠劫收来的财产数不胜数，许多都进了个人腰包，或计入"五福公司"账内。

　　陶蔚然在交代文字里写道："在中统驻沪专员办事处进行劫收的同时，上海市的马路上到处可以看到'X'形的白底蓝色的石印封条，人们日夜进行劫收和搬运物资。中统驻沪专员办事处不但自己人到处进行查封，还把封条借给陈高佣等，陈竟查封了好几处大专学校，真叫做乱七八糟。

　　"劫收是中统驻沪专员办事处工作的一个方面，包庇汉奸是工作的另一方面。上海市汪伪社会局局长顾继武和南京汪伪实业部部长陈则民等当时就被藏在金神父路118号行动总队队部，潘三省（汉奸）已经有了中统'总干事'的名义，就更不用说了。

　　"这时的上海，劫收机关多如牛毛。教育部本身在上海并无单位，居然也参与劫收。他们自己没有封条就向中统驻沪办事处借用。因为劫收机关众多，又没有统一分工的办法，往往这个单位已经劫收过了，那个单位又去把前一个单位贴上去的封条撕去，再贴上自己的封条；有的汉奸已经向这个劫收单位付出了几百根金条，以为可以免事了，又被另一个机关抓了去，再要一次金条。在这种混乱当中，狗咬狗的丑剧时有发生。"

有权了，有钱了，齐纪忠又想起妙香楼，想起小桃红，也想起"小茶壶"。想起小桃红，是想去重温旧梦。想起"小茶壶"，是想抓一个共党分子，向重庆表功。

小桃红陶春花猛见"齐老板"又露面了，忙沉住气，虚与应付。得知姓齐的是为打听郑铁山的消息而来，她说道："我知道他的下落，但你要缓我一日，待我再去看看他在还是不在，明天傍晚你再来听我的准信。"

第二日，齐纪忠西装革履又到妙香楼，进了屋，迫不及待对小桃红说："宝贝，想死我了！"说着就脱了皮鞋上床。小桃红"吭、吭、吭"几声咳嗽，忽然几个妓女破门而入，都是小桃红约好的姐妹，七手八脚动家伙，揪头发的揪头发，扯胳膊的扯胳膊，拽腿脚的拽腿脚，犹如拖死狗，你呼我叫，把齐纪忠拖下楼梯，来至天井花园。这时，妓女们聚集的更多了，围上前棍棒齐舞，打得"齐老板"鼻青脸肿。又有人端来马桶，往他身上浇尿水。他好不容易爬起身，正欲发威，忽见一个青年男子冲过来，一身装束酷似郑铁山，却又不是郑铁山本人，口里大喊"郑铁山来了"，手提一大铁壶滚烫的开水，就要泼向齐纪忠。齐纪忠这一惊非同小可，急忙光着一双赤脚，屁滚尿流逃出妙香楼。

2

蒋介石曾明确训示，中统人员只做与情报有关的工作，不可随意超越范围。但是现在齐纪忠干起了大劫财的勾当，他心里也不觉发虚。但是他有对策，采取拉高官下水的办法，为自己找保护伞。例如，他把刚刚劫收来的一套位于大西路的洋房作为礼物送给"委员长驻沪代表公署"主任蒋伯诚，并向蒋提供经费。蒋就给他吃定心丸："你不用怕，一切问题有我在，别人不敢找你的麻烦。"

齐纪忠更加有恃无恐，扩充打砸抢的人马，地痞流氓汉奸纷纷向他投靠，下属机构也越来越多。最后，他的队伍竟多达六千余人。可笑这些乌合之众，成事不足，败事有余，他们凭着身上有一张中统的"派司"，狐假虎威，招摇撞骗，横行城乡，甚至在茶馆酒楼妓院也把"派司"一亮就白吃白喝白玩白睡，引起社会的强烈不满。中统局终于对齐纪忠的所作所为大为恼火，于1945年11月派人来沪，在劳而登路（今襄阳北路）1号成立"中统局上海办事处"，接管了齐纪忠的"专员办事处"。齐被贬官，降职，而由他网罗的几千名喽啰被遣散，临走时都大骂齐纪忠："妈的，当初你叫我们帮你接收，把我们当宝，现在你财发够了，又不要老子们了，你他妈的什么东西？"

到了1946年夏天，齐纪忠的职务被撤尽，成了一个无官无职的普通特工，整日心灰意懒，以酒浇愁。

沈醉将军和军统、中统人事部门并没忘记对郑苹如烈士的追寻，终于理清了这位"编外人员"所做出的一次次重要的贡献，也理清了她为国捐躯的英雄事迹，将她的名字列入抗日英烈名单，并在上海为她召开了追思会。苹如的母亲和弟弟郑南阳、妹妹郑静芝也受邀参加了追思大会。

3

周佛海、丁默邨跑到重庆请功，没想到"请"来的牢狱之灾，实属罪有应得。

在白公馆被囚禁一段日子后，他们被转往杨家山"梅乐斯公馆"关押，武装看守人员由一个排兵力增至两个排兵力。

　　一年之后，这几个"邀功"者被押送到南京，关进军统局所属的宁海路21号看守所。

　　一个月之后，他们的看守规格再"升级"，被关进南京老虎桥监狱。

　　不久，首都高等法院借夫子庙大殿作为法庭，对大汉奸周佛海开庭审理，判处死刑。

　　周佛海的老婆杨淑慧披头散发又哭又闹，要求面见蒋介石为周佛海求一条活命。蒋介石不知出于什么考虑，于1947年3月26日以国民政府名义下达特赦令，改周佛海的死刑为无期徒刑。

　　但是，周佛海仍没保住狗命，次年2月初病死于监狱。死时瘦得皮包骨，杨淑慧后悔说：还不如当初挨一颗子弹罢了。

　　1946年底至1947年初，高等法院在南京数次对丁默邨进行公审，旁听席上座无虚席，在审到枪杀爱国女青年郑苹如一节时，丁默邨的丑恶嘴脸被暴露得淋漓尽致。1946年11月19日，国民党政府首都高等法院在南京初审丁默邨，他就运用从胡兰成那里得到的启发，为自己洗清辩白甚至往脸上涂脂抹粉。第二日各大报纸都报道了此次审问的情况，其中上海《申报》的报道标题是《杀人魔王初度受审，丁逆默邨狡辩不逞》。文中写道：当法官审问丁贼杀害爱国女青年郑苹如的经过时，他竟装糊涂，说是从未听说过"郑苹如"这个名字。他的表演也太拙劣了，旁听席上一片嘘声。法官警告他不要耍花招，他才无奈地说"我现在想起来了"。但是他却把郑苹如大肆污蔑一通，说什么是郑苹如"勾引"了他，并煞有介事地对记者们说道："我请记者先生们不要把她勾引我的事写出去，给她留点面子！"他的这番无耻谰言遭到法官和证人们的愤怒批驳，旁听席上也是怒声一片。

　　法庭里响起正义的宣判声：判处汉奸丁默邨死刑！

丁默邨做垂死挣扎，给蒋介石写一封长信表达"忠心"。他说，他在"76号"确实"伤害"了一些重庆方面的"同志"，但他杀掉最多的却是"共党分子"。累计计算，他杀掉的"共党分子"的人数，是"误杀重庆同志"人数的25倍。因此，他的"功劳"是他"过失"的25倍。他向蒋介石"请战"，希望蒋委员长允他重回军统，他要"加倍努力工作将功补过，拿五百个共产党的人头，换自己的一颗人头。"齐纪忠也向中统局呈交了一份"证明"，证明丁默邨"有功"，应予宽大。

蒋介石这一回做了件得民心的事，对癞皮狗的求饶不予理睬。1947年7月5日，丁默邨在南京被处决。这个当年不可一世的汉奸杀人狂，轮到自己被杀时，浑身筛糠，扑通一声瘫软在地。执刑人员令他起身，他已是掉了魂，爬不起来。执刑人员无奈，只得像拖死狗一样，把他拖到刑场。

4

转眼间到了大地回春的1949年。

1949年5月，解放大军逼近上海，国民党特务机关紧急布置任务，对电厂、水厂、电信局、银行等重要部门的重要设备进行破坏，好给共产党留下一个烂摊子。在大型造船基地江南造船厂，中统也派进了特务，布置了炸厂任务。而中共地下党组织则针锋相对，组织工人护厂队，保卫工厂，保护工人和家属们的生命安全。

这一日，一个企图在船厂资料室偷放定时炸弹的特务被抓获，工人们把他送到护厂指挥部。

"噢，是你呀？"

"啊？是你？"

齐纪忠万没想到，他"踏遍铁鞋无觅处"的共党分子"小茶壶"郑铁山，今日竟在此不期而遇。可叹的是，他所期望的结果恰恰翻了个个，他成了"小茶壶"的阶下囚。

原来郑铁山随军参加渡江战役，南京解放后即被党组织派往上海，马不停蹄地投入护厂工作。齐纪忠一见自己落在了郑铁山手里，脸色发白，心里一声喊：完了！彻底完蛋了！

郑铁山把齐纪忠推上汽车，由两名工人护厂队员看押，他亲自开车，来到了上海西郊的一片旷野。

春天来了，春天真的来了。桃树上已缀满青果，芦苇荡春水荡漾。那一棵老槐树，满枝新叶，满眼绿色。蓝天上白云几朵，白云下有鸟儿飞过，洒下一串串歌声……

齐纪忠浑身瘫软，有气无力地跪在地上，闭上眼睛，等着一声枪响。

郑铁山喝令道："齐纪忠！袁青白！睁开你的眼睛，我要你看看这是什么地方！"

齐纪忠睁开眼，眼前是一片茫然：什么地方？这是什么地方？为什么郑铁山还不开枪？突然，齐纪忠一个转身，连连给郑铁山磕头："铁山好兄弟！铁山好兄弟！你饶了我吧，我不是人，我是畜生，别开枪，免得脏了你的手！"

郑铁山的手枪却直对着齐纪忠的脑袋："我要你再磕头！不是为我，而是为郑苹如，为周鹤鸣，为千千万万为国捐躯的我的兄弟我的姐妹磕破你的狗头！"

"啊？铁山弟，郑苹如就是死在这里？铁山弟，你开枪，开枪吧！我是狗，我连狗都不如，我良心丧尽，我无耻之极，我臭不可闻！我对不起郑苹如，也对不起周鹤鸣！你杀了我，杀了我，杀了我！"齐纪忠四肢蜷曲，满地打滚。

郑铁山说道："齐纪忠，你是命当该绝，但不是死在这里，以免玷污了这片土地。"

齐纪忠叩头如捣蒜："饶了我，饶了我的狗命吧！我不是人，我无耻，我猪狗不如！可是可是，可是我现在只不过是一个马仔，炸工厂是奉命行事，迫不得已！我向你保证，从此洗手不干，明天，明天我就离开上海！我不到台湾，国民党也不会饶过我！我要逃到一个谁也不知道的地方，销声匿迹……"

砰！砰！砰！没等齐纪忠的话音落下，郑铁山的枪声已响了。那枪声，清脆响亮，在天地间久久发出回响。

过了许久，一切归于平静，那唱歌的鸟儿们重又从天空飞过。齐纪忠从地上爬起来，摸摸自己的脑袋，还长在脖子上，这时才明白，郑铁山是向着天空开了三枪。他庆幸自己拣了一条命，却百思不得其解，为什么郑铁山没在这里将他击毙。是暂时放他一马，等待再抓住他，新账老账一起算，还是郑铁山觉得他齐纪忠这条狗太肮脏，被击毙在这里，尸首会玷污了圣洁的土地？

第二天，齐纪忠真的不见了踪影，去向不明。但是有一点是肯定的，他没有去台湾，他心知肚明，国民党也是容不下他这样的汉奸的。

5

上海解放后，郑铁山到武汉，在中南军政干部学校学习三年。1952年春天，他重返上海，开始寻找鲁婉英母子的下落。

终于，他在杨浦区的一家纺织厂找到小桃红陶春花。一提起鲁婉英，陶春花止不住泪水汪汪……

在十六铺码头送别郑铁山之后，鲁婉英便离开妙香楼，隐身于西苏州河畔的一片棚户区，靠帮来往的船工洗衣缝补挣钱过日子。后来，不知是什么人走漏了消息，"76号"知道鲁婉英怀孕了，便四处寻找她，想要铲草除根。这时，陶春花前往棚户区报信，看到的婉英姐实是可怜，住在一间四面透风的棚屋里，地上铺一块木板权当床铺，一双手，天天泡在水里洗洗浆浆，又肿又烂。

鲁婉英接到陶春花报信，不敢在上海再存身。妙香楼的姐妹们给鲁婉英凑了一点路费，她回到了老家苏州。一年多之后，有个好心的拾废品的老阿婆到妙香楼来找陶春花，塞给她一张纸条。陶春花展开一看，纸条上写着老城厢小南门外的一个地址。陶春花明白，鲁婉英又回上海了。她按纸条上的地址寻找，姐妹相见抱头痛哭。原来鲁婉英回苏州后，因怀着孩子，生活更是艰难，无可奈何，她到一条走苏州河的船上当佣人。船工们都同情她，她在河边的芦席棚里生下了孩子，是个儿子，取名"周小鹤"。

"后来呢？"

"后来的事，更是凄惨了！为了养活孩子，她成了一个乞丐……"

"鲁姐呀，你太苦了！"

"终于有一天，那可能是在1949年2月间吧，有几个国民党的人员在北苏州河棚户区找到了她。他们说，他们早在寻找她，希望她随他们一起去台湾。"

"去了吗？"

"没有。婉英姐说，鹤鸣大哥的坟地在大陆，她要守着鹤鸣大哥。可是她同意把儿子小鹤交给那些人员，让他们带小鹤去台湾。"

"为什么？"

"为了能把孩子养大。"

"我明白了，让鲁姐抚养孩子，太困难了！"

"孩子走了，当妈妈的心也给带走了。她一下子白光了头发，回苏州家乡，削发为尼了⋯⋯"

告别陶春花，郑铁山的脚步好不沉重。想起当年国共合作，共同抗战，前方后方，中华儿女们团结一心，演出了多少可歌可泣的历史大剧？那时，宋庆龄在《国共统一运动感言》一文中写道："前事不忘，后事之师。在这民族危机千钧一发的今日，一切过去的恩怨，往日的牙眼，自然都应该一笔勾销，大家都一心一意，为争取对日抗战的最后胜利而共同努力。但是过去国共分裂这一段惨痛历史，却依然值得我们记取。国民党同志应该谨记着，要是不顾先总理遗训，抛弃了工农大众利益，将成为民族罪人，等于国民党的自杀。"宋夫人的话语重情长，声声犹在耳际。可叹兄弟并肩刚刚赶走凶恶的敌人，内战又爆发，是谁，一边在下达"剿匪"的密令，一边又在把燃起内战战火的罪责推给别人？蒋介石的几百万军队，美式装备，为什么竟在"土八路"们面前兵败如山倒？想解答这个问题吗，蒋中正先生，你先问一问你手下的那些贪官污吏们，再问问你的"接收大员"们，最后，还应该请教请教那些冒着枪林弹雨心甘情愿为解放军送军粮、担抬架的老百姓们！得民心者得天下，失民心者失天下，这铁打钢铸的真理，谁能颠破，谁能改变？

苹如姐，鹤鸣哥，你们的英灵能安息吗？无端的战乱，无边的苦难，给善良的人们所留下的心灵创伤，还需要多少年，需要付出多少努力，才能得到治愈啊？

6

姑苏城外。寒山寺。

郑铁山身着中山装，脚蹬布鞋，踏着青石板小径，由前院来到后院。已是残花纷飞的暮春季节，而这里的林花依然耀眼，不禁让人想起那两句古诗："人间四月芳菲尽，山寺桃花始盛开。"难道是这里的暮鼓晨钟，留住了春天的脚步吗？

花树间有菜地几畦，水井一口。一位四十岁出头的比丘尼，神清气静，胸前佩一枚玉观音，正在摇辘汲水。郑铁山急步上前，拱手施礼道："阿弥陀佛，请问师傅，此处井水是这般清洁，可赐一杯给香客解解渴吗？"

比丘尼一惊，双手松了辘轳，那摇上来的水桶重又回到井中。

郑铁山再问："师傅，可赐一杯井水解渴吗？"

"铁山，铁山弟！真是你的声音吗？"

郑铁山这才发现，眼前的师傅原来是鲁婉英，她已是双目失明！

"婉英姐，你让我找得好苦啊！"

"铁山！铁山，我可见到你了！"

"大姐，你的眼睛怎么了？"

"瞎了，早哭瞎了……"

姐弟二人在花间石凳上并肩而坐，多少往事，多少泪水，多少心酸啊！

郑铁山安慰说："鲁姐，还记得你在十六铺码头为我送行时，我对你说过的话吗？我说黑暗总会过去，春天一定会到来。现在，春天真的来了，天亮了，中国人民站起来了！日本强盗被我们赶走了，汉奸走狗们也得到他们应得的下场。吴四宝、李士群被他们的主子给毒死了，丁默邨被国民政府处决了。同涩谷、横山一起枪杀郑苹如姐姐的恶魔林之江，前年逃到了香港，他作恶太多，得了精神分裂症，每夜里鬼哭狼嚎怪声狂叫，去年冬天吐血死掉了。女毒蛇佘爱珍，在1946年7月22日这一天，被国民政府高等法院判处7年半徒刑，只是可叹，不知为什么她又被'保外就医'，让她给趁机逃跑了。佘爱珍的情夫汉奸文人胡兰成也逃跑了。但是他们逃得脱身子，却逃不脱他们的罪行，更逃不脱他们的耻辱。"

鲁婉英说："铁山呀，我有罪啊！我天天求佛祖，饶恕我的罪孽！"

"鲁姐，你怎么口出此言？"

"是我害了鹤鸣，我不该把掌心雷手枪拿给佘爱珍看啊！"

"鲁姐，这不能怪你……"

"我毁了鹤鸣的性命，也毁了他的清白声誉啊！他是那么青春，那么干干净净，可是却被我拉进了那个肮脏地，因为我，他牺牲了光明的生活牺牲了爱情……"

"鲁姐，我们这一代青年儿女，所受的一切苦难和屈辱都是万恶的日本侵略者所造成的！你也是受害者呀！你保护了鹤鸣哥，你的经历后人自有正确评价！"

"想不明白，中国人被外国人欺负，苦还没吃够吗，为什么要自己跟自己打起来？国民党，共产党，若都能跟你和你苹如姐鹤鸣哥一样，心贴在一起，手拉在一起，一心为百姓们谋幸福，那该多好，那该多好啊！

"大姐，会有这一天的！"

"我天天敬香，求佛祖慈悲，保佑这一天早早到来……"

"大姐，你会等到这一天的！"

"铁山，我听说，苹如牺牲后她父亲便重病不起，含悲而去了？"

"是的，郑伯父病故于1943年4月8日，享年六十五岁。"

"可敬的郑伯父郑伯母啊，他们的长子郑海澄，后来有什么消息没有？

“有，他也为国捐躯了……”

“捐躯了？就在他驾飞机迫降之后？”

“不是的。1939年冬天的那一场空战他创造了奇迹，迫降后完好无损地保住了战机。同志们原都以为身负重伤的他不治而去了，没想到他再创奇迹，以顽强的毅力活了下来，恢复健康后立即重返战场。”

“什么时候牺牲的？”

“1944年1月19日，他在保卫重庆的空战中英勇捐躯，时年二十八岁，军衔中尉。”

“郑家，一门英烈啊！”

“令人欣慰的是，郑海澄留有一位继承他遗志的后代。”

“海澄有孩子？男孩还是女孩？”

“男孩，名叫‘郑国基’。海澄的妻子在1939年的秋天生下国基。可怜的小国基，一直没和爸爸见过面。爸爸牺牲后，他生活在祖母身边。后来他的叔叔郑南阳成了家，婶婶名叫‘陆肇先’，贤惠善良，国基就由叔叔婶婶抚养。”

“听说苹如的母亲到台湾去了？”

“是的，陪在老人家身边的是苹如的妹妹郑静芝和静芝的丈夫舒鹤年。鹤年也是一名飞行员，在抗日战争中屡立战功，被人们誉为飞将军。”

“郑南阳和侄儿国基呢，也到台湾去了？”

“郑南阳一家都留在大陆，包括侄儿国基。”

“愿佛祖保佑郑家在大陆和在台湾的家人都平平安安，我在这寺院里，天天为他们点一柱心香……”

“鲁姐，你，想念小鹤吗？”

"儿是娘的心头肉，娘怎能不牵挂？"

"鲁姐……"

"可是牵挂也枉然啊！隔着一道海峡，音讯渺茫，有谁知他长大后，知不知道谁是亲生爹娘？"

"鲁姐你且放心，我相信，小鹤是绝不会忘本的！"

"我在这寺里天天认真做功课，愿佛祖慧眼长明……"

"鲁姐，你这眼睛就不能治了吗？我在上海给你联系一家医院。"

"不必了。佛祖说，心即为佛，因为心里燃有光明之灯。从前我空有一双明亮的眼睛，但是眼前却是一个黑暗世界。今日里我虽然双目失明，但我却看到了一片光明天地。"

这时，当！当！当！寺院里钟声响起。

鲁婉英忙起身，说道："铁山弟，你稍候，我去做完功课再来。"

郑铁山也起身，眼见鲁婉英步履轻盈，从石板小径上走过，犹如双目明亮之人。

磬声，鼓声，乐声，诵经声，织成一曲天籁之声，声声入耳。郑铁山抬头仰望：啊，好蓝好蓝的一片天空啊！

尾 声

新中国成立后，郑铁山在上海市的公安部门工作。每年春节他都到苏州看望鲁婉英。

1978年冬天，鲁婉英病故。

第二年春天，郑铁山退休，回到老家安度晚年。

人老了，更加爱回首往事，怀念逝去的亲人。郑苹如，周鹤鸣……一张张面容不断在眼前浮现。他多么盼望后来的人们能记住前人们走过的那些艰难道路。

但是，郑铁山心中仍有许多遗憾，遗憾周鹤鸣为国捐躯的事迹无人知晓，被淹没在历史长河里；遗憾郑苹如催人泪下的事迹长时间无人提及，她成了一个连名字都没留下的抗日英雄。

后来，郑铁山陆续发现了一些有关郑苹如的文章，他的遗憾之情不仅没有减轻，反而更沉重了。

当年，丁默邨在接受国民党法院审判时，大耍流氓手段，先是说他不认识郑苹如，继而往郑苹如身上泼脏水，说什么郑苹如受重庆特工指使而勾引他。现在，居然有人拾起丁默邨的"牙慧"，把郑苹如的英雄事迹扭曲成一场国民党中统局失败的"美人计"。更让郑铁山痛心的是，居然有人真的学着胡兰成的腔调，"妙笔生花"，把郑苹如的事迹写成"风花雪月"的"爱情小说"。小说树起"爱是不问原因的"的破旗，把一个"受重庆分子利用"来施"美人计"的年轻女子写成在关键时刻的变节者，因为她对汉奸头子产生了感情，她觉得"这个人是真爱我的"，她"生是他的人，死是他的鬼"。

这样的"爱情小说"，怎不让郑铁山越看越摇头？

一天，郑铁山又无意间看到了一本书，翻过几页之后气得几乎昏倒，从此健康状况急转直下。这是汉奸文人胡兰成的一本"才子散文"集，题为《今生今世》，是他逃往日本和佘爱珍结为夫妻后炮制的文字，据说在中国大陆、台湾、香港都有出版，且一版再版，为书商们赚足了钞票。胡兰成在书中一派胡言，竟然得意扬扬地为"76号"和佘爱珍的汉奸罪行涂脂抹粉！而这样的狗屁文章不仅没受到揭露，反而被赞为"才子散文中的翘楚"。这太叫郑铁山感到不寒而栗了！日本军国主义的阴魂不散并不可怕，最可怕的是我们有些人好了伤疤忘了疼，竟对汉奸们失去警惕！

八年抗战，中国人民在血与火中受尽苦难，而汉奸走狗们却借着侵略者的淫威大发国难财，例如胡兰成、佘爱珍这伙"新贵"，花天酒地斗豪富，不以为耻反以为荣。也就是在《今生今世》这本书的"良时燕婉"一章里，胡兰成这样沾沾自喜地夸耀吴四宝佘爱珍两口子的"荣华富贵"："翌年四宝做四十九晋一生日，与吴太太（佘爱珍）的生日，并在一起，摆酒唱戏做堂会三天，酒席总有几百桌。正当三月初，爱珍穿一件酱色的旗袍，胸襟佩一朵牡丹花，她的人就像春风牡丹……华堂张宴，她来到人前那股风头谁亦不及。"郑铁山百思不得其解，为什么胡兰成这样的书某些出版商竟是那么青睐，接连出版，对现代的年轻人们，将会带来多么严重的误导和毒害？

2002年年初，郑铁山在新华书店买得一本书，书名《良友忆旧——一家画报与一个时代》，由三联书店出版，作者是《良友》画报当年的编辑马国良先生。翻开书，郑铁山突然眼前一亮，因为书中有一节题为"不寻常的封面"专门写到郑苹如。郑铁山迫不及待地读下去：

> 有侵略，就有反侵略，有汉奸，就有反汉奸。刊登"卢沟桥事变"的一百三十期的《良友》，其封面也与过去各期封面一样，是一位小姐的半身像。但这位小姐不是一位平凡的女性。正因为这样，她不让我们在该期的目录上，写出她的全名，只写了"郑女士"三字。直到好几年以后，我们才知道她是一个轰轰烈烈献身抗战的爱国烈士。她的全名是"郑苹如"。那时候，日本军国主义者不断以武力蚕食我国的同时，也在掠夺地方树立伪政权，施以以华治华的狡狯伎俩。为挫败敌人的阴谋，为使为虎作伥的败类丧胆，郑苹如就是我方执行这一任务的工作人员之一。她原是我国法院一个法官的女儿，家住上海旧称法租界的万宜坊。当时她打入一个汉奸集团，准备执行上级的计划，为国除奸。不料事机不密，被日军拘捕，终以身殉，为国牺牲。我们刊登这封面时并不知情。只在全面抗战军兴以后才略有所闻。已故中国著名学者郑振铎先生和郑苹如父亲是素识，曾亲口谈过此事。在以后的年月里，《良友》也没机会表扬这位壮烈殉难的中华儿女。事隔五十年的今天，我认为仍应该把她的英勇行为告诉我们过去的读者，并表示我们对她的敬意。

反复读着这节文章，郑铁山禁不住老泪纵横。他渴望马国良老先生的愿望（同时也是他的心愿）能实现，希望有哪位作者能以对历史负责的态度将郑苹如、周鹤鸣等抗日儿女的真实故事写出来。终于有一位上海的作者担起了这份任务，用了十年时间寻访历史足迹，反复修改校正，把郑苹如、周鹤鸣的事迹写成书稿。遗憾的是，郑铁山老人没读到这本书，他已于2010年病逝，享年九十一岁。

最广大的中国民众没有忘记历史，更没放松对日本军国主义者妄图复活的警惕。

在郑钺的家乡浙江兰溪市（原兰溪县），越来越多的乡亲知道了郑老先生家一门忠烈的事迹。新修的《兰溪市志》大篇幅介绍了郑钺、郑华君夫妇和郑海澄、郑苹如兄妹的生平。

郑苹如烈士生前的亲人中，目前还有一人健在，生活在上海。他是郑苹如烈士的亲侄儿，郑海澄烈士的亲儿子，郑钺、郑华君老夫妇的长孙，名叫"郑国基"，1939年9月26日出生。他从未见过父亲郑海澄的面。他出生时父亲正在抗日前线作战。父亲在对日空战中英勇牺牲后，他由叔叔郑南阳和婶婶陆肇先辛苦抚养成人。他正直，善良，大半辈子从事教育工作。他的妻子名叫"邱巧云"，是一位医务工作者。

上海人民缅怀忠贞的上海女儿郑苹如，社会人士们自动捐资，在位于青浦区的"福寿园"公墓内的"人文纪念公园"为郑苹如烈士立铜像。2009年6月1日，铜像举行落成仪式，郑国基先生受邀参加，将一件礼物献给了人文纪念公园。

什么礼物？1966年1月5日，郑苹如的母亲郑华君于台北市病逝。蒋介石闻讯，写下四个大字题赠郑华君："教忠有方。"这一幅字，装裱之后交给了郑华君老人的小女儿郑静芝。郑静芝又名"郑天如"，热爱绘画，卓有成就。"教忠有方"这幅字，几经交接，从台湾到海外，又从海外归来，最后交在了老夫人的长孙郑国基先生的手中。现在国基先生将这幅字捐给了人文纪念公园。

令人欣慰的是，上海为郑苹如烈士立铜像的事，郑铁山在病床上得知了这一消息。在生命的最后几个月，这消息带给他的快乐，一直陪伴着他。